Rizzoli best

Antonio Manganelli

Il sangue non sbaglia

Rizzoli

ISBN 978-88-17-06574-0

Prima edizione: aprile 2013
Seconda edizione: aprile 2013

Il sangue non sbaglia

A mia figlia Emanuela
e a tutti i poliziotti

Questo libro è una storia d'amore. La storia d'amore con un mondo, con un mestiere, con un modo di vivere, con una grande famiglia. Una storia d'amore nasce ogni giorno e va oltre la vita.

Nota dell'autore

Ero arrivato a Houston da poche ore e già mi chiedevo se sarei uscito vivo dalla Grande Sfida. La lastra del radiologo aveva raccontato una verità terribile e io ero pronto al percorso di guerra. Per uscirne vincitore.

Il caldo asfissiante di un maggio insolito mi soffocava, appena attenuato dal gelo dell'aria condizionata, e fuori dalla mia stanza schiaffeggiava supermercati e fast food, ospedali e case. Neppure la sera prevedeva refrigeri e ponentini. Affacciato alla finestra, avevo anzi la sensazione che un tenace soffio di aria calda mi avvolgesse, prendendosi cura di me.

Certamente si prendevano una singolare cura di me le luci dei lampioni in strada, immersi in uno scenario tutto verde, ricco di fiori e di profumi. Mi ricordavano qualcosa del passato, qualcosa che non riuscivo a decifrare. Mi davano serenità.

Storie di indagini, facce, schegge di una carriera lunga trent'anni. Forse avrei dovuto raccontarle. Forse avrei dovuto metterle nero su bianco, lasciarle a qualcuno perché il filo dei ricordi annodato all'esperienza non si spezzasse.

La prospettiva di un'infilata di giorni di quell'estate anomala, ingoiato com'ero in un grattacielo dell'Oncology Centre, da una parte mi metteva alle strette, dall'altra mi concedeva l'inedita possibilità di fermarmi a pensare, di recuperare frammenti di un'intera vita da poliziotto. Non sapevo perché, ma sapevo che dovevo cominciare. Subito.

La prima notte americana fu insonne. Chiusi gli occhi e chiamai a raccolta i ricordi. Nella mia testa si srotolavano e sovrapponevano centinaia di fatti criminali, di omicidi e rapimenti, di intuizioni e successi investigativi, di amarezze e dolori profondi. Frammenti di vicende vissute, incontri, personaggi amati o disprezzati o semplicemente scivolati nell'indifferenza. Comunque, emozioni.

Iniziai a scrivere di getto e, in un modo che stupì anche me, la mia autobiografia divenne pretesto per qualcos'altro. Nelle ore successive prese corpo tra le mie mani un libro che non avevo osato pensare: una storia di fantasia, frutto imprevisto dell'incontro tra episodi vissuti, personaggi reali che sulla carta assumevano tratti inventati e vere tecniche d'indagine che i miei personaggi applicavano al posto mio.

Non so a chi o a cosa serva questo romanzo. So che è una traccia dell'amore che ho messo sempre nel mio lavoro. Forse altre tracce seguiranno allacciate ai ricordi, perché l'ispettore Galasso è un modo di vivere, di ragionare, di diffidare e di condividere. La quotidianità di Galasso è la quotidianità di chi è poliziotto per mestiere, per vocazione e anche per amore.

Roma, 8 dicembre 2012

Prologo

Il cielo scuro si specchiava sul tetto della BMW ferma sullo sterrato che costeggiava l'Aniene e che, pochi metri più avanti, si infilava tra i piloni del Ponte delle Valli. Della neve caduta nei giorni precedenti erano rimaste soltanto delle chiazze, a punteggiare in maniera irregolare l'erba e la vegetazione bassa, ma quei sottili strati di ghiaccio riuscivano ancora ad attutire i suoni e ovattare la spettrale immobilità dello scenario.

Tutto intorno soltanto fango, su cui le tracce di decine di pneumatici si erano sovrapposte, confuse e intrecciate a quelle delle coppiette che passavano di lì per andare a godersi un momento di intimità, lontano dalla vita.

Da alcune ore un vento freddo aveva sorpreso la città spirando da ponente e, anche ora che la temperatura era aumentata di qualche grado, l'aria faceva oscillare senza sosta i rami degli alberi nudi e i cespugli imbiancati. La macchina invece sembrava congelata in quel paesaggio livido, come fuori dal tempo, e nessuno si sarebbe mai potuto accorgere del piede elegante, in parte coperto da una Ferragamo color porpora, che sbucò dalla portiera per un solo istante prima di essere ritratto e chiuso di nuovo all'interno del veicolo.

Quella notte nell'auto non c'erano due innamorati scappati agli occhi del mondo per unire le loro solitudini, ma un uomo impegnato a respirare a fondo per ostentare una calma innaturale e una donna che aveva perso anche la forza di gridare, di combattere. Gli occhi colmi di disperazione persi in quelli gelidi di lui, i denti stretti a masticare la paura e una mano tesa e tremante, avvinghiata alla portiera, in quell'estremo, inutile tentativo di fuga.

A rompere il silenzio solo la fantasia di trilli e note incalzanti della *Rapsodia in blu* di Gershwin, diffusa a volume bassissimo dall'autoradio ancora accesa.

I

Roma, 23 dicembre 2008

La strada era praticamente deserta, tranne per un Suv bianco che una donna bionda e bellissima aveva appena parcheggiato. I lampioni, però, non illuminavano solo l'asfalto umido.

Tra la saracinesca chiusa di un bar e l'auto, sotto una luce intermittente che prima o poi si sarebbe spenta, c'era un uomo con i capelli bianchi vestito di scuro: un lungo cappotto nero e un paio di scarpe marroni mal lucidate. Stava a testa in giù in un cassonetto senza credere a quello che gli toccava fare.

«Che idea del cazzo la raccolta differenziata» aveva bofonchiato tra sé l'ispettore Galasso tirando fuori il primo sacco della spazzatura. «Bell'idea separare vetro, plastica e carta dal resto, davvero una bell'idea di *mmerda*» continuò calcando sulla "m", «un lavoro che già faceva schifo ora è tre volte più difficile, 'fanculo...» Si chinava, apriva, si lamentava, metteva da parte. «Sembra si siano messi tutti d'accordo per buttare via oggi la roba andata a male che avevano nel frigo. Vorranno fare spazio per la spesa di Natale, alla faccia della crisi» aveva pensato sempre a voce alta, mentre rovistava con piglio metodico nell'immondizia dei ricchi, aprendo e richiudendo buste trasparenti, bagnate, piene di rifiuti che non avrebbe mai voluto vedere, nemmeno da lontano.

Sudava, Galasso. Riusciva a sudare anche a quell'ora tarda, nonostante il freddo pungente dell'inverno, mentre malediceva lo schifo del cassonetto che gli si era attaccato alle maniche del cappotto, come a ricordargli una volta di più quanto potesse essere complicato il mestiere che si era scelto tanti anni prima.

Aveva recuperato due sacchi e adesso, dopo aver frugato anche nel contenitore della carta, teneva in mano pure il terzo. La ricerca poteva dirsi conclusa, per fortuna, e grazie al Suv che lo copriva nessuno l'aveva notato. Poco importava se un minuto più tardi la bionda, dai capelli corti e impellicciata, era rientrata nella grossa auto per partire di slancio senza degnarlo di uno sguardo, lasciandolo solo sotto la neve mista a pioggia che da alcune ore scendeva di nuovo sulle vie signorili del Coppedè. Ormai non aveva più bisogno di nascondersi.

Galasso era lì per un motivo ben preciso. Nelle terrazze della nobiltà capitolina, il delitto di Anna De Caprariis, aristocratica e benefattrice assai nota, residente da generazioni in quel quartiere, stava dando adito ai commenti più disparati. I suoi sessantacinque anni, la sobrietà nel vestire – tranne le scarpe, la sua passione –, l'eleganza del portamento, nonché l'ammirazione unanime e sincera verso le iniziative che ruotavano intorno al suo nome, avevano contribuito ad alimentare lo sgomento e le dicerie dei romani altolocati.

La signora era ancora una assidua frequentatrice dei salotti nobili della città, persino dopo la morte del marito, quando la sua austerità e la ricerca di una vita un po' più solitaria – i pretendenti non le erano certo mancati –, avevano sortito l'effetto contrario, creando attorno a lei un alone di mistero e rispettabilità che rendeva indispensabile la sua partecipazione a qualunque occasione mondana.

La De Caprariis non disdegnava quelle cene di gala né i ricevimenti, ai quali si presentava solitamente con un abito sobrio e raffinato, un paio di calzature sorprendenti per la foggia o per il colore; ma dopo aver sorseggiato un paio di bicchieri di champagne – evitando di prestare attenzione alle prelibatezze offerte dagli ospiti di turno – e scambiato poche parole con qualche signore distinto, chiamava un taxi e riprendeva la strada di casa. Era stata, a suo modo, una donna controcorrente, ragionava Galasso, ammesso che lo si possa essere davvero in un contesto simile. Il suo unico appuntamento fisso era la partita di bridge a Villa Canali: era sempre presente, in qualsiasi stagione dell'anno, tre o quattro volte la settimana. E, guarda caso, era stata assassinata proprio dopo una di quelle serate.

Il profilo della vittima escludeva quasi del tutto l'ipotesi di un delitto maturato in contesti ambigui. Le stesse modalità dell'omicidio – lo strangolamento, verosimilmente avvenuto senza colluttazione, all'interno della sua automobile parcheggiata vicino al Ponte delle Valli –

non fornivano elementi sufficienti a seguire piste di segno contrario. Era lì, nei suoi luoghi abituali, tra coloro che frequentava da anni, che bisognava cercare il colpevole. Quella era l'unica certezza.

Una volta tornato nell'unico posto dove si sentisse davvero a suo agio, cioè nella stanza 61 della Squadra Mobile, vale a dire il suo ufficio, di colpo Galasso aveva smesso di borbottare e, insieme al buonumore, aveva ritrovato le proprie sicurezze. Intorno a lui c'erano le sue cose, la sua storia umana e professionale: la foto della moglie Sabina, sorridente, fasciata in un vestito a pois; le pergamene delle onoreficenze che raccontavano una carriera densa di soddisfazioni; i souvenir ricevuti dai colleghi di ogni dove (cappelli, clessidre, una dama cinese, un vaso decorato, una ceramica di Caltagirone, una targa dei cugini dell'Arma, una piccola bottiglia di rum della polizia di Santo Domingo, soldatini di ferro che riproducevano agenti di varie nazionalità); un Anthurium storto, con le foglie ingiallite, che aveva certamente conosciuto tempi migliori; una lente d'ingrandimento totalmente inutile, ma che non poteva mancare sul tavolo di un detective della vecchia scuola. Infine il computer, che Galasso guardava con una certa diffidenza e di cui si era sempre ostinato a imparare solo lo stretto necessario. Una vita intera racchiusa nel perimetro di legno della scrivania.

Quello era il suo regno.

In un angolo della stanza, imponente come un totem,

c'era l'armadio, che custodiva un vero e proprio tesoro di carta: i voluminosi faldoni che documentavano tutti i successi e i fallimenti investigativi. Era il suo archivio personale, che in maniera in apparenza irrazionale continuava a preferire ai database. Era una miniera di risposte buone per ogni stagione, uno scrigno che non aveva mai smesso di regalargli saggezza. Tra gli scaffali riposavano, pronte a riproporsi eternamente come nuove, decine di idee vincenti.

A far compagnia a quei cimeli si aggiungeva ora anche il sacchetto dell'indifferenziata di casa Bernini, come sempre più interessante di quelli con plastica e carta, perché è l'unico ad avere un rapporto diretto, dinamico e ravvicinato con la vita quotidiana dei sospettati. L'immondizia che produciamo rivela inequivocabilmente chi siamo, cosa facciamo, quanto spendiamo, cosa ci piace o non ci piace. È una traccia che ci lasciamo alle spalle, come una bava di lumaca, e non si può eliminare.

Galasso era pronto a vivisezionare quel maleodorante trofeo come un medico legale di fronte a un cadavere per l'autopsia. Nessun manuale di tecnica investigativa gli aveva suggerito quella mossa, ma una vita trascorsa sulla strada gli aveva insegnato tutto quello che bisogna sapere sulla risoluzione di un caso. Che l'arma segreta di un buon poliziotto è la fantasia, tanto per cominciare. Che una pista non ne esclude necessariamente un'altra. Che è sempre possibile escogitare nuovi strumenti di indagine, da aggiungere a quelli che prassi e legge prevedono.

Il rituale di Galasso era lo stesso da molti anni. Fase uno: sgombero del tavolo, con amorevole ricollocazione di carte, penne, foto e lente sulla piccola étagère di fianco alla scrivania. Fase due: ricerca del quotidiano più vecchio all'interno della stanza. Fase tre: apertura di nove fogli del giornale sulla scrivania, corrispondenti a diciotto pagine. Solitamente mai lette, ma questa non era una *conditio sine qua non*. Fase quattro: apertura della finestra nella misura ottimale per non restare inondati né dal fetore né dal gelo di stagione. Fase cinque: rovesciamento del generoso carico sulla scrivania, con smorfia di disgusto sul volto. Fase sei: sacra vestizione dei guanti di lattice, o in alternativa – più frequente – di semplici fazzoletti di carta, avvolti alla bell'e meglio intorno alle dita.

Ed eccolo infine faccia a faccia con il prezioso bottino: un certo numero di mozziconi, una confezione da mezzo litro di latte parzialmente scremato di buona qualità, due buste sporche di spinaci surgelati, altrettanti yogurt magri scaduti e ancora chiusi, bucce di alcuni mandarini e di una banana. Dettagli all'apparenza inutili, ma certe indagini si giocano sulle minuzie: non bisogna sottovalutare niente.

Poi, sparsi qua e là nel sacchetto, avanzi di riso al sugo: di pesce, si sarebbe detto dall'odore, ma di quello scadente e già pronto del supermercato... "Sì, e infatti c'è anche la confezione accartocciata."

Nella busta della carta, invece, un pacchetto vuoto di Marlboro, un quotidiano spiegazzato dal quale era stato sfilato l'inserto locale e un settimanale di parole crociate, da esaminare con più calma in un secondo momento.

"Altro giro, altro sacchetto" pensò l'ispettore, mentre estraeva la plastica e il vetro. Una bottiglia di vino rosso di un'ottima etichetta toscana, un Ser Gioveto del 2005, non certo comprata al supermercato, acqua minerale frizzante, boccette di collirio rinfrescante alla camomilla, valeriana, Maalox, un flacone vuoto di profumo maschile francese, una bottiglia che aveva contenuto grappa veneta anch'essa di pregio. E poi le stesse cose dei giorni precedenti: cialde del caffè ristretto (stavolta sette), un piatto di plastica sporco e due tovaglioli di carta, tutte cose che erano state messe nel sacco sbagliato. Non doveva essere un grande ambientalista, il Bernini...

In ogni modo, il risultato della perizia era molto chiaro: tanto caffè, ricercatezza da esperto sommelier nella scelta di vini e liquori, scarso interesse per il cibo. Niente che si potesse dire utile per l'indagine, insomma, e conseguente inevitabile sfottò di Bruno, l'amico e collega di sempre.

Già, Bruno. Si era dimenticato di chiamarlo.

L'ispettore tirò fuori il cellulare dalla tasca dei pantaloni e cercò il numero in rubrica.

Bastò uno squillo.

«Giova', che succede?»

Si era fatta mezzanotte. Non proprio l'orario adatto a una chiamata di lavoro...

«Stavi dormendo?»

«Non dormo mai, io, sto all'erta ventiquattr'ore su ventiquattro» scherzò Bruno, stiracchiandosi.

Era il suo collega preferito, disponibile giorno e notte, sempre allegro, sempre positivo nonostante le curiose abitudini di Galasso, come quella di telefonargli in piena notte anche per piccole comunicazioni ordinarie.

Avevano seguito insieme il corso per ispettore a Nettuno trent'anni prima e da allora, fatta eccezione per il periodo di Giovanni a Palermo, le loro strade non si erano più separate.

«Scusami, è per la donna morta che ti chiamo. Sono alle prese con la monnezza...»

Bruno approfittò della breve pausa per staccare le cuffie dal cellulare: stava ascoltando un po' di musica prima di andare a dormire. «La monnezza della morta?»

«Ma no, che dici? Ti pare che a quest'ora apro la casa della vittima per vedere se c'è qualche cestino da svuotare? La perquisizione in casa sua è stata fin troppo precisa la notte dell'omicidio... Sono stato al palazzo di Bernini e ho capito che sarà una faticaccia: è solo il primo dei sospettati e già mi ruba troppo tempo. Anzi, volevo giusto avvisarti che domattina arrivo in questura un po' più tardi, devo fare un accertamento...»

Le prese in giro non arrivarono. Bruno ascoltava in un silenzio colmo di interrogativi, ora spaparanzato sul divano del salotto, praticamente al buio.

«Poi ti spiego» aggiunse Galasso. «Lo so che è la vigilia di Natale, ma cerca lo stesso di arrivare presto in ufficio, sai, nel caso dovesse saltare fuori qualche emergenza per questa storia... Insomma, stai con gli occhi aperti, d'accordo?»

«Stai tranquillo, ci mancherebbe. Sono certo che ci arriviamo insieme, tu e io, all'assassi...»

«Ne sono certo» commentò Galasso prima ancora che l'altro avesse terminato la frase.

«Anche se adesso non abbiamo niente in mano e qualsiasi strada può essere giusta o sbagliata, troveremo quella da percorrere. Qualcuno avrà visto qualcosa, ci dovrà pur essere un testimone, no?» chiese Bruno giocherellando con la zip di un cuscino.

Ci fu poi una pausa densa di pensieri. Galasso immaginò che la materia grigia dell'amico fosse impegnata sul caso, ma si sbagliava di grosso.

«Giova'.»

«Eh.»

«Facciamo che ora parliamo di cose serie?»

«In che senso?»

Il tono di Bruno si fece più riflessivo. Stava entrando nella parte. «Intendo: a femmine come stiamo messi? Hai qualche fanciulla da presentarmi, così la faccio "testimoniare" davanti a me tutto il giorno?»

«Bru', ma che cazzo dici... Gli anni passano e tu non cambi mai...»

«Sai cosa ho sognato stanotte? Che in qualche parte del mondo avevo *'na mugghieri e 'nu figghiu meu*... Una bambola da mille e una notte, con un culo pazzesco, e il ragazzino mi guardava con orgoglio...» sospirò. «Secondo lei, dottor Freud, qual è il "contenuto latitante"?»

«Che sei sempre il solito!» rise l'ispettore. «Che ancora strappi a morsi l'italiano per raddoppiare le consonanti. E non so se è peggio quando parli in dialetto o quando ti sforzi di sembrare forbito... Ma dove pensi di trovarla, una matta che ti sposi e che ti sforni pure un figlio in un batter d'occhio, pronto ad abbracciare il suo papino?»

Bruno Bevilacqua era fatto così. Dopo il corso a Nettuno aveva lasciato il suo paesello vicino a Caserta e si era stabilito a Roma. Da allora era sempre rimasto single, sedicente sciupafemmine.

I capelli con la riga a sinistra, schiacciati sulla testa come fossero imbrillantinati – o forse lo erano davvero: certe cose è meglio non saperle –, erano il sintomo più visibile, ma non certo l'unico, della sua buffa vanità. La vanità di chi non sa misurare l'esigua portata del proprio fascino e riesce a coltivare solo dolci illusioni. Facilmente misurabili erano invece l'altezza, un metro e sessanta circa, e il diametro della pancia, un metro e venti. Ma quello che contava davvero erano l'acume investigativo e la propensione all'analisi, ammirati da tutti e in particolare proprio da Galasso, disposto a perdonargli perfino i momenti di comica autocelebrazione da Delon *de' noantri*.

La voce seria di Bruno si era ammorbidita già da qualche secondo. «Prenditi il tempo che serve. All'ufficio ci penso io» promise a Giovanni prima di congedarsi. «Quando arrivi, se vuoi, proviamo a fare il punto. Ho raccolto qualcosa di nuovo oggi, ma niente di cui non possiamo parlare domattina. Così mi racconti pure se finalmente sei riuscito a cavare qualche indizio dal lavoro più bello di tutti, quello sulla spazzatura...»

Il giorno prima, l'immondizia alcune informazioni le aveva già fornite, a dire il vero. Il codice genetico di Gaetano Bernini, tanto per cominciare, che l'ispettore aveva "rubato" dagli avanzi e mandato subito ad analizzare. Erano passati ormai vent'anni da quando lo studio del DNA era stato usato per la prima volta come prova per incriminare qualcuno, e più di cinquanta ne erano trascorsi dalla sua scoperta scientifica, ma agli occhi di Galasso questa possibilità di "tracciare" l'essere umano continuava a conservare un che di diabolico.

Ne era irresistibilmente attratto: tutti noi ci portiamo addosso invisibili impronte biologiche, nascoste in ogni singola cellula, e sono proprio queste a renderci unici e riconoscibili tra miliardi di persone. Numeri di matricola che non possiamo cancellare o alterare, impressi nella nostra carne dalla nascita fino alla morte. È così che veniamo al mondo: schedati direttamente da lassù.

«Ognuno è un vestito unico nella Grande Boutique» diceva spesso Galasso, senza nascondere la soddisfazione di avere al proprio servizio strumenti che, all'inizio della sua carriera in polizia, erano inimmaginabili.

In realtà la massima non era sua, ma del commissario La Sala, il maestro da cui aveva imparato il mestiere da giovane, che la usava riferendosi alle impronte digitali. Fin dal primo giorno, Galasso ne era rimasto affascinato e aveva riconosciuto in lui un solido punto di riferimento. Non era alto né tantomeno prestante, con quel fisichino asciutto e le orecchie troppo grandi rispetto al viso, ma quando apriva bocca lasciava tutti di stucco. Parlava con una sicurezza unica, era capace di dispensare consigli e spiegazioni come il migliore degli esperti della Scientifica, formulava le sue teorie con la fede e la precisione di un sacerdote, come se la scienza investigativa fosse per lui una specie di liturgia, da rispettare a fondo e approfondire senza sosta, giorno dopo giorno.

Galasso aveva impresso a fuoco nella memoria il giorno in cui, al corso, La Sala aveva parlato delle impronte digitali e delle più moderne tecniche di rilevamento; avrebbe saputo ripetere quelle parole praticamente a memoria.

Quel giorno La Sala era arrivato tardi e, per un istante, nella stanza era calato un silenzio di tomba: succedeva sempre così, persino i più rumorosi tra loro si zittivano di colpo. Anche lui aveva un suo rituale preciso: con il passo lento e strascicato raggiungeva la scrivania, si sedeva con calma olimpica e, per alcuni secondi che sembravano infiniti, univa le mani come fosse assorto in una personale preghiera. Quindi sollevava gli occhi verso il suo pubblico e si alzava piano. Ma quella volta sembrava non volesse smettere di fissarsi le mani: era concentrato nello sforzo di mettere a fuoco gli impercettibili reticoli disegnati sui polpastrelli e sui palmi, le linee curve e semicircolari che scorrevano parallele e si intersecavano sulla pelle, realizzando quadri mai uguali tra loro.

«Le nostre impronte digitali sono registrate nel Cielo e vibrano insieme a noi per tutta la vita» aveva poi sussurrato in uno slancio mistico che aveva catturato la piena attenzione di tutti. Era seguito un altro lungo silenzio, durante il quale quella frase aveva riecheggiato sui tavoli e i libri, tra le persone, tra le coscienze. E si era stampata nella mente di tutti i presenti, che non l'avrebbero mai dimenticata.

Ma, al di là dei suoi momenti più meditativi, La Sala era un uomo capace di grande concretezza e ironia, all'occorrenza. Quel giorno, aveva continuato dicendo: «Siamo miliardi in questo pianeta, e le nostre dita disegnano miliardi di figure diverse. Non può accadere che un metalmeccanico torinese abbia la stessa impronta di un contadino pakistano o di una principessa indiana?».

Galasso e gli altri erano esplosi in una risata mentre lui aveva aggiunto: «No, no che non può accadere. Puoi raschiare via i polpastrelli, bruciarli, tagliarli, evitare di toccare qualunque cosa, ma una traccia la lascerai sempre», per concludere quindi, alzandosi in piedi: «E state tranquilli: è proprio quella che ti incastrerà!».

Vecchi ricordi che non avevano mai perso, nella memoria di Galasso, la dolcezza e la meraviglia di un tempo. Ma bisognava ammetterlo: quando La Sala si lasciava prendere la mano diventava un po' noioso... Trattenendo un sorriso, scacciò subito dai pensieri la critica al suo intoccabile maestro: doveva tornare al presente e concentrarsi sul caso, e in particolare su un'ideuzza che da qualche giorno gli frullava in testa e non se ne voleva andare.

Nel posacenere dell'auto della vittima era stato rinvenuto un mozzicone di Marlboro, la stessa marca che fumava il Bernini. Di certo non era uno di quegli indizi che da soli risolvono un caso – milioni di persone fumano quelle sigarette –, ma un collegamento, per quanto fragile e remoto possa essere, va sempre verificato. Del resto non aveva una grande varietà di piste alternative, e di conseguenza non poteva certo escludere che quello spunto potesse condurlo a qualcosa di più utile.

Indagare su quell'uomo, personaggio buio, introverso, misogino e, insomma, a dir poco inquietante, era un suo preciso dovere.

Innanzitutto, Bernini era un frequentatore assiduo di

Villa Canali: spesso accompagnava in macchina l'anziana zia Eleonora, costretta da anni sulla sedia a rotelle, e si comportava sempre nello stesso modo. Si presentava con almeno mezz'ora di anticipo e, dopo aver parcheggiato, aiutava la donna ad alzarsi e la accompagnava fino all'entrata. Poi, senza dire neanche una parola di commiato, tornava al posto di guida e rimaneva seduto per alcune ore. Si accendeva subito una sigaretta e attendeva quasi immobile: non scendeva a chiacchierare con nessuna delle ospiti che entravano o uscivano dalla villa. Nessuno ad eccezione di Anna De Caprariis: quando passava lei, Bernini abbassava il finestrino, le chiedeva notizie sulla sua salute e non si congedava mai senza rivolgerle un sorriso. Si diceva che qualche volta fosse stato visto addirittura prenderla sottobraccio e scortarla fino al portone: ma poteva anche trattarsi di un'esagerazione, spesso la leggenda si fa strada tra le parole della gente...

In ogni caso, la strana predilezione per Anna e la compatibilità del profilo dell'uomo con quello dell'assassino avevano collocato "d'ufficio" il Bernini nella lista dei sospettati.

Per quella sera all'ispettore non restava altro da fare. Si stiracchiò per un attimo, quindi lanciò un'ultima occhiata attenta alla scrivania per essere certo di non aver trascurato nulla. Ripassò mentalmente ognuno di quegli avanzi: era noioso e spesso inutile, ma doveva farlo prima di passare allo step successivo. Era un'abitudine, un metodo collaudato.

Guardando quei resti gli tornò alla mente che anche la sua, di cena, a quell'ora rischiava di essere finita nella pattumiera. Tanto più perché non si era nemmeno ricordato di avvertire sua moglie del solito ritardo.

Sabina era una donna dolce, qualche volta apprensiva ma mai soffocante, ed era consapevole di aver sposato un poliziotto, di dover fare i conti con un mestiere che non lascia troppe vie di scampo: ecco perché non lo aveva ancora chiamato per chiedergli notizie. Non c'erano da temere strilli, pianti o scenate di gelosia, ma l'orologio segnava comunque mezzanotte e venti ed era innegabilmente arrivato il momento di telefonarle.

Come sempre, si sarebbe mostrato dolce e premuroso. Premuroso, per la verità, come può esserlo uno sbirro di strada, che dimentica il proprio anniversario di matrimonio un anno sì e l'altro pure ma non si lascia mai sfuggire quello di un latitante di spicco, perché è il giorno dell'anno, spesso l'unico, in cui il bastardo potrebbe cedere ai sentimentalismi e contattare sua moglie, correndo il rischio di farsi rintracciare.

Galasso si lasciò cadere sulla sedia, sollevò la cornetta e cominciò a comporre il numero. Poi ci ripensò e riagganciò: di solito Sabina lo aspettava in piedi, ma svegliarla di soprassalto con lo squillo del telefono fisso poteva essere un po' traumatico.

Optò allora per il cellulare: più lieve e, in qualche modo, più intimo.

«Ciao G...»

«Sì, sono ancora qui, tesoro» le disse anticipando ogni domanda. Non c'era bisogno di spiegare dove fosse quel "qui", né di scusarsi.

«Anche stasera a trafugare immondizia?» chiese lei.

«Già... Lo sai che mi piace.»

Sbadigliarono all'unisono. Galasso si alzò per non cedere alla sonnolenza e prese a girellare per l'ufficio.

«Tra quanto torni?» continuò lei.

«Una mezz'oretta e sono a casa. Devo soltanto finire una cosetta e per oggi basta, ho dato» assicurò Galasso.

«Che c'è, hai finalmente trovato una bistecca sospetta?» scherzò Sabina. Incredibile: l'unica volta che Bruno lo aveva risparmiato, arrivava sua moglie a sfotterlo. «Guardala bene negli occhi. Pensi che confesserà?»

«Non lo so, è un osso duro...»

Scoppiarono entrambi in una risata.

«Fai veloce, ispettore Callaghan, ti aspetto sotto le coperte, fa freddo.»

Lui sorrise e chiuse la telefonata.

Se è vero che dietro a un grande uomo c'è sempre una grande donna, nel caso dei coniugi Galasso il detto trovava la più convincente delle conferme. Sabina non era soltanto la moglie fedele e affettuosa che si prende cura del suo uomo e della casa; era una spalla disposta ai sacrifici più impensabili, come uscire nel cuore della notte per portare cuscino e lenzuola a un pentito sotto la custodia del marito. Anche lei era a suo modo un'agente speciale, insomma, una complice discreta capace di amorevoli attenzioni e allo stesso tempo di comprendere l'importanza di una missione. Di un'innegabile scelta di vita.

Tornato nel silenzio delle sue meditazioni, l'ispettore si rimise a sedere e prese tra le mani il settimanale di parole crociate, l'ultimo oggetto "repertato". Tranne che per una chiazza di unto che aveva impiastricciato la parte alta della copertina, il giornaletto era pulito: forse forse la raccolta differenziata non era proprio la stronzata che pensava... Per lui significava soltanto una perdita di tempo, ma chi riusciva a farla davvero gli evitava un lungo – e disgustoso – lavoro per liberare le pagine dai residui di cibo.

Ogni oggetto racconta una storia: bisogna soltanto tendere le orecchie e prepararsi ad ascoltare. Ma stavolta Galasso sapeva che quella rivista non poteva riservargli neanche un sussurro. La sfogliò distrattamente, certo che non avrebbe ottenuto nient'altro che vaghe indicazioni sulla cultura, l'ordine, i gusti del Bernini.

Biro blu, stampatello, scrittura precisa, qualche cerchio concentrico per ridare vita all'inchiostro addormentato in fondo alla penna. Succede quando si scrive da sdraiati, magari distesi sul divano o sul letto. Bernini aveva dovuto risvegliare spesso la sua penna, gli scarabocchi a margine erano numerosi. Ma quello che saltava all'occhio erano i cruciverba incompleti: sembrava che il sospettato non avesse trovato in nessun caso il guizzo indispensabile per finirne almeno uno. Galasso si soffermò sulle risposte mancanti, spesso molto elementari: "32 orizzontale: *può essere della Manica o di scarico*. Sei lettere, finisce per *-ale...*".

«La soluzione è *minorato mentale*» mormorò tra sé prima di scoppiare a ridere.

Fece istintivamente per aggiungere le prime tre lettere nelle caselle, poi si bloccò, e non solo perché avrebbe inquinato le prove. In controluce, seppure la lampada della scrivania non illuminasse più di tanto, aveva intravisto delle scritte oblique sul retro della pagina. Era il nome "Anna", scritto in stampatello e ripetuto due volte, calcato con una forza tale da far risaltare il tratto in maniera evidente anche dall'altro lato del foglio.

Anna: non solo il nome della donna uccisa, ma anche quello della defunta madre del sospettato, che si chiamava Anna Rosa, a dire il vero... Il dubbio durò solo un istante: Bernini avrebbe certamente scritto "mamma", non "Anna", se avesse voluto riferirsi a lei.

Un piccolo indizio, finalmente. Non era molto, ma le indagini nascono spesso così, da un niente, e in casi del genere bisogna sapersi accontentare.

Galasso si alzò sbuffando, ma col viso rischiarato da un sorriso appena accennato di soddisfazione. Ora aveva davvero "dato", era il momento di calare il sipario sulla giornata e staccare un po'.

Mentre faceva ordine nell'ufficio, cercò di ricapitolare ciò che fino a quel momento, grazie agli appostamenti e al setaccio della spazzatura, aveva scoperto sul suo principale sospettato:

- negli ultimi giorni non era mai uscito di casa, tranne per comprare il giornale e dei fiori;

- aveva una donna di servizio, probabilmente dell'Est, che lavorava a ore (sei in totale: tre la mattina, dalle 9 alle 12, e tre la sera, dalle 19 alle 22);

- mangiava poco e male, perlopiù piatti cucinati in modo sbrigativo;

- beveva vini pregiati, senza badare a spese;

- comprava ogni mattina lo stesso quotidiano e lo buttava la sera stessa, conservando però sempre l'inserto di cronaca locale (che fosse per analizzare con attenzione i resoconti delle indagini sul delitto?);

- fumava un pacchetto di Marlboro al giorno;
- era piuttosto ignorante, o perlomeno molto pigro;
- era una persona parecchio abitudinaria, legata a piccoli riti.

Un uomo qualunque, insomma. E il fatto che avesse una vita sociale poco attiva non faceva di certo notizia in un'epoca in cui è più facile chiudere la porta, tirare le tende e nascondersi nell'ombra piuttosto che uscire allo scoperto, esporsi. E allora perché a Galasso qualcosa suonava strano? Qual era la nota stonata?

Continuò a domandarselo mentre rimetteva la spazzatura dentro le buste e gettava il tutto in un enorme sacco nero in uno sgabuzzino, tra varie cianfrusaglie. Probabilmente avrebbe presto buttato via tutto, ma forse era meglio aspettare un attimo. Soltanto il settimanale si salvò, finendo in un cassetto. Un salto in bagno per lavarsi le mani, e in un batter d'occhio l'ispettore infilò sciarpa e cappotto, e uscì fischiettando il ritornello di una vecchia canzonetta.

Era stanco, ma quel minuscolo indizio l'aveva in qualche modo rinvigorito.

Venti minuti più tardi parcheggiava la sua Polo sotto casa. Cinque minuti ancora e, dopo aver fatto gli scalini a due a due e aver rimediato un fiatone inutile, era già in cucina, dove lo attendeva sul tavolo una porzione gigante di riso al forno. Mozzarella, polpettine e un uovo sodo arricchivano quel ben di Dio, come si conviene a una cena che necessariamente risente delle origini irpine della cuoca.

Quella santa di sua moglie si era addormentata, l'abat-jour del comodino era ancora accesa, un libro le era scivolato dalle mani ed era rimasto aperto tra le lenzuola. I capelli biondi e lisci le coprivano parte del viso, e sulla bocca sembrava affiorare un sorriso. Quella scena lo inteneriva ogni volta.

Galasso sollevò il libro e guardò la copertina: un saggio di un piccolo editore che non aveva mai sentito sulle cause del nazismo e della sua ascesa nella Germania di inizio Novecento. Galasso scrollò la testa con bonarietà: come poteva rimanere sveglia a quell'ora con una mazzata del genere sotto gli occhi?

Le sfiorò la fronte con le labbra e le sistemò cuscino e coperte. Ripose il volume sul comodino e, prima di lasciare la stanza, spense la luce senza fare rumore.

Anche Bossolo dormiva alla grande, acciambellato sul divano, e non si era neppure accorto del ritorno del padrone. L'ispettore passò oltre e andò a sedersi al tavolo della cucina. Aprì una bottiglia di vino e, nel silenzio della notte, tornò a riflettere sul caso. I suoi sospetti su Gaetano Bernini erano per ora soltanto frutto di un'intuizione, di una spregiudicata ricostruzione del delitto colma di punti oscuri: non si era ancora aperto un reale spiraglio. Solo supposizioni, e con quelle non si può di certo convincere una PM.

Il caso era stato infatti affidato a Patrizia Monti, una donna timida e mingherlina che si rifiutava di ragionare su un'indagine prima di aver raccolto con pignoleria e curiosità investigativa tutti i dettagli possibili. Solo a quel punto cominciava a metterli in ordine e costruire, tassello dopo tassello, il mosaico completo. Era il suo stile e lo imponeva con autorevolezza.

Galasso non lo condivideva. Per lui ogni investigazione era una partita a carte, in cui l'importante non era essere serviti bene, ma saper scegliere con meticolosità tempi, strumenti, modi e sequenza delle giocate a disposizione.

Era quella che il vecchio commissario La Sala chiamava "cassetta degli attrezzi". «L'investigatore è un operaio: si sporca le mani, smonta e rimonta la verità, ne studia i meccanismi, individua l'ingranaggio che non funziona. La sua cassetta contiene tutti gli strumenti di lavoro necessari: il segreto è saper decidere quali usare, quando e in quale ordine.» Quindi partiva con gli esempi: «Se cominci con una perquisizione arriverai subito all'obiettivo, senza passaggi intermedi, ma avrai tutti i rischi di chi si muove allo scoperto. Se invece preferisci una soluzione più prudente, avvicinerai il tuo uomo per cerchi concentrici, come un lupo che punta la sua preda, ma se sbaglierai i tempi dell'attacco te la lascerai sfuggire. La chiave di tutto è riuscire a dominare gli impulsi, calcolare con freddezza ogni mossa, valutare e rimettere subito in discussione le proprie intuizioni».

Erano ricordi lontani, ma le parole di La Sala per lui rimanevano Vangelo. Il primo giorno di servizio alla Mobile, quando conservava ancora quel pizzico di arroganza tipica dei nuovi arrivati, Galasso aveva ricevuto una nota dal suo capo. "Figliolo" c'era scritto, "andando avanti così, rischierà brutte figure. L'indagine è studio paziente, ricerca razionale della verità, costante esercizio del dubbio. Il bravo investigatore dubita, soprattutto di se stesso, ha il coraggio di mettere in dubbio perfino le convinzioni cui è approdato un attimo prima." Sul momento era prevalso l'orgoglio: il giovane Galasso non aveva capito e si era infuriato, gettando quel foglio nel cestino.

Invece aveva ragione il vecchio commissario. E lui l'avrebbe capito in fretta e a proprie spese, a suon di delusioni cocenti, di certezze frantumate, di speranze dissolte proprio all'ultimo momento, quando ormai sembrava fatta, di casualità che avevano risolto indagini al posto suo, superando ogni presunta teoria investigativa.

La cena, conclusa con un paio di mandarini senza alcun sapore, era stata rapida. Poi Galasso aveva messo i piatti nel lavello e si era diretto in bagno per lavarsi la faccia.

Non amava quel momento perché lo costringeva a confrontarsi con lo specchio – *'o scostumato*, come lo chiamava Eduardo De Filippo –, il giudice più impietoso e sincero. E in particolare in giornate come quella, sfiancanti ma prive di veri risultati, gli pareva di trovarsi davanti un impostore, una maschera di stanchezza e notti insonni in cui faticava a riconoscersi. E dire che, dopo qualche giorno di vacanza, portava davvero bene i suoi cinquantadue anni...

Non solo le occhiaie urlavano vendetta: la pancia un po' prominente, i capelli bianchi e le rughe sottili che gli attraversavano il viso gli ricordavano che la brillantezza dei tempi che furono era ormai lontana.

«Questo corpo non ti merita!» a volte gli diceva scherzando sua moglie. «Non potevi essere brutto dentro e bello fuori?»

Già, Sabina. Era il momento di infilarsi sotto le coperte e stringerla a sé, allontanarsi dal mondo fino al mattino dopo. Sapeva di non essere il migliore dei compagni, e per di più quell'indagine sotto Natale l'avrebbe costretto fuori casa per gran parte delle feste, ne era certo, ma nel poco tempo che passavano insieme provava a condensare tutto l'amore di cui era capace. Le passò delicatamente una mano intorno alle spalle, posò l'altra sul fianco della donna e sentì il suo respiro accarezzargli il volto. Lei ebbe un timido sussulto e si accostò per farsi proteggere dall'abbraccio del marito.

Non ci fu bisogno della sveglia: alle 7 in punto era già pimpante. Un bacetto a Sabina, che se ne accorse appena, e poi senza invidia per lei che poteva continuare a dormire si diresse in cucina. Per colazione uno yogurt anticolesterolo, un caffè doppio, sei biscotti senza zucchero. Tutto sotto lo sguardo di Bossolo, il pastore tedesco, lo stesso che poche ore prima, immerso nel sonno, l'aveva ignorato, ma che di prima mattina si mostrava più affettuoso che mai. Seguivano, nell'ordine, barba, denti e doccia. Il phon non serviva, il pettine neanche, perché i capelli radi si asciugavano velocemente da soli, bastava una passata con l'asciugamano. Il dopobarba al mirto e alla menta acquatica, che Sabina gli regalava immancabilmente a ogni compleanno, rinfrescò la pelle del volto e gli lasciò addosso quell'odore che tutti i colleghi associavano ormai istintivamente a lui. Poi giacca pesante a quadri larghi, pantaloni a tinta unita beige perfettamente stirati, cravatta di un colore da dimenticare, e uno di quei tipici giacconi che si definirebbero "comodi".

Era ufficiale: Gian Giacomo Galasso era pronto a spaccare il mondo.

Era questo il suo vero nome, anche se quasi nessuno lo sapeva. All'apparenza aristocratico e solenne, era in realtà il risultato di un miope compromesso tra i suoi genitori: entrambi volevano dare al piccolo il nome del proprio padre ed entrambi erano stati accontentati. Presto Gian Giacomo si era trasformato nell'orribile Giangi, seguito dal soave Giovannino e infine dal più solido e semplice Giovanni.

Il primo obiettivo di quella mattina era evidente: doveva cercare risposte che confermassero o smentissero i suoi sospetti. E chi meglio della viva voce del portiere del palazzo di via della Casa 12, meglio conosciuto come "lo stabile sito in questa via della Casa, contrassegnato dal numero civico 12", come avrebbe poi scritto nella relazione al capo della Mobile, avrebbe potuto fare al caso suo?

Si presentò sul posto alle 8.15, dopo aver parcheggiato l'auto di servizio abbastanza lontano da non dare nell'occhio. Il freddo era pungente, gli abitanti del quartiere camminavano con le sciarpe sollevate fin quasi alla bocca, la testa e le mani ben coperte da cappelli e guanti.

Lo stabile contava nel complesso otto appartamenti, due per piano. Bernini abitava all'ultimo che, come era stato accertato, disponeva di una meravigliosa ed enorme terrazza, piena di piante e di fiori, dalla quale era possibile ammirare una delle più incantevoli viste sui tetti di Roma.

La decisione di rivolgersi direttamente al portiere – al secolo Sebastiano Diociaiuti – sarebbe potuta apparire un'imprudenza, perché l'uomo avrebbe di certo riferito a Bernini che la polizia aveva chiesto di lui. Ma Galasso seguiva una strategia che negli anni si era sempre dimostrata, per quanto banale, pressoché infallibile.

Diociaiuti era il portiere che ti aspetti, quello con il giornale sempre aperto davanti al viso e gli occhialini in bilico sulla punta del naso. La sua guardiola si affacciava sull'androne del palazzo, e ostentava le consuete piante semiperfette tirate a lucido, il mogano alle pareti, un paio di marmi a incutere un tronfio rispetto.

Galasso fece capolino alla porta di vetro con un sorriso a trentadue denti stampato sulla faccia.

«Buongiorno, scusi il disturbo. Permette una domanda?» esordì, ricevendo in risposta una lenta, pigra, inesorabile occhiata. «Sono della questura...» aggiunse, facendosi più serio e mostrando rapidamente il tesserino. Al che accadde il miracolo: il portiere si alzò in piedi, anche se la sua altezza, per la verità, non era aumentata poi di molto. «... Della Digos» mentì infine. La rivelazione, unita al tono complice, sembrò funzionare.

L'ometto bisbigliò qualcosa d'incomprensibile e gli fece cenno con la mano di affrettarsi a entrare in portineria, guardandosi intorno come se d'un tratto facesse parte di un'operazione segreta delle forze speciali. Galasso ne approfittò subito.

«Vede» sussurrò come se dietro ogni parete ci fosse qualcuno in ascolto, «siamo certi che un terrorista latitante si nasconda da qualche tempo in questo edificio. È un'informazione riservata, che deve rimanere tale nel nostro e nel suo interesse...»

Sul viso del portiere si dipinse il compiacimento di chi ha appena trovato il miglior aneddoto da bar dell'anno. «Con me sta in una botte di ferro» assicurò con la più classica delle frasi fatte.

L'ispettore assunse un'aria grave, ma al contempo confidenziale. «Secondo un informatore, il nostro uomo sarebbe ospite di un professore con la barba che vive al terzo piano.»

La botte di ferro fece un movimento affermativo con la testa. Era sul pezzo.

«Mi dica qualcosa di lui» incalzò Galasso. «Del professore, intendo. Ho bisogno di sapere chi frequenta, se è sposato, se viene qualcuno a fargli visita, che macchina ha... Insomma, tutto quello che sa. Capisce, ogni informazione potrebbe esserci utile...»

«Guardi, *brigadiere*, nel palazzo non abita nessun professore con la barba, ne sono sicuro. Io sto qui da vent'anni e so tutto di tutti.»

Il portiere aveva abboccato e adesso era convinto di essere in vantaggio.

Galasso si mostrò stupito e diffidente, poi produsse la sua migliore smorfia di disapprovazione, che sembrava preludere al classico "mi segua in questura...".

«Vede, *brigadiere*» continuò Diociaiuti con fare dispiaciuto, «io le sto dicendo la verità. Ho un cugino nell'Arma e mio padre mi portava da bambino alle sfilate degli alpini. Sa, è stato alpino anche lui, ha combattuto in Etiopia, ci ha abituati al senso del dovere...» Si bloccò davanti all'espressione perplessa del poliziotto. Si concentrò per qualche secondo e riprese. «Le faccio un *panorama* di tutto il condominio, perché non ho niente da nascondere, io» sottolineò come chi si sente leso nella sua rispettabilità. «Allora: al primo piano vive la vedova Santorini, ha due figli che ancora vanno a scuola. Il marito era ginecologo ma è morto d'infarto mentre stava operando una polacca che lavorava qui. La signora fa una vita molto riservata e solitaria, secondo me non ci sta più con la testa. Nell'appartamento a fianco c'è una coppia di sposini. Lei ha ereditato la casa del papà, ammiraglio di Marina...»

Andò avanti per dodici minuti filati, durante i quali Galasso si limitò a mettere a fuoco l'essenziale. Poi finalmente arrivò il turno di Bernini, e l'ispettore accese il radar.

«... Quell'uomo mi sembra un matto: ha due occhi che fanno paura... Sua mamma è morta, ma lui ne parla ancora come se fosse viva. Pensi che torna a casa portandole sempre dei fiori, grandi mazzi di fiori bianchi, e anche roba da mangiare! E poi, occhio a questa» il portiere si stava lasciando andare, «sta un tempo infinito a guardare le vetrine del quartiere perché dice che sua madre dovrebbe svecchiare il suo guardaroba... A volte lo vedo rientrare di corsa, e se gli chiedo il motivo mi risponde ogni volta che è in ritardo e non può far attendere la mamma.»

Eccolo, finalmente, il dettaglio stonato.

Galasso, dissimulando lo stupore e l'inquietudine, registrò l'informazione e tagliò corto: «Sì, ho capito e la ringrazio per la disponibilità, ma le ho domandato del terzo piano, mica di raccontarmi la storia del condominio. Mi scusi, ma oggi ho ancora tanto da fare e...» Si interruppe all'improvviso perché stava scendendo le scale una signora sulla quarantina con un luccicante caschetto biondo, che chiacchierava allegramente da sola, a voce alta.

Era la stessa meraviglia della natura che la sera prima, in tacchi e pellicciotto, era sfrecciata via con il grande Suv parcheggiato davanti ai bidoni della spazzatura.

«È-la-ve-do-va» sillabò Diociaiuti a fior di labbra.

Galasso la fissò di nuovo quando si avvicinò: in realtà non stava parlando da sola: aveva un iPhone in una mano e l'auricolare all'orecchio. Ma non era quella la scoperta migliore: l'ispettore non aveva mai visto una vedova più bella ed elegante di lei. Non era per l'abito o la borsa firmati, o per il bracciale di brillanti che picchiettava contro il cellulare, né per la scia di profumo raffinato che si lasciava alle spalle; a farla volare a un metro e mezzo da terra erano il piglio, la gestualità, il modo di parlare e di agitare la mano nell'aria con una nonchalance unica, da vera signora.

I due uomini la osservarono sfilare in religioso silenzio, e in cambio non ottennero neppure uno sguardo. Manco fossero trasparenti.

«Che bella» sussurrò il portiere, mentre Galasso – che per un attimo aveva perso di vista anche il motivo della sua presenza nella guardiola – annuiva estasiato.

Ben presto però recuperò il suo atteggiamento di pochi secondi prima. «Be', dicevamo?»

«Sì, giusto... Mi rimane da raccontarle dell'ultimo appartamento, la signora che ha tutti quei cani» rispose il portiere dopo un sospiro che sembrava non finire mai.

«Lasci stare» lo troncò un po' brusco Galasso, «credo proprio che la soffiata fosse sbagliata, o forse non è questo il palazzo che cercavo. Stia tranquillo, non dirò a nessuno dei condomini che mi ha spiattellato ogni particolare delle loro vite» aggiunse in tono di minaccia. Gli dispiaceva, ma era l'unico modo per farlo stare zitto. «Manterrò il segreto perché lei è una brava persona e sono convinto che anche lei dimenticherà presto il nostro incontro. Sa com'è, se si dovesse spargere la voce nel quartiere...»

Il portiere scrollò la testa più volte con gratitudine, gli occhi bassi a giurare fedeltà.

Quindi l'ispettore gli strinse la mano, chiudendo il loro incontro con un occhiolino, ed elargì il sorriso di chi la sa lunga ma è in grado di tenere la bocca chiusa. Sul viso contrito dell'ometto tornò un barlume di serenità mentre accompagnava il poliziotto verso il portone.

Galasso lo bloccò con un gesto secco del braccio e un'occhiata, prima di ultimare il suo capolavoro sussurrandogli all'orecchio: «Si fermi qui, non è prudente farci vedere insieme...».

Si incamminò rapido lungo la strada e, appena dietro l'angolo, s'infilò a bordo dell'auto di servizio per raggiungere la questura.

Il portiere tornò a sedere nella sua guardiola e controllò ovunque, anche sotto il tavolo, che qualcuno, magari dell'FBI, non avesse piazzato una microspia.

2

L'ispettore Bruno Bevilacqua, seduto tranquillo su una sedia in penombra dell'ufficio di Galasso, sciorinava a ruota libera perle di saggezza e profondissima umanità. «La storia dei Bernini è un bel casino: il barone Bernini, padre di Gaetano, era un galantuomo di quelli come non se ne vedono più. Un vero nobile, proprietario di terre in Calabria, nella provincia di Reggio. Poi, come sempre quando hai tutto, arriva la sfortuna e ti fotte all'improvviso: vent'anni fa è morto in un incidente stradale e ha lasciato alla moglie e al figlio tanti di quei soldi che manco in due generazioni li avrebbero finiti. Poi, Natale scorso, altro colpo di culo: ci resta secca anche la signora Anna Rosa, tumore al pancreas, e Gaetano si piglia tutta la torta...»

Bruno aveva una dote: riusciva sempre a tenersi in equilibrio tra buongusto e sarcasmo. Un autentico maestro di stile. Ma il rispetto della morte non era esattamente una delle sue virtù.

Galasso, in piedi di fronte alla finestra, aveva appena aggiornato il suo braccio destro sugli scarni risultati delle indagini fino a quel mattino, e adesso ne ascoltava il resoconto guardando fuori dal vetro con un sorriso serafico sulle labbra. Era piacevole respirare l'atmosfera della vigilia, con i tetti di Roma ancora coperti da un sottile insolito strato di neve. Non aveva mai sopportato tutto quello che gira attorno al Natale: la confusione di persone strepitanti in fila nei negozi, i pacchetti pieni di regali dozzinali e impersonali, quella felicità evidentemente finta. Ma la luce lattiginosa che regnava sulla città gli dava un senso di pace, anche se sapeva che sarebbe stata una tranquillità solo passeggera: una lieve pioggerella stava cominciando a cadere, e presto la neve si sarebbe sciolta completamente.

«Di che cifra stiamo parlando?» domandò osservando le luminarie che decoravano il viale.

«Parecchi zeri. E dagli accertamenti non risulta che dopo la morte del vecchio i soldi siano stati investiti in attività, azioni o qualsiasi altra cosa. Semplicemente, madre e figlio si sono spanciati con l'eredità.»

«Spanciati non direi proprio...» sorrise Galasso. «Facevano una vita molto tranquilla: nessun lusso, poche vacanze, niente che svelasse la loro ricchezza. Ma forse un motivo c'è: a quanto dice quel genio del portiere, Gaetano non sta tanto bene di testa. Non credo sia mai stato un esempio di razionalità, ma nell'ultimo anno è anche peggiorato: pare che parli con la mamma morta, le porta fiori, le prepara da mangiare... E poi non frequenta nessuno. Donne, dalle sue parti, non se ne sono mai viste. Buio assoluto.»

«L'avessi avuta io una fortuna del genere, non ti dico che numeri avrei fatto... Sai quante femmine avrei avuto intorno? Già mi immagino la scena: una orientale messa a...»

«Ok, ok, ti credo, non c'è bisogno che entri nei dettagli» tagliò corto Galasso.

«E quello invece stava a casa con mammina, *cos' 'e pazz...*»

A entrambi sfuggì un sorriso irriverente.

L'ispettore ricominciò a parlare. Pioveva un po' più forte. «La madre è morta da un anno, e lui esce al massimo per un caffè al bar o per comprare il giornale e, ogni giorno, fa un'immancabile sosta dal fioraio. Le compra un mazzolino di fiori bianchi, verginali.»

Già, fiori bianchi. Ultimamente tornavano spesso nella vita di Galasso. Ne aveva visti centinaia, due giorni prima, nella camera ardente dove la De Caprariis riposava tra lumi accesi, odore acre e visi contratti dal dolore. Una distesa di fiori candidi, come un'onda di latte arginata dal legno della bara. Il foulard intorno al collo della donna era invece di un viola tenue, come l'ematoma che aveva l'infausto compito di coprire.

Presentarsi in quelle occasioni era un modo per entrare nel mondo della vittima, navigarle intorno, memorizzare visi e occhiate, captare umori e parole di chi era lì a porgere l'ultimo saluto. Con tutta la discrezione del caso aveva scattato diverse foto con il cellulare: la speranza era quella di avere una prova da sbattere in faccia a chiunque avesse negato in seguito di avere avuto rapporti con la morta.

Poi, guardandosi intorno, era stato sopraffatto dal solito disgusto che lo coglieva ai funerali. Lacrime false, rituali di cordoglio, persone disperate che, quando nessuno le guardava, ridevano e sussurravano battute al conoscente di fianco. Il tutto velato da uno strato spesso e catramoso di snobismo, un piccolo esercito di ricconi che rappresentavano per lui l'essenza del male in terra. La puzza sotto il naso si mescolava all'inconfondibile odore di camera ardente, un misto letale di disinfettante e formalina: Galasso non avrebbe potuto resistere un minuto di più. Appena arrivato all'esterno si era acceso un sigaro, godendosene lunghe boccate: esattamente quello che stava facendo adesso in ufficio, vicino alla finestra aperta, mentre ascoltava le piroette mentali di Bruno, che a modo suo stava cercando di tirare le somme.

«Insomma, ricapitolando: Bernini è un tipo introverso, solitario, senza particolari amicizie o inimicizie, è uno zitellone di lungo corso. Due sono le cose: o è il più insospettabile e spietato dei killer, o è semplicemente uno degli uomini meno vitali dell'universo. Che dici, Giova'?»

«Io opterei per la seconda ipotesi» annuì Galasso appoggiando il sigaro sul posacenere che teneva sempre in un armadio, «ma ci sono due elementi che continuano a non tornarmi. Il primo è che, da quando è morta la De Caprariis, Bernini non è più uscito di casa. Di per sé non significa niente, ma la cosa non è normale, no? Se uno non ha nulla da nascondere, perché ha paura di mettere il naso fuori? E poi: sappiamo per certo che aveva l'abitudine di frequentare Villa Canali e ne conosceva l'ambiente. Magari l'assassino non è lui, ma chi ci dice che non abbia visto qualcosa?» concluse recuperando il sigaro.

«Giova', ma ti rendi conto? Quello accompagnava quasi tutte le sere sua zia a giocare a carte con le amiche... Mica è pazzo solo lui! La vecchia è proprietaria di un'intera palazzina d'epoca, potrebbe permettersi un autista e invece preferisce farsi scarrozzare dal nipote e farsi aspettare...»

Galasso stava trattenendo il fumo in bocca e fissava la punta del sigaro, come se questo lo aiutasse a gustarne meglio il sapore. Strizzò gli occhi per suggerire a Bruno di continuare.

«Perché uno dovrebbe sottoporsi a uno strazio del genere? Manco lo facevano entrare nella villa, poveretto. Lo lasciavano fuori in macchina per ore! Arrivava, scaricava la zia in sedia a rotelle e la lasciava alla padrona di casa. Che pena, ispetto'!»

«Bru', ti ho detto che abbiamo sentito anche il cameriere del bar di fronte a Villa Canali?»

«Veramente no...»

«Ah, ecco. A quanto dice quel ragazzo, anche il giorno dell'omicidio Gaetano aveva accompagnato la zia alla villa con la solita Mercedes grigia. Come sempre, la signora Eleonora era d'accordo con la sempreverde *contessina* Canali, ottantaquattro anni e tre matrimoni alle spalle, per il consueto bridge. Pare se la godano mica male, le "signorine" del bridge: la Canali spedisce il suo filippino tuttofare al bar un giorno sì e uno no per rifornire la villa di liquori. Tutta roba buona, ovvio, roba da centinaia di euro che il padrone del bar ordina apposta per lei e tiene in magazzino...» Galasso estrasse un foglio dalla tasca e prese a leggere: «Senti che ben di Dio: whisky Lagavulin invecchiato trent'anni, cognac Raymond Ragnaud riserva, rum Zacapa xo, brandy Cardenal Mendoza, o Cardinal Mendoza, non so, e poi grappe storiche... Ma che cazzo ne sai tu, Bru', che ti bevi il limoncello a due euro l'ettolitro...».

Bruno sorrise ma passò subito oltre. «Ecco perché se ne stavano a giocare anche fino a mezzanotte, nonostante avessero già un piede e mezzo nella fossa...»

«Eh, in effetti... E in questo bel quadretto Bernini se ne stava in auto a sbirciare di tanto in tanto verso l'entrata: quando il filippino coi bottoni dorati spalancava il cancello, significava che la zia era pronta per uscire. E poi dai registri telefonici abbiamo scoperto un'altra cosa parecchio strana.»

Già da alcuni giorni Galasso aveva acquisito i tabulati del cellulare del suo sospettato. Alla PM Patrizia Monti aveva addotto motivazioni generiche, in assenza di una pista concreta aveva preferito non scoprire le proprie carte; in pratica aveva ottenuto l'ok a procedere facendo leva unicamente sulla propria credibilità di detective.

L'analisi delle chiamate è una tappa pressoché obbligata in ogni investigazione, lo specchio più attendibile della rete di relazioni di una persona, e, attraverso i sistemi di geolocalizzazione, anche una mappa fedele degli spostamenti. A Galasso non piaceva il controllo del Grande Fratello, lo inquietava parecchio, ma ne doveva ammettere l'indubbia utilità nel corso delle indagini. Hai una bolletta della luce o dell'acqua troppo alta? Magari stai coltivando piante di marijuana o stai raffinando l'eroina. Paghi con la carta di credito il conto del ristorante o il pieno di benzina? Usi il Telepass in autostrada per evitare la fila al casello? Saprò che in quel momento eri lì, e nessuno potrà convincermi del contrario.

Dopo una boccata al sigaro, Galasso continuò a spiegare. «Al cellulare di Gaetano non arrivano mai chiamate. Tranne una, sistematica: quella che quattro sere a settimana riceveva dalla zia Eleonora, sempre intorno alle 23. L'unico appuntamento fisso della sua vita... Lei lo chiamava quando stava per uscire, poi toccava al filippino portarla fuori. Allora Bernini poteva avvicinarsi con la macchina e parcheggiare lungo il vialetto per caricare la vecchia. La cosa divertente è che, come dicevi prima, durante quelle ore di attesa lui non faceva niente, non telefonava, non leggeva: stava semplicemente lì seduto, perso nel vuoto delle sue serate.»

«Pover'uomo...»

«Quel cameriere ci ha detto che in realtà Bernini non aveva a che fare spesso con Anna De Caprariis, solo qualche convenevole davanti al cancello della villa. Lei arrivava in taxi e in taxi se ne tornava a casa, sempre da sola. Non erano mai andati via insieme, non erano mai entrati per un caffè nel bar dove lavora il ragazzo. Ma era ancora una bella donna, Anna, e questo sicuramente aveva un qualche ascendente su un solitario come Gaetano...» concluse Galasso, come parlando tra sé e con un filo di tristezza nella voce. «A giudicare dalle foto, si vestiva bene e dimostrava almeno una decina di anni in meno rispetto ai suoi sessantacinque.»

«Le foto le ho viste! Sai a chi doveva somigliare da giovane?» buttò lì Bruno come se fosse un indovinello.

«A Kim Novak!» rispose l'ispettore, restituendo un sorriso al collega. «Ci ho fatto caso anch'io. A parte i capelli rossicci, i tratti del viso sembrano identici. Una bellezza sana, di quelle di una volta, non come le donne tutte tiratine di oggi, che se le strucchi rimangono con la faccia piatta.»

«Be', insomma, a me non dispiacciono nemmeno le bellezze di oggi, eh...» ammiccò Bruno. «Questa si sarà pure conservata bene, però...»

«Sì, sì, lo so che a te piacciono giovani, Bruno, lo sanno tutti quanti qui dentro» rise Galasso. «Ma chi ti piglierebbe?»

«Mah, con lo stipendio da poliziotto forse una morta di fame ci potrebbe pure stare...»

«Dài, basta cazzate Bru'. Hai controllato con quale taxi è arrivata alla villa l'ultima sera?»

«Certo!»

«E non è ora di dirmelo?»

Bruno si chinò verso un cassetto e tirò fuori il suo taccuino con lentezza estrema. Ci provava gusto a creare un po' di tensione teatrale. «Allora, il Radiotaxi ha annotato una sola corsa in partenza dall'indirizzo di casa della vittima, alle 18.57, e una sola da Villa Canali, alle 22.10.»

«Prima del solito, quindi. Può darsi che le sia successo qualcosa, nel frattempo.»

«Già, così pare. Ma c'è dell'altro: entrambe le corse sono state effettuate da "Como 16", alias Sergio Santosuosso. Ci ho messo un po' per rintracciarlo, per questo non te l'avevo ancora detto. Tra l'altro, mentre ero con lui, ha litigato con la moglie, che l'ha rimproverato per la sua scarsa presen...»

«Bru', taglia corto, che cazzo, arriva al dunque!» intervenne Galasso, che adesso camminava per la stanza spazientito.

«Ah, sì... Il tassista ricorda bene la signora. Ha detto che è rimasto colpito dalla sua eleganza, ma soprattutto dal fatto che sembrava serena all'andata e piuttosto agitata al ritorno.» Prese di nuovo in mano il suo taccuino e lesse: «"Era un po' tesa, meno disponibile alla chiacchiera". In un quarto d'ora circa l'ha riportata davanti al portone di casa, la donna ha pagato con una banconota da venti euro e se ne è andata senza nemmeno aspettare il resto».

Galasso si portò una mano al mento. «Mmm... Secondo il medico legale, la De Caprariis è morta tra le 23 e la mezzanotte, sul greto del fiume, a pochi minuti da casa. Quindi, se è rientrata intorno alle 22.25, è nell'ora successiva che ha avuto a che fare con l'assassino.»

«E sicuramente lo conosceva, perché è uscita dal garage condominiale con la sua auto... A quanto raccontano i vicini e il contachilometri, è piuttosto insolito, specialmente la sera. E poi c'è un'ultima cosa: ha fatto guidare l'altra persona, a meno che i due non si siano invertiti i posti una volta arrivati a destinazione: il sedile era abbassato, quindi al volante doveva esserci qualcuno più alto del suo metro e sessantotto.»

I due poliziotti sentirono bussare alla porta.

Galasso si voltò sbuffando. Era abituato a ricevere "intrusioni" nel suo ufficio, e per la maggior parte erano scocciatori.

Invece questa volta era il suo amico più caro, compagno di mille indagini. Poteva rilassarsi. Alfredo Renzulli, chiamato "il Secco" perché alto e magro come un giocatore di basket. Uno sport che aveva praticato anche a livello agonistico, da ragazzino, quando giocava nelle giovanili della Virtus Roma e aveva buone prospettive di potersi guadagnare da vivere così: almeno fino a quando, a diciotto anni appena compiuti, non si era fatto male al ginocchio destro. Non aveva più recuperato il primo passo fulmineo che gli permetteva di bruciare sul tempo il suo marcatore, e il buon tiro dalla media distanza non poteva certo bastare per diventare un professionista.

Abbandonò il basket di colpo, senza ripensamenti, in maniera irrevocabile. Non entrò più in un palazzetto, nemmeno come tifoso negli anni gloriosi in cui la sua ex squadra vinse tutto. Ma di squadra ne aveva trovata un'altra: la Mobile. Un diverso modo di collaborare, di combattere, di vincere o perdere contro un avversario comune, che a volte era invisibile, spesso evitava il corpo a corpo e mandava avanti altri per sorprendere e sfiancare la difesa.

Poi il tempo era volato, insieme a centinaia di partite in cui, a volte, in gioco c'era stata la vita. Ma se sul parquet era stato il primo violino, quello per cui i compagni sgobbavano e cercavano di smarcare per il tiro, nella Mobile si era reinventato, diventando il jolly, il gregario perfetto. E dopo trent'anni non poteva capacitarsi di essere diventato l'agente "anziano": ancora generoso e instancabile come l'ultimo arrivato, era l'uomo più corretto che avesse mai calcato i pavimenti della questura, sempre pronto a intervenire in difesa dei colleghi, anche se per farlo si trovava costretto a sbilanciarsi contro superiori o magistrati.

Un puro, insomma, che aveva fatto anche della sua famiglia un piccolo capolavoro. Un amore forte e leggero quello con la moglie Paoletta, che aveva conosciuto quando ancora giocava a basket e non si era lasciato scappare. Un amore che non aveva vacillato neanche quando, nonostante numerosissimi tentativi, specialisti e rimedi più "artigianali", avevano dovuto rinunciare all'idea di diventare genitori. Ma lui non era capace di chinare la testa, mai. Se voleva qualcosa andava sempre fino in fondo. E, quando la sera portava gli inevitabili momenti di sconforto, insieme a lui e alla moglie c'erano sempre Galasso e Sabina, vicinissimi agli amici perché condividevano la sofferenza di non poter avere figli. Alfredo però aveva lottato con tutte le sue forze, ritagliandosi tempo in un lavoro prezioso come quello del poliziotto, che tempo non ne dà, e dopo un'estenuante trafila burocratica erano arrivati due adorabili gemelli brasiliani di nove anni, Alvaro e Antonia. Due raggi di sole che gli avevano illuminato la vita e il viso di una luce nuova, incontenibile.

Quel sorriso gli si era stampato in faccia e non lo aveva più abbandonato. Lo stesso che ora lo accompagnava nell'ufficio di Galasso.

«Disturbo?» chiese gentilmente con il suo inconfondibile accento romano. Teneva in mano un incartamento.

«Ma no, figurati. Dimmi che porti buone notizie, Alfre'. Hai i risultati?»

Bruno li osservava in silenzio, spostando lo sguardo dall'uno all'altro per capirci qualcosa. Si fece un po' avanti con la sedia.

«Niente di niente, Giova'» rispose calmo l'amico passandogli il primo foglio. «La sigaretta l'ha fumata la morta, no l'omo tuo.»

«Uff» sbuffò Galasso, deluso. «Ma questo non lo mette ancora al riparo dai sospetti. La De Caprariis fumava Camel, ne aveva anche un pacchetto in borsa, quindi la Marlboro qualcuno gliela deve aver offerta.»

«Nessun passo avanti, dunque» sottolineò Bruno, «ma neppure passi indietro. Siamo sempre a 'sto cazzo di punto di partenza.»

«Non proprio, un piccolo elemento in più secondo me ce l'abbiamo. Se vittima e assassino hanno fumato insieme, e quella sigaretta è stata pure offerta, quando si sono incontrati non sapevano che avrebbero litigato.»

Galasso, nei casi così complessi, aveva imparato ad accontentarsi. Sapeva che alla soluzione si arriva per gradi, mettendo insieme, tessera dopo tessera, il mosaico. E Alfredo era esattamente come lui: paziente e testardo, perché l'esperienza aveva insegnato a entrambi a non demordere e a non innamorarsi delle intuizioni, a non considerarle risolutive fino a quando ogni altra ipotesi non fosse stata esclusa.

«A questo punto» aggiunse Giovanni per dare la carica prima di tutto a se stesso, «dobbiamo esplorare qualunque altra possibilità. Provare a ripartire da zero.»

«Ben detto» annuì il Secco, rivolgendogli un sorriso. «Infatti guarda che altro t'ho portato.»

Porse una cartellina a Galasso, che la aprì e lesse curioso: «"Filippo Lombardo"? Chi è?».

«Era tra i contatti sul telefonino della De Caprariis. Il giorno della sua morte l'ha chiamata addirittura due volte: una nel tardo pomeriggio, esattamente alle 18.16, e un'altra alle 21.44. La prima conversazione è durata quasi quattro minuti, la seconda soltanto alcuni secondi. Una di quelle chiamate che si fanno per confermare qualcosa su cui si è già d'accordo, tipo un appuntamento...» Mentre Alfredo raccontava, la sua parlata si era inasprita, e l'accento si era fatto via via più marcato. Forse perché era troppo concentrato su quei concetti per tenere sotto controllo anche la forma.

Lo sguardo interrogativo e acceso di Galasso era un invito esplicito ad andare avanti.

«Ho raccolto informazioni su di lui e ne è venuto fuori un bel quadretto. Nato nel '50 a Campi Bisenzio, Firenze, eccetera eccetera... Vabbe', salto i particolari. Però, per farti un'idea: è uno dell'alta borghesia, classe rampante dei nuovi potenti, gli squali peggiori. È primario di Oncologia al Policlinico Umberto I, dove pare sia molto rispettato o, per meglio dire, temuto. Per arrivare dov'è, pare abbia usato qualunque tipo di mezzo.»

La mente di Galasso era già in frenetica azione. Aveva ripassato tutti gli indizi a loro disposizione e aggiunto un nuovo tassello alla scena. «Il metro e ottantacinque del nostro dottore giustificherebbe lo spostamento indietro del sedile» disse spulciando il fascicolo. «Sappiamo se fuma Marlboro?»

«No. Però se insisti un po' troverai un paio di notizie niente male. Finalmente abbiamo un sospettato interessante» rispose Alfredo, facendo un gesto con la mano per invitarlo a girare pagina.

Galasso eseguì all'istante, e senza neanche alzare lo sguardo continuò a leggere. «Allora: blablabla... il 4 novembre del 1998 Lombardo è finito con la macchina in una scarpata nei pressi di Montecompatri... blablabla... secondo il rapporto della Stradale pioveva a dirotto e la visibilità era minima... testacoda... Lombardo ha tentato una manovra disperata per rimanere in carreggiata, ma ha comunque sfondato il guardrail con la sua Mercedes Cabrio e si è infilato tra due platani volando giù per parecchi metri... La moglie Adele è morta sul colpo, lui se l'è cavata con alcune fratture... blablabla... durante la caduta è stato sbalzato fuori dall'abitacolo, unico motivo per cui è ancora in vita.»

«Una tragedia» commentò Bruno, dimostrandosi una volta tanto sensibile.

«Be', leggi dopo» fece Alfredo sicuro di sé.

«Il giorno di Santo Stefano del 2007, un'altra donna è morta... schiantata dal quinto piano di un palazzo... Nessun messaggio o motivo che giustificasse il gesto... Dall'autopsia è saltato fuori che aveva molto alcol nel sangue... blablabla... molto strano perché pare che la vittima fosse astemia. Era amica dell'oncologo... portavano avanti insieme iniziative di beneficenza, in particolare progetti per la lotta al cancro. E poi... va be', chi se ne frega... ecco: abitava in via Ezio, in pieno centro. È una traversa di via Cola di Rienzo, giusto?»

Alfredo annuì e Galasso riprese.

«Lombardo era stato interrogato dalla Mobile perché era stato visto uscire dell'edificio pochi minuti dopo il fatto e allontanarsi in fretta... Poi qui dice che il dottore aveva negato tutto e dalle indagini non era emerso nulla, quindi il caso è stato archiviato come "suicidio". Delusione d'amore o chissà cos'altro... Il nome della vittima era Laura Mantini.» Galasso impallidì. E sia Bruno sia Alfredo capirono subito che il motivo non era soltanto il fatto che Lombardo fosse collegato a ben tre morti.

«Laura Mantini...» mormorò col cuore in gola. «... È stata mia amica, parecchi secoli fa.»

Qualcosa di più, in verità, ma questo Galasso non riuscì a raccontarlo ai colleghi.

All'epoca aveva dieci chili di meno e di lì a poco avrebbe cominciato il corso per diventare ispettore. Si era arruolato nel Corpo delle Guardie di Pubblica Sicurezza perché sognava di diventare un investigatore. Non soltanto un poliziotto, proprio un investigatore, con il fascino del Tenente Sheridan, l'ironia arguta del Commissario Maigret e la passione per la cucina di Nero Wolfe. Desiderava diventare un genio dell'indagine, impegnato nei casi più impossibili alla ricerca di verità che nessun altro avrebbe potuto immaginare.

Strana scelta quella di Galasso: a quei tempi, ad arruolarsi in polizia erano ancora soprattutto i figli dei contadini, accanto ai quali in passato si era schierato soltanto Pasolini, che li aveva considerati simboli di un proletariato operoso e con scarse ambizioni.

I suoi coetanei si agitavano nelle piazze, gridavano "Polizia assassina!", "PS=SS!". Giovanni li guardava con tenerezza e perfino con simpatia, non si sentiva offeso da quegli slogan, non si sentiva contro di loro. Era stato un decennio di scelte drastiche, quello tra il Sessantotto e l'omicidio Moro, e ora che era quasi giunto al termine ogni ragazzo e ragazza di quella generazione si era schierato, creando lacerazioni dolorose e partecipando a scontri sempre più duri.

Si erano trovati sui lati opposti della barricata, divisi dalle ideologie e dai metodi, ma l'urgenza che li muoveva era la stessa: volevano cambiare il mondo ed erano convinti di riuscirci, a costo di rinunciare all'innocenza, di fare i conti con la morte. I sogni sarebbero svaniti con il tempo, le illusioni si sarebbero rapidamente ripiegate, i semi della rivoluzione avrebbero dato frutti invisibili, e di quel decennio sarebbero rimasti soltanto la musica, la libertà sessuale, il femminismo e poco altro.

Aveva conosciuto Laura ad Anzio in un'insolita serata di fine agosto. Fin dagli anni della scuola, Giovanni passava l'intero mese in quel paese, ospite degli zii, a due passi dal mare. Dopo cena non c'era molto per divertirsi: le chiacchiere all'aria aperta nascevano spontanee, gli amori e le simpatie sbocciavano in fretta.

Anche Laura andava lì ogni estate con la famiglia, ma non si erano mai parlati prima. Lei non era una bellezza di quelle che ti colpiscono all'istante: era una ragazza normale, poco appariscente. Le sue armi segrete erano il sorriso e il piglio battagliero: difendeva le sue idee con una determinazione d'acciaio, non cedeva mai l'ultima parola ma allo stesso tempo non rinunciava alla gioia di vivere. Ti sbatteva in faccia la sua libertà, la speranza che si traduceva immediatamente in azione. Il suo corpo rispecchiava in pieno la contestazione: capelli lunghi, gonne ampie, camicette con geometrie psichedeliche, gilet di pelle, e d'inverno l'immancabile eskimo. Era un'attivista dei movimenti di sinistra, studiava Scienze politiche e si era abbattuta nella vita del giovane Galasso come una meravigliosa tempesta.

Ora, invece, Laura entrava nell'inchiesta con la potenza e l'imprevedibilità del vento, portando con sé un turbine di ricordi che l'ispettore aveva creduto sepolti dagli anni.

Nel fascicolo di Alfredo c'era anche la testimonianza di un inquilino del palazzo in via Ezio. Galasso lo lesse ad alta voce: «"Un temporale del genere non si vedeva da tempo. Le persiane sbattevano per il vento, la grandine rovinava le piante sui balconi e ha anche fatto piangere mio figlio piccolo. Lo stavo calmando quando ho sentito il grido di una donna... e quel rumore... un rumore terribile!"».

L'ispettore si bloccò un attimo per una fitta allo stomaco. Respirò a fondo, quindi riprese a leggere la deposizione.

«"Abito al secondo piano, così quando ho guardato fuori dalla finestra ho visto tutta la scena: una macchina che si fermava, due persone avvicinarsi con l'ombrello e un cane che abbaiava e correva, spaventato da tutto quel trambusto... Lampi, rumori, il freddo, e l'acqua che continuava a cadere dal cielo..."» Un'altra breve pausa. Galasso era in preda all'angoscia. «"Qualcuno ha gridato di chiamare il 118 e io mi sono detto: ma perché non telefona lui? Mi sono precipitato in strada e ho visto quel corpo immobile sotto la pioggia... Sembrava che dormisse e non sembrava neppure un essere umano. Più un fantoccio, un manichino... Era tutto rannicchiato e non si muoveva, con le braccia girate in maniera innaturale. Gli sono andato vicino, molto vicino, anche se non so neanch'io perché... Sono quei momenti in cui sei terrorizzato e affascinato insieme, fatto sta: lo volevo vedere bene. C'era il sangue, sull'asfalto, mischiato ai chicchi di grandine. Certo che è proprio vero, che quando si muore così, l'unica cosa che vive è il sangue..."»

Laura, la povera Laura, ridotta a null'altro che un manichino sporco di sangue. E niente come il sangue è in grado di raccontare attimo per attimo la morte. Il sangue non sbaglia mai: ecco cosa stava pensando Galasso, mentre nel silenzio costernato dei colleghi tentava di riprendere a leggere.

«"Il farmacista col camice bianco è uscito dal negozio senza chiudere la porta, e alle sue spalle c'erano due anziane terrorizzate, o forse facevano finta e volevano solo spettegolare... Sono state quelle due le prime a riconoscere la donna. La prima era..."»

La deposizione si perdeva in inutili dettagli, e l'ispettore interruppe la lettura. Guardò Alfredo dritto negli occhi con uno sguardo che l'amico non avrebbe dimenticato facilmente. «Alfre', non lo sapevo che era morta. Non ci vedevamo da trent'anni, però...»

«Scusa Giova', non avevo idea che...»

«Non potevi. È tutto ok, stai tranquillo» sussurrò Galasso sedendosi alla scrivania. Allungò la mano verso il posacenere e recuperò il suo sigaro, quindi lo riaccese senza controllare se ci fosse qualcuno nei paraggi. In quel momento, dopo quella notizia, non gliene poteva fregare di meno.

Dopo un silenzio carico di tristezza, Bruno prese la parola e, nel tentativo di distrarre l'ispettore, cercò di riportare la conversazione sull'indagine: «È chiaro: questo Lombardo potrebbe essere il nostro uomo. Non solo è coinvolto in due situazioni perlomeno dubbie, ma è stato anche tra gli ultimi a parlare con la De Caprariis... Se non c'entra niente, quel tipo è l'uomo più sfortunato dell'universo».

«Dobbiamo interrogarlo» rispose di getto Alfredo, «dobbiamo capire al più presto che tipo di rapporto avesse con la signora.»

«D'accordo» confermò Galasso, «ma non subito. Prima raccogliamo tutte le informazioni possibili su di lui e cerchiamo di capire se c'è dell'altro. Partiamo dalle persone che gli stanno attorno: come hai detto prima, è uno squalo... Troviamo il suo punto debole e mettiamolo con le spalle al muro.» Parlò con una determinazione che non riusciva a celare la sua rabbia. «Adesso andate. Ho bisogno di pensare.»

Bruno, che come sempre aveva un modo tutto suo di rapportarsi al mondo, quasi sempre fuori contesto, si congedò con un inchino da pianista alla fine di un concerto e uscì.

Alfredo invece fece un passo verso la porta ma cambiò subito idea. Si avvicinò all'ispettore, gli mise una mano sulla spalla e, con voce calma e sicura, gli ricordò che lui ci sarebbe sempre stato, e per qualsiasi cosa sapeva dove trovarlo.

Riuscì miracolosamente a strappargli un sorriso. I prodigi dell'amicizia.

Rimasto solo nella stanza, Galasso cercò di riordinare le idee. Fumare il sigaro lo aiutava a concentrarsi, e non era cosa semplice visto che lungo il corridoio era tutto un vociare di agenti che si stavano radunando.

Dalla strada echeggiava qualche colpo di clacson, e il ticchettio morbido della pioggia faceva da languido sottofondo al freddo che Galasso sentiva dentro.

Pioveva anche quella lontana sera di tanti anni prima, quando tutto poteva cominciare. Chiuse gli occhi e cominciarono a sfilargli nella mente brevi flash intermittenti: Laura con un maglioncino blu a sottili righe bianche e un paio di pantaloni chiari, forse beige, non ricordava. I suoi lunghi capelli raccolti sotto il cappuccio. Batteva i piedi a terra per riscaldarli, mentre teneva le mani in tasca per tenerle al riparo dall'acqua. Era stata istintiva la complicità tra loro, e il fatto che entrambi avessero dimenticato l'ombrello in qualche modo li avvicinava ancora di più. Avevano scoperto di essere diretti alla stessa festa e Giovanni aveva azzardato una battuta intelligente, premiata prontamente da una risata sincera. Il temporale aveva continuato a imperversare, e così le chiacchiere, finché avevano deciso di disertare la festa e fare una passeggiata in spiaggia. Poi aveva smesso di piovere e si erano seduti sulla sabbia umida, dal mare soffiava su di loro una piacevole aria salmastra. Il quadro sembrava perfetto.

E poi...

... Niente. Galasso aveva perso l'attimo, nel modo più ridicolo che si possa immaginare: un tizio mezzo ubriaco era passato vicino a loro gracchiando *Come pioveva*, la vecchia canzone di Armando Gill. Erano scoppiati a ridere, e in un solo istante la magia del momento si era dissolta, insieme al già scarso coraggio di Giovanni. Un istante prima sarebbe bastata una parola, un gesto, e forse tutto sarebbe stato possibile. Un attimo dopo Laura si era alzata e gli aveva proposto di tornare verso casa.

In seguito si erano rivisti più volte con amici comuni, ma occasioni del genere non erano ricapitate. Di lì a poco la ragazza si era messa con il più classico degli pseudointellettuali dell'epoca: uno studente di Architettura con barba e capelli lunghi, giacche di velluto dalle cui tasche spuntava l'immancabile "Lotta Continua".

Chissà com'era stata la vita di Laura... Si era sposata? Aveva avuto figli? Oppure aveva continuato a combattere a modo suo? Ma, soprattutto, perché se n'era andata in quel modo orribile? E c'era veramente un legame tra la sua morte e il caso De Caprariis?

La cenere in equilibrio sulla punta del sigaro stava per cadere: Galasso lo spense con un gesto deciso nel posacenere, quindi lo svuotò nel cestino e lo richiuse nel solito armadio. Poi si alzò per aprire la finestra e cambiare aria alla stanza.

Dal corridoio continuavano ad arrivare le voci della squadra operativa, probabilmente i ragazzi stavano uscendo per una perquisizione. Giovanni si affacciò per salutare: non era capace di stare troppo a lungo da solo, l'ispettore, e anche nei momenti di tristezza sentiva il desiderio di scambiare due parole.

Incontrò subito gli occhi di Alfredo, che gli sorrise.

«Ci vediamo una di queste sere?» propose. «Sabina ha portato dall'Irpinia castagne, noci, torroni e mustaccioli...»

Gli occhi dell'amico si illuminarono. «Perfetto, Giova'! L'importante è che non cucina i peperoni ripieni, non li ho ancora digeriti dal mese scorso...»

«E ci credo, te ne sei mangiati quattro in due minuti!»

Risero di gusto, facendo divertire anche gli altri che si stavano preparando. Lo sguardo di Galasso era meno teso.

«Oltre a Paoletta porto anche Alvaro e Antonia, così ti sfasciano la casa. E anche una bottiglia buona, massì, per brindare all'anno nuovo. Qualcosa in contrario, ispetto'?»

Giovanni gli augurò buona fortuna per la perquisizione, e gli fece anche gli auguri di buon Natale, visto che il giorno dopo l'amico poteva starsene a casa. Poi si abbracciarono come fratelli.

Un attimo più tardi se n'erano andati tutti, e sul corridoio era calato un silenzio irreale. Era l'orario che Galasso preferiva. Fece dietrofront e rientrò nel suo ufficio, alzò lo sguardo verso il soffitto e poi chiuse gli occhi: la testa era libera di volare, di dare spazio alle fantasie e alla malinconia, che ripiombò su di lui con vigore.

Il ricordo di Laura gli tenne compagnia, avvolto adesso da uno strano velo di dolcezza.

3

Lo squillo del telefono lo aveva svegliato nel cuore della notte. E quando uno sbirro riceve una chiamata di notte a casa propria deve sempre essere pronto al peggio.

«... Pronto? Sì. Ma chi? Quando? Oh, cazzo...» tirò un lungo respiro. «Arrivo subito.»

Dalle parole di Giovanni, Sabina aveva immediatamente capito che era successo qualcosa di terribile e che non era il caso di fare domande. Sarebbe stata triste la mattina di Natale senza di lui, ma il volto del marito le rese chiaro che si trattava di un'emergenza. Rimase seduta sul letto a guardarlo con gli occhi spalancati, senza dire una parola.

La notte amplifica tutto. Ansie, paure, dolori. È fredda, spietata, popolata da un'umanità sommersa, fatta di attori che di giorno se ne stanno dietro le quinte ad aspettare il buio. Tutto, di notte, cambia faccia e assume un'intensità più grave, nevrotica, inquieta, in cui ogni suono è già altro. Ogni pensiero è già realtà.

Poche ore prima, grazie a un'imbeccata come tante, Alfredo aveva perquisito la casa di un uomo che la polizia teneva sotto controllo da tempo: un lavoro di routine, come mille volte gli era capitato nel corso della carriera. «Nessun pericolo» aveva detto ai colleghi mentre facevano irruzione dalla porta sul retro, malamente illuminata dai lampioni della strada.

Ma quella volta era stato diverso. Il batticuore che accompagna un poliziotto in tutte le missioni aveva trovato un volto, dietro la porta. La lama di un coltello infilata nello stomaco da parte a parte aveva fatto il resto. E il confine tra vita e morte era diventato più sottile che mai.

Le ore successive all'ospedale San Giovanni erano state uno strazio. Galasso non si era mai mosso dalla stanza dell'amico: la ferita profonda aveva tolto ad Alfredo la possibilità di parlare, ma non quella di guardare negli occhi il compagno di mille avventure, non il desiderio di tenergli stretta la mano per non sentirsi solo davanti al nulla.

Dopo i tentativi disperati in sala operatoria, l'atmosfera nella camera del poliziotto era irreale. Il viavai di uniformi aveva lasciato il posto a parenti e amici, le parole avevano ceduto il passo a silenzi carichi di terrore. Tutti sconvolti, in quel Natale terribile che non avrebbero più dimenticato.

I bambini guardavano in basso, cercando di trattenere con tutte le loro forze il pianto. Paoletta stava accanto a loro, a un paio di passi dal letto, gli occhi fissi sul marito, arrossati, persi nella paura di quello che sarebbe presto accaduto. Sulla porta stava il sovrintendente Sandro Immobile, intento a ricostruire le dinamiche dell'aggressione mimando posizioni e gesti. Bruno, nel frattempo, continuava a imprecare, camminando nervosamente avanti e indietro, dentro e fuori dalla stanza.

Poi le dita di Alfredo avevano allentato la presa sulla mano di Galasso, e un lieve sorriso gli aveva illuminato il volto. Era durato appena un secondo, ma a Giovanni era sembrato una vita.

L'ispettore era rimasto lì al suo fianco, incapace di muoversi, per un minuto. Nessuno aveva fatto il minimo gesto, neanche quando era sopraggiunto il personale dell'ospedale. Poi lo sguardo sconsolato di un'infermiera aveva confermato a tutti i presenti che non c'era più nulla da sperare.

Galasso si era alzato, aveva cercato per l'ultima volta quegli occhi che non avrebbe mai più rivisto, ed era uscito dalla stanza mentre le lacrime cominciavano a rigargli le guance.

Alfredo, con l'ultimo respiro, si era portato via un pezzo della sua esistenza, aveva cancellato l'altra metà della sua vita da sbirro, le giornate interminabili di lavoro, i panini di corsa, i sogni, le delusioni, tutte le operazioni rischiose e le spaghettate che ne avevano suggellato il successo. Le risate innaffiate di vino rosso per scaricare l'adrenalina accumulata, i momenti più drammatici e proprio per questo più spesso ricordati insieme nel corso degli anni, i soprannomi dei compagni d'arma che, giorno dopo giorno, si sostituivano ai nomi veri: tutto veniva annullato dalla lama arrugginita di uno spacciatore di periferia.

Davanti alla camera cominciavano a moltiplicarsi giornalisti e curiosi, tra sorrisi mesti, frasi fatte e domande inutili.

Galasso voleva stare solo.

Tornò per un attimo nella stanza ad abbracciare Paoletta e i bambini, senza voltarsi verso il corpo dell'amico. «È stato lui, Farouk, cazzo» sussurrò Bruno mentre l'ispettore abbandonava nuovamente la camera.

Galasso non aveva neanche risposto, non l'aveva degnato di uno sguardo. Era passato dritto, aveva bisogno d'aria e di scavare nella mente per ritrovare tutto quello che gli era rimasto di Alfredo. Attraversò i corridoi, prese le scale per evitare di dover parlare con qualcuno nello spazio angusto di un ascensore, arrivò al piano terra e lasciò l'ospedale.

Non gli giungeva nuovo il nome del presunto assassino: Giorgio, detto Farouk perché gli mancava una parte dell'orecchio destro. Galasso lo conosceva, era persino stato a casa sua, qualche anno prima. La stessa casa in cui Alfredo aveva perso la vita.

Ricordava tutto alla perfezione. Anche in quel caso si era trattato di un'irruzione notturna in seguito a una soffiata di tale Sofia: una donna che viveva di espedienti e che ogni tanto – per salvarsi il culo ed evitare il carcere – faceva nomi e cognomi alla polizia.

Galasso ripensava allo scenario che aveva trovato in casa dopo aver sfondato la porta. Il disordine, la puzza di chiuso e di piscio di gatto, le pareti scure e scrostate. Rivide la madre di Farouk in vestaglia e pantofole che aveva tentato di scappare, i capelli biondi ossigenati, le ciglia scure dello stesso colore dell'imponente ricrescita: un tratto di penna nera calcato sul fondo giallo. Ricordava bene pure il figlio, un trentenne schizzato con i capelli a spazzola che, per via di una rissa notturna, era rimasto con l'orecchio mozzo. Spacciava droga nella piazza accanto e la madre lo sapeva, ma non aveva la forza – o forse soluzioni alternative da offrirgli – per farlo uscire da quel giro.

Natale era cominciato così. Ed era finito ancora prima di cominciare. Avrebbe dovuto essere una festa all'insegna della tranquillità e della gioia, passata insieme a chi ti vuole bene. Quella del tempo dilatato, del pomeriggio a giocare a tombola o a carte, degli abbracci, delle chiamate agli amici lontani, quelli che senti una volta l'anno ma sai che ci saranno sempre.

E invece un'ordinaria operazione notturna aveva cancellato tutto, tranne i ricordi, che ora tornavano con la violenza di un oceano in tempesta e accompagnavano Galasso nel cortile dell'ospedale, nelle strade deserte, dentro il proprio passato che pesava come un macigno.

Con il sigaro spento in mano e una scheggia di dolore nel cuore, l'ispettore camminò per tutta la notte. Rivisse per un numero infinito di volte l'ultimo incontro con l'amico, il momento in cui si erano accordati per una cena in famiglia, era da un po' che non ne facevano, già, poi lasciò libera la mente di tornare indietro negli anni.

La volta che Alfredo gli aveva salvato la vita, quattro anni prima.

Erano sulle tracce di un sospettato che, stando ai rilevamenti della Scientifica, aveva ucciso nell'ordine una donna anziana, un ex collega di lavoro e un pizzaiolo della sua zona. Il movente era il più classico, quello economico: aveva racimolato sì e no tremila euro tra la pensione della vecchia, una piccola vincita al Totocalcio dell'uomo e il guadagno di una sera del pizzaiolo. Era da un po' che in quel quartiere si lamentavano di piccoli furtarelli notturni, ma il passamontagna e la voce contraffatta avevano protetto il ladro fino a quando, di fronte alle resistenze delle vittime aveva cominciato a rispondere con la violenza. Gli omicidi avevano modalità di esecuzione differenti, ma il DNA aveva individuato un solo colpevole: il mite Tiziano, un sessantenne con la pensione minima che, dopo una vita a guidare gli autobus, si era giocato quasi tutti i risparmi al videopoker, indebitandosi per molte generazioni a venire.

Quando la polizia aveva preparato l'irruzione in casa di Tiziano, nessuno era a conoscenza del suo hobby segreto: in una grossa teca di vetro in cantina allevava una decina di tarantole, che al momento dell'attacco aveva pensato bene di liberare.

Una volta entrati, gli agenti si erano divisi, convinti che nell'abitazione non ci fosse nessuno. E Galasso aveva scelto di ispezionare il seminterrato, collegato al corridoio da una scala interna.

Era sceso tranquillo, troppo tranquillo, e una volta arrivato all'ultimo scalino si era trovato faccia a faccia con Tiziano, che lo aspettava con fare disilluso, come se avesse capito che ormai era inutile continuare a combattere. Galasso, a quel punto, aveva dato l'operazione per conclusa. Poi però aveva sentito un solletico strano corrergli lungo il braccio destro e, alla vista della tarantola, aveva lasciato cadere la pistola.

Tiziano l'aveva recuperata all'istante, mentre l'ispettore era rimasto immobile: ora aveva l'arma puntata alla testa e diverse tarantole che gli giravano intorno. Galasso si era sentito perduto.

Ma quando tutto sembrava finito, una grossa pietra aveva sfondato la finestra della cantina, e un Alfredo più carico che mai era comparso nella stanza, seguito da tutta la squadra.

Avevano trovato l'ispettore pallido come un cencio, sudato, coperto di animali orrendi e pelosi che zampettavano tra la giacca e i pantaloni. Uno si stava infilando nel colletto della camicia, ma Alfredo lo allontanò con il colpo secco di un giornale trovato sul tavolino. «Non ti dimenticare mai di avere paura, altrimenti abbassi la guardia...» gli aveva ripetuto, come ogni volta in cui si erano ritrovati in pericolo.

Galasso aveva scoperto in seguito che anche la decisione di fare irruzione nel seminterrato era stata di Alfredo. Gli aveva salvato la vita due volte nel giro di un minuto.

Era tornato in vantaggio, dunque, perché una volta anche Giovanni aveva salvato l'amico. Una circostanza meno eroica, a dire il vero, ma comunque fondamentale.

Erano in vacanza in Trentino, una decina di anni prima, e stavano facendo una camminata su un sentiero a strapiombo sulla vallata. Mentre dava un'occhiata alla cartina, Alfredo era inciampato su una radice e, se Galasso non l'avesse afferrato per la giacca, sarebbe caduto nel vuoto. Poi, era stata dura tirarlo su, ma Alfredo, con incredibile sangue freddo, con un colpo di reni aveva recuperato vita e sentiero.

La sera, al rifugio, ci avevano scherzato sopra, eppure nessuno dei due avrebbe mai dimenticato quanto la morte sia traditrice e riesca a infilarsi in qualunque interstizio della vita ingoiandola a sorpresa.

"Cazzo, è proprio così" meditò Galasso, fermandosi un attimo per accendere il sigaro. Due boccate e riprese a camminare, mentre il pensiero scavava ancora più indietro nel tempo. Ormai la giostra della memoria era partita, le immagini si alternavano alle frasi più frequenti del suo migliore amico, e poi rimbalzavano alle operazioni, alle serate e le vacanze insieme, i pranzi in casa o in trattoria, gli scherzi, le risate.

Non avevano mai litigato, lui e Alfredo. E Galasso se ne rendeva conto solo adesso che non c'era più. Avrebbe dovuto passare più tempo con lui, invece erano almeno due mesi che si vedevano solo al lavoro. Quel lavoro maledetto che ti impegna fino all'ultimo secondo, ti occupa la mente giorno e notte e non lascia mai spazio per nient'altro. Neanche per la famiglia. Neanche per gli amici.

E che poi ti toglie tutto, così, da un momento all'altro. E rimangono solo i rimpianti, le occasioni perdute, quell'attimo di distrazione, fatale.

Il cellulare di Galasso non suonava. Sabina sapeva che sarebbe stato in giro tutta la notte, e non osava violare la sua intimità. La capiva, la necessità di lasciare sedimentare il dolore. Non per cancellarlo, quello non era possibile, ma per imparare a conviverci.

I ricordi intanto scivolavano negli anni, indietro fino al primo giorno di lavoro a Roma. Era la fine di maggio del 1993, subito dopo il suo trasferimento da Palermo.

Nella capitale Alfredo era stato il primo ad accoglierlo, e a dimostrargli cosa significhi davvero l'amicizia, anche fra colleghi.

Sapeva perché Giovanni era lì, e all'inizio gli era stato più vicino di chiunque altro senza pretendere mai nulla in cambio. Capiva cosa aveva vissuto sulla propria pelle fino al giorno prima: le minacce, la paura, la mano di Cosa Nostra che si era allungata prima sulla città, poi sull'intera Sicilia e che infine aveva preso per le palle lo Stato intero, costringendo il Governo a fare troppe concessioni per evitare che le stragi continuassero.

Quando la situazione era crollata definitivamente, all'inizio degli anni Novanta, Galasso era un poliziotto di stanza a Palermo, coinvolto come tutti nel gioco al massacro che stava mettendo in ginocchio le istituzioni. La fatalità era una compagna di vita, si aveva la piena consapevolezza che ogni giorno potesse essere l'ultimo. Ma la motivazione degli uomini rimaneva forte, l'attenzione altissima, tutti sapevano bene che la guerra alla mafia andava giocata mossa dopo mossa e che in palio c'era la libertà. Il futuro di un'intera Nazione.

Il corso dei pensieri l'aveva portato lontano, e non accennava a rallentare. L'ispettore camminava mentre l'eco dell'esplosione che aveva cambiato per sempre la sua vita e che l'aveva obbligato al trasferimento a Roma lo sorprendeva ancora una volta con tutta la sua violenza. Il rumore assordante, che gli era tornato spesso in sogno, ora era più reale che mai: la morte di Alfredo aveva restituito a Galasso la forza del suo passato, azzerando le distanze e i filtri creati dagli anni. Era tutto più vero, più vicino.

Ricordava alla perfezione ogni dettaglio del 23 maggio di quindici anni prima, l'aria irrespirabile di Palermo, il terrore negli occhi di Sabina e il suo primo incontro con Alfredo.

«Aaaah! Cos'è stato, Giova'? Che è successo?» aveva urlato Sabina svegliandosi all'improvviso nel cuore della notte.

Giovanni era balzato in piedi e aveva acceso la luce della camera, il cuore in gola, senza capire niente, nemmeno le parole della moglie. Le orecchie fischiavano, facevano male, ma impiegò comunque un attimo per capire cosa fosse accaduto.

«Resta qua, non muoverti!» le aveva gridato d'istinto, ma il rumore era troppo forte, la polvere nell'aria troppo densa, e solo sbracciandosi era riuscito a farsi capire. «Rimani in camera, arrivo subito» aveva poi aggiunto. Probabilmente non era la cosa più sensata da dire in quel momento, ma era la prima che gli era venuta in mente e non aveva tempo per pensare.

Aveva l'adrenalina a mille, Galasso. Il fiato strozzato in gola nonostante tenesse una mano davanti alla bocca, si muoveva a piedi nudi come un automa, senza riflettere. Che cazzo stava succedendo? Cosa doveva fare?

In pigiama, si era lanciato lungo il corridoio in direzione della cucina: doveva essere esplosa la bombola del gas, che mille volte lui e la moglie si erano ripromessi di sostituire. Ma il frastuono arrivava dalla parte opposta della casa: la bombola non c'entrava nulla.

Poi aveva provato a riordinare le idee. Aveva ripensato al momento del risveglio, e in qualche modo aveva ricostruito il punto di origine dello scoppio: dal letto aveva sentito l'esplosione alla sua sinistra, quindi... in sala! Doveva andare in sala.

Era tornato sui propri passi. La nuvola di polvere si faceva via via più fitta, l'aria sempre meno respirabile. Era la direzione giusta. Ora gli era praticamente impossibile vedere, riusciva a orientarsi solo grazie alle distanze cucite dal tempo nella sua memoria.

Quando la luce si era fatta più intensa e i contorni delle cose un po' più nitidi, si era trovato di fronte uno spettacolo raccapricciante. Pezzi di mattone, di vetro e d'intonaco erano disseminati ovunque, sul pavimento, sui mobili. Un calcinaccio aveva distrutto lo schermo della tv. Nonostante la polvere, la luce era troppo viva: qualcosa non tornava. Ancora un passo e Galasso aveva capito perché.

Non erano saltate soltanto le finestre. La parete della stanza, quella che dava sulla strada, non esisteva più. Giovanni poteva intravedere un lampione e la facciata del palazzo rosa dalla parte opposta della via. Anche il pavimento era squarciato di netto: un paio di metri più avanti e sarebbe caduto nel vuoto.

Non poteva credere ai propri occhi: il suo salotto si era trasformato, da un secondo all'altro, in un vero e proprio scenario di guerra.

Mentre Galasso se ne stava immobile di fronte al disastro, incapace di dire o fare qualsiasi cosa, Sabina aveva messo piede in quello che rimaneva della stanza. Lui si era voltato lentamente, come ipnotizzato da quella situazione surreale. Sua moglie aveva il viso straziato dal pianto e dal terrore, non l'aveva mai vista così. Aveva gridato di disperazione, e la sua voce sembrava potesse squarciare il cielo, ora così vicino.

Galasso l'aveva abbracciata forte, poi si era allontanato un po' e, senza mutare l'espressione del viso, aveva riassunto tutto in poche parole: «Sabi', è il terrazzino... L'hanno fatto saltare...». Nient'altro. Forse stava parlando più a se stesso che alla moglie, immerso fino al collo nel tentativo di dare una spiegazione al disastro.

Poi l'aveva stretta di nuovo, ma solo per un istante: bisognava fare qualcosa. Galasso aveva preso la mano di Sabina e l'aveva condotta attraverso l'appartamento, fendendo la polvere, senza più voltarsi indietro, senza dire una parola. Dovevano uscire e basta, poi avrebbero deciso cosa fare.

Si erano ritrovati in strada, entrambi in pigiama e con le pantofole ai piedi. In breve erano stati circondati da un gruppetto di persone, qualcuno aveva posato una coperta sulle spalle di Sabina. Sembrava ci fosse stato un terremoto. La strada era piena di macchine della polizia, ambulanze, abitanti del quartiere che si erano svegliati per il frastuono e si erano radunati per assistere coi propri occhi a quello sfacelo. L'aria risuonava di sirene e grida.

Galasso aveva osservato di sottecchi la moglie per sincerarsi che non si fosse fatta niente. Solo uno strato di polvere a coprire i capelli e la camicia di notte, nemmeno un graffio, come lui del resto. "Grazie al cielo" pensò.

I minuti passavano e il viso di Sabina aveva ripreso un po' di colore, lei continuava a ripetere: «È finita...» tra sé, alternando singhiozzi a colpi di tosse strozzati.

Galasso a quel punto non aveva più dubbi. Aveva abbassato lo sguardo e confessato meccanicamente: «Lo sapevo... Hanno pronunciato la mia sentenza di morte più di tre anni fa...».

Non poteva fingere di non capire. Aveva messo a rischio la vita della moglie, non solo la sua, e con quella consapevolezza nel cuore nulla sarebbe più stato come prima.

Sabina si era mostrata comprensiva. «Sempre per quelle storie vecchie? Ma sei sicuro? È passato un sacco di tempo...»

Giovanni aveva un sorriso amaro. «Quelli non dimenticano, Sabi'. E non hanno fretta, sanno aspettare. Anche per tutta la vita, se serve...»

«Ma tu non hai fatto niente!» aveva risposto la donna in un moto di rabbia. «Cosa vuole ancora quel politico di merda dopo tre anni? È pure libero...»

«Sabi', te l'ho detto, quelli ti mettono una croce sopra e non ti scordano più. Anche a distanza di anni, forse di secoli... Sai qual è il problema? Che qui bisognerebbe lasciar stare tutto, mollare.»

«Giova', proprio tu dici così?»

«Sì, proprio io, sì! È da dieci anni che combatto contro 'sta merda, e questi non vogliono altro che farci paura, lo capisci? Non ci volevano uccidere, ma farci cagare sotto! Il più classico degli avvertimenti: stavolta va così, la prossima addio.»

«Ma per quello stronzo? Solo per quello?»

Galasso l'aveva spinta qualche metro più in là, lontano dalle orecchie dei giornalisti che accorrevano a frotte, e aveva cominciato a parlarle sottovoce.

«*Solo* per quello? Quell'assessore era un mafioso fino al midollo, stava lì per i loro interessi e nient'altro, lo sapevano tutti ed era normale così. A Palermo è normale così, lo sai anche tu... Già questo non potevo dirlo, se poi ci aggiungi pure che l'ho beccato con le mani in pasta nella banca di Cosa Nostra, figurati cosa può significare. Soldi che finivano dritti dritti ai boss di turno, prestiti li chiamavano, che scomparivano senza neanche passare dal via. E io cosa faccio? Parlo dei miei sospetti al giudice Turria, che mi ride in faccia. Pensavo fosse uno pulito, da anni faceva finta di essere dalla nostra parte, e invece anche lui era stato messo lì da loro! Anche lui, ti rendi conto? E tu dici *solo* per quello? Forse non l'hai capito con chi abbiamo a che fare...»

Lo sguardo di Sabina era un misto di incredulità e rabbia. Senza rispondere, si limitava a tirargli una manica con tutte le sue forze, come stesse tentando di portarlo via. Ma non aveva idea di dove andare.

«Non fare così, amore, ormai è finita» l'aveva rassicurata il marito, che aveva recuperato il controllo e si guardava intorno per capire se qualcuno li avesse sentiti.

«Guarda!» era sbottata lei, indicando la folla accalcata lì intorno. «Secondo te quanti di loro sono davvero innocenti?»

Poi era scoppiata di nuovo a piangere e Galasso, tenendola stretta a sé, aveva alzato lo sguardo in alto, verso quella che era stata la loro casa. Dalla voragine al terzo piano riusciva a vedere ciò che restava del tinello. Un timido sole si era affacciato sulla città, l'alba di un giorno già da dimenticare. Si era soffermato sulla loro cassapanca antica, un dono di nozze dei nonni di Sabina. L'onda d'urto l'aveva spostata di qualche metro. Sulla facciata dell'edificio era rimasto un moncone del terrazzino, il cemento intrappolato tra i tondini d'acciaio piegati dall'esplosione. Dieci metri più giù, sul marciapiede a pochi passi da loro, insieme a brandelli di muro si potevano distinguere i frammenti delle ceramiche siciliane che stavano in bella mostra sul mobile della tv. I cocci della sua vita che non sarebbe più stata la stessa. Quelli di una città che si era svegliata di buon'ora per intonare uno dei suoi canti di morte. Il modo migliore per celebrare l'attentato a Giovanni Falcone, ucciso da Cosa Nostra esattamente un anno prima, e la pesante sconfitta dello Stato nella guerra alla mafia.

Una mano scheletrica si era posata sulla sua spalla. «Ispettore Galasso, noi dobbiamo parlare un poco, in questura. Anche con la sua signora, per cortesia. Andiamocene da qua.»

Era Nicola Lo Presti, commissario capo della polizia di Palermo, con gli zigomi pronunciati, la riga in mezzo e gli occhi chiarissimi.

Con amarezza Giovanni aveva detto in un soffio: «Lei me lo dice da anni che io da qua me ne devo andare... Mi pare proprio che tutti i torti non li aveva...».

Lo Presti aveva annuito. «Parliamone nel mio ufficio, lontano dai microfoni e dalle telecamere. Con calma.»

Un'auto nera li attendeva a pochi metri di distanza, appena oltre la folla. Giovanni e Sabina si erano voltati per l'ultima volta verso quella che era stata casa loro, prima di nascondersi dietro i vetri oscurati.

Fuori dal loro quartiere le strade erano ancora deserte, ma nell'aria si respirava qualcosa di strano. Era tutto sospeso, si avvertiva un senso di precarietà, come se l'eco del grido di terrore che aveva squarciato la notte rimbombasse ancora tutt'intorno.

Negli uffici della questura c'era il solito viavai. La polizia è sempre sveglia, giorno e notte, non può dormire. Soprattutto in una città come Palermo.

Si erano appena seduti nell'ufficio di Lo Presti quando due ragazzi erano entrati nella stanza.

«Dottore, vi porto un caffè? La signora che prende? Un cannolo con un caffellatte? O, meglio ancora, una bella cassatina fresca?»

Era il cameriere del vicino bar Marocco, accompagnato da uno spilungone della Squadra Mobile che gli teneva la mano sulla spalla, un po' per controllarlo, un po' per amicizia. Era una prassi quotidiana, quella del suo passaggio in questura.

Sabina aveva ringraziato, ma non voleva niente. Lo Presti si era limitato a un cenno di assenso e la sua attenzione era tornata a Galasso, che aveva evidentemente bisogno di sfogarsi.

«Prima di stanotte si erano, diciamo così, *limitati* a infamarmi in tutti i modi: hanno detto che sono corrotto, che vado a spasso coi potenti ad accordarmi su chissà cosa, in vacanza pagata dall'imprenditore amico della mafia o nella barca di chi ricicla soldi... potrei andare avanti per mezz'ora, ma non servirebbe a niente. Lei, dottor Lo Presti, queste cose le conosce bene e so che è sempre stato dalla mia parte, mi ha sempre difeso e sostenuto. E per questo le sono grato.»

Il commissario aveva sorriso un solo istante per rincuorarlo, ma poi era andato al dunque. Lo sguardo di ghiaccio si era riappropriato del suo volto e, in tono piatto, gli aveva comunicato che ormai non aveva più scelta, tutto era deciso. Aveva già chiamato prefetto e capo della Mobile e disposto che un volo speciale portasse via lui e la moglie. Elicottero da Boccadifalco a Punta Raisi, poi aereo *Falcon* da lì a Ciampino.

Giovanni e Sabina erano paralizzati. Capivano di non avere scelta, ma non riuscivano a parlare: cambiare vita da un momento all'altro, essere svegliati nel cuore della notte da un'esplosione e non rimettere mai più piede in casa propria è qualcosa che non si può spiegare. In un secondo vengono a mancare tutti i punti fermi e rimane spazio soltanto per lo smarrimento, un senso di vuoto profondo e terribile.

«Una volta a Ciampino incontrerete la squadra che

si occuperà della vostra protezione» aveva concluso Lo Presti guardando lo schermo del proprio computer. Non c'erano altre soluzioni.

Galasso aveva vissuto l'allontanamento da Palermo come una sconfitta personale e anche ora, dopo tanti anni, ripensarci gli provocava la stessa sofferenza di un tempo. Si domandava se avrebbe dovuto resistere e rifiutare il trasferimento. Camminava sempre più lentamente nella notte romana, come aspettandosi l'ondata di dolore che, dopo i ricordi di Palermo, quelli dei primi giorni a Roma, quando aveva conosciuto Alfredo, gli avrebbero causato. Riprese il filo dei pensieri.

Mentre venivano scortati fuori dalla questura ed entravano in auto, quel giorno, si era sentito in debito con i colleghi, con la gente, i palermitani onesti. Non poteva tradire tutti per una semplice minaccia, non poteva!

Si era voltato verso la moglie: «Sabi', ma lo stiamo facendo davvero? Ce ne andiamo prima di aver visto una cosa, dico anche una sola cosa, sistemata? Non voglio essere un eroe, però questa è la vita che ho scelto e così è da codardi, dare le spalle a tutto e tutti...».

«Giova', ci hanno messo una bomba! Che dobbiamo aspettare? Che arrivi la prossima? Santa Rosalia ci ha salvati. Io sono sicura che pure i santi ti sono grati per quello che fai e ti proteggono. A Roma, o dove cavolo andremo, staremo bene e tu lavorerai, come hai sempre fatto, portando a casa dei risultati veri, concreti... Qui non puoi più stare!»

«Ma tu lo sai come sono io! Non riesco a tirarmi indietro così, se no mica facevo 'sto lavoro. Avrei aperto una rosticceria e venduto i panini con la *meusa* a pranzo... invece voglio combattere fino alla fine!»

«Giova', non c'è niente da fare: dalla Sicilia dobbiamo andarcene, c'è poco da filosofeggiare... Qualcuno ti chiederà di rimanere, ti farà sentire in colpa. Magari ti diranno di tornare tra qualche settimana quando le acque sono calme. Ma non puoi lasciarti fregare anche stavolta. Voglio vivere, lo capisci questo?» Davanti allo sguardo dubbioso e amareggiato del marito, non si era più trattenuta: «Stavolta mi butto a terra e faccio la pazza se non ce ne andiamo, giuro!».

Senza bisogno di altre parole, erano partiti.

All'aeroporto di Ciampino, tra gli altri, c'era Alfredo ad aspettarli.

Tutti li guardavano con finto cordoglio, un atteggiamento che Galasso aveva sempre odiato e cercato di schivare come la peste. Alfredo invece, dall'alto del suo metro e novanta, sorrideva. Gli si era avvicinato con aria complice e gli aveva sussurrato all'orecchio: «Non potevi far di più, credimi. Se in questo Paese ci fossero soltanto dieci persone come te, la mafia non esisterebbe».

Era l'unica frase che voleva sentirsi dire, Galasso. Aveva capito subito che di quel poliziotto spilungone si sarebbe potuto fidare.

Alfredo li aveva condotti fuori dall'aeroporto, quindi si erano avventurati nel traffico in direzione del Ministero, dove li aspettavano gli agenti che si sarebbero occupati di loro, e infine in albergo.

La giornata si era conclusa con una cena frugale in compagnia di Alfredo, che li aveva incoraggiati e confortati. Sabina aveva dei parenti nella capitale, ma la prima sera aveva preferito restare col marito e quello strano stangone che li faceva sentire al sicuro da tutto, anche dai rimpianti. Avevano poi trascorso la notte all'*American Palace*, un palazzone nel quartiere EUR. Erano frastornati, tutto era accaduto troppo in fretta e non avevano avuto ancora modo di elaborare quella raffica di novità, ma le parole di Alfredo li avevano aiutati a sorridere un po'. Aveva raccontato, nella sua parlata della Roma popolare, che per anni da ragazzo si era concentrato solo sul basket, che non desiderava altro e che era stata l'unica cosa a farlo sentire vivo durante l'adolescenza. Poi tutto era cambiato, e ora rimanere vivo era un privilegio da guadagnarsi ogni giorno, era solo in polizia che aveva cominciato a sentirsi davvero utile. Non parlava con spocchia, c'era in lui un'umiltà autentica, e a Galasso era sembrato un tipo franco, vero. Il tempo non avrebbe smentito la sua primissima impressione.

Nei giorni successivi Galasso aveva spesso cenato in compagnia del collega in piccole trattorie della periferia, al riparo da occhi indiscreti, e la loro amicizia si era consolidata rapidamente. Avevano la stessa visione del mondo, gli stessi ideali, lo stesso entusiasmo nell'affrontare e superare i problemi. Quando Alfredo gli aveva raccontato delle sue disavventure prima con la pallacanestro e poi al lavoro, Galasso aveva capito che anche lui era un combattente, un uomo che dalle delusioni più cocenti sapeva tirar fuori il meglio, la forza di rinnovarsi. Man mano che la confidenza tra loro cresceva, anche le serate si allungavano. Piaceva molto a entrambi raccontare il proprio passato davanti a una bottiglia di vino: le operazioni riuscite e quelle fallite, le passioni che li accomunavano.

Inoltre stavano per cominciare a lavorare insieme: la direzione del personale aveva proposto al nuovo arrivato un impiego in un ufficio amministrativo del Viminale, un incarico "di grande responsabilità" avevano specificato, ma lui aveva imposto di essere assegnato alla Squadra Mobile, con il vecchio amico Bruno, perché, lo sapeva, la lontananza dalla strada gli avrebbe fatto più danni della bomba palermitana.

Quindi ai ricordi si erano presto aggiunti nuovi casi su cui discutere. Alfredo gli aveva illustrato per filo e per segno quelli più difficili su cui stava investigando, e non lo faceva solo per aiutarlo ad ambientarsi. Anzi, sarebbero stati proprio quei racconti a sancire per sempre il loro indissolubile legame. Nei mesi successivi, infatti, Alfredo avrebbe rinunciato ad alcune delle sue indagini più importanti per cederle a lui, ed è un gesto che un poliziotto non può più dimenticare. Significa condivisione di un'idea, fiducia totale, e tanto sacrificio: affidare a un altro un caso complesso vuol dire in qualche modo fare un passo indietro per farne fare uno avanti al collega, e non è una cosa che capita tutti i giorni.

In quei primi giorni a Roma, Sabina assorbiva l'affetto e il conforto dei parenti, da anni trapiantati nella capitale. La madre, in primo luogo, e poi vari zii e cugini, che la chiamavano di continuo in albergo per farla sentire meno sola.

Ma quando arrivava la sera, e Giovanni e Sabina andavano a letto, tutto quello da cui erano scappati tornava ad angosciarli, con la potenza del dolore non metabolizzato. Spesso si svegliavano tra le urla, terrorizzati da nemici invisibili che avvertivano più vicini che mai.

Una notte, Galasso non era più riuscito a trattenersi. «Una pistola, fammi avere una pistola!» aveva urlato al telefono ad Alfredo.

«Giova', sei tu? Ma sono le due del mattino! Che ci devi fare con una pistola a quest'ora? Vai al tiro a segno? Ma perché non dormi? Così magari posso dormire pure io?»

«Alfre', non scherzare! Sento delle voci davanti alla mia camera e non sono tranquillo... Sabina non riesce a dormire: è in piedi accanto al letto da due ore.»

«Sentite delle voci? E che ci trovi di strano? Siete in un albergo, è normale che ogni tanto qualcuno passi in corridoio chiacchierando. Comunque nessun problema, tra dieci minuti avrai una pistola. Quanti caricatori vuoi? Hai intenzione di sparare per più o meno di un'ora?»

«Ho capito, mi stai prendendo per il culo...» aveva risposto Galasso, questa volta ridendo di gusto. Anche in un momento simile la voce di Alfredo lo rassicurava.

«Ho solo voglia di scherzare un po', hai la mia comprensione e so quanto vali. Sei uno sbirro coi controcazzi. Respira a fondo e non aprire a nessuno. Prendo la macchina e sono lì. Apri quando ti faccio due squilli al cellulare.»

Galasso e la moglie erano rimasti dietro la porta senza fiatare, con le orecchie tese a captare ogni minimo rumore. Mezz'ora più tardi Alfredo era lì.

«Eccola Giova'. Sai come funziona, no?» gli aveva chiesto con un sorriso, porgendogli l'arma custodita in una scatola di cartone.

«Grazie. Ma è la tua?»

«Be', sì... mica te la regalo, te la presto come se fosse un tranquillante...»

Alfredo che gli prestava la sua pistola: una prova non solo di grande affetto, ma anche di fiducia e generosità.

«Grazie Alfre', davvero. Non lo dimenticherò. Non preoccuparti, lo so che stanotte non mi servirà, ma mia moglie sarà un po' più serena...»

Sabina era spuntata dal bagno e aveva fatto un segno di saluto con la mano, come i bimbi.

«Giova', hai vergogna a dire che hai paura anche tu?»

Galasso aveva abbassato lo sguardo senza rispondere, e l'altro aveva ripreso a parlare. «Ma veramente? Un poliziotto che arriva da Palermo, che ha rischiato di saltare in aria, che da anni combatte contro la mafia, non credi abbia il diritto di aver paura? Secondo me non ne ha solo il diritto, ma quasi il dovere. La paura è la cosa più umana, più normale che c'è, ed è grazie a lei se siamo ancora vivi. Pensa a quante operazioni importanti hai concluso senza aver paura.»

«Be'...»

«Te lo dico io: nessuna. Senza paura staremmo meno in guardia, e una disattenzione in un lavoro come il nostro ti può costare la vita.»

Galasso rimase in silenzio.

E Alfredo, dopo una pausa assorta, aveva concluso il discorso. «Coraggio e paura, solo questo possiamo avere. Poi ci sono intelligenza, furbizia, i contatti giusti. Ma un buon poliziotto è quello che ha la paura contata e il coraggio giusto, senza essere incosciente, senza essere un cacasotto. Hai capito, Giova'? Io ho paura tutti i giorni. Ed è per questo che posso essere qui adesso.»

A quella lezione di umiltà stava ripensando Galasso quando l'alba del giorno di Natale arrivò ad annunciargli che era ormai ora di rientrare, e che Alfredo non se ne sarebbe mai andato completamente. Sarebbe rimasto con lui per sempre, col suo passo dinoccolato, il suo sorriso beffardo, tutti i suoi insegnamenti.

E mentre si avviava verso casa, proprio quando la vita stava tornando su Roma, si rese conto che anche Palermo gli sarebbe rimasta per sempre nel cuore. Il boato di quella giornata tremenda, i momenti più emozionanti trascorsi in Sicilia e i mille volti delle persone che, in un modo o nell'altro, gli erano state vicine. Tutto sarebbe rimasto con lui. I contorni dei palazzi di via Libertà, la profondità azzurra del cielo e i colori inimmaginabili dei giardini, le strade e i mercati, il profumo violento dei gelsomini in fiore, il sapore del panino con la milza e la ricotta fresca, le urla dei parenti degli arrestati, sotto le finestre degli uffici della Squadra Mobile.

Palermo è un luogo incantato: ti strega e ti fa piangere. Quando arrivi, ti sembra di essere capitato in un posto che non pensavi potesse esistere, e che ti spaventa; ma, quando te ne vai, sai che ormai quella città ce l'hai nel cuore. Non potrai fare a meno dei suoi odori: la granita al limone, il mare nascosto e presente, l'incenso delle chiese barocche, tutta l'aria che respiri, piena di dolori, di speranze, di cadute e resurrezioni.

Ogni singolo frammento di memoria era ora al suo fianco. E c'era anche Alfredo.

4

Galasso era arrivato a casa quando ormai il sole era alto nel cielo. Le famiglie si stavano probabilmente svegliando, con il sorriso sulle labbra, in vista di una giornata da passare insieme. Una giornata calma, serena. Una giornata splendida, che lui non aveva occhi per vedere.

Trovò sul frigorifero un post-it di Sabina: "Sono uscita per una passeggiata con mamma, quando hai voglia di parlare chiamami". Nei giorni precedenti, nonostante l'impegno costante che il caso De Caprariis richiedeva, era stato organizzato un pranzo in famiglia, ma di certo Sabina aveva disdetto, alla luce dei recenti sviluppi. Però, almeno, gli auguri alla madre aveva voluto farli di persona.

Sabina riusciva sempre ad agire nel modo giusto. Era discreta, dolce, misurata. Giovanni sorrise pensando a lei, che era la sua unica ancora, in ogni situazione, ma decise che non era ancora il momento di chiamarla.

Infilò un cd di Jacques Brel nel piccolo stereo sul tavolino, alzò il volume in modo da non essere disturbato dai rumori della strada e lasciò che quella voce inconfondibile riempisse la stanza.

Aveva camminato tutta la notte e, nonostante il senso di stanchezza e il dolore, non aveva sonno. Il viaggio alla ricerca di Alfredo lo aveva portato troppo lontano e tornare non era facile.

Prese un sigaro dalla tasca del cappotto, lo accese e tirò una lunga boccata. Si sedette sulla sua poltrona preferita, ma solo per un attimo: non riusciva a stare fermo. Camminando piano si diresse in cucina. Prese un bicchiere d'acqua e stese i documenti del caso De Caprariis sul tavolo. Almeno così poteva provare a concentrarsi su qualcosa di diverso e allontanare per un istante il malessere che aveva addosso.

Benché il sole inondasse la cucina, la casa era ancora fredda. *Les Bourgeois* di Jacques Brel scivolava morbida nel silenzio, mentre Giovanni osservava il sigaro spegnersi nel posacenere.

A volte, convinto della bontà di una pista, l'investigatore si limita a estrarre da una voluminosa documentazione i due o tre fogli che gli sembrano più rilevanti e coerenti con la tesi che sta inseguendo. Tutto il resto potrebbe restare solo carta morta.

La verità, però, si rivela spesso ben più complessa della semplificazione investigativa.

È un traguardo a cui arriva soltanto chi sa dare valore a ogni singolo dettaglio, anche a quello nascosto nelle pieghe dei fogli. Galasso lo sapeva, ed era uno dei suoi cavalli di battaglia nelle "predicozze" che ogni tanto faceva ai colleghi più giovani.

Volle perciò rileggere con attenzione ciascun verbale in cui erano state raccolte le singole testimonianze, temendo che nell'operazione di sintesi potesse essere sfuggito un particolare qualunque, una cosa solo apparentemente irrilevante.

«Com'è morta Anna? E perché?» ripeteva Galasso come una sorta di mantra.

La perizia del medico legale Mario Mazzi, un omino basso e grassoccio, baffetti bianchi e quattro capelli sparpagliati sulla testa, non aveva lasciato margini di dubbio. Anna aveva sbattuto con violenza il cranio contro il finestrino, spinta con forza dalla persona seduta al posto di guida dell'auto, quindi era stata strozzata. Era morta per asfissia. Non aveva lottato, o perlomeno non c'era alcuna traccia che indicasse il contrario. L'autopsia, poi, aveva confermato tutto.

«La presenza di emorragie e lacerazioni muscolari interne, insieme ad altri reperti tipici dell'asfissia, come la cianosi del volto e le ecchimosi digitali attorno al collo, non lasciano spazio ad ipotesi alternative.» Così gli aveva detto, con fare solenne, il dottor Mazzi, avvolto nel camice verde, e Galasso non aveva replicato perché sapeva quanto l'uomo odiasse le domande. Acuivano un suo tic particolare, che lo spingeva a distendere il collo come se volesse allungarlo.

L'ispettore avrebbe voluto avere una sola conferma: che non ci fossero segni di colluttazione. Il duro colpo al finestrino, in verità, era apparso fin dal primo esame l'unico atto di violenza precedente allo strangolamento.

Nonostante l'età, Anna era una donna ancora vigorosa, e quel colpo che l'aveva spinta contro il finestrino doveva essere arrivato all'improvviso, per un impeto di ira dell'aggressore. In quella furia si doveva cercare il movente dell'omicidio.

Mentre Galasso camminava per la cucina congetturando con i documenti tra le mani, Bossolo lo teneva d'occhio senza mai distogliere l'attenzione. Si avvicinava al padrone, poi si allontanava discreto, avvertendone la tensione. Viveva in simbiosi con lui, ne intuiva i momenti di tristezza: si capivano con un semplice incrocio di sguardi. Era "il più bel pastore tedesco vivente", stando al giudizio imparziale di Giovanni.

Dopo i rilevamenti scientifici, fu il turno della relazione dell'ispettore Bevilacqua, infilata nel faldone insieme al resto. In quella cartelletta gialla erano annotate, in forma riassuntiva, le testimonianze dei vicini di casa della De Caprariis.

"Una bella vedova di sessantacinque anni, decisamente benestante, senza figli, sempre cordiale e sorridente" l'aveva definita il notaio Sanipoli, dirimpettaio cinquantenne. "Le ha fatto onore aver fondato un'associazione molto attiva negli aiuti alla povera gente, ai senzatetto, agli immigrati, associazione che la nobildonna seguiva da almeno vent'anni con grande passione."

Galasso sbuffò e girò pagina. C'era una deposizione del maestro Mura, pianista e docente al Conservatorio: "La settimana prima della morte aveva organizzato un concerto di Natale per gli stranieri che in Italia vivono in condizioni terribili".

Poi Galasso lesse lo scambio di battute che era seguito tra l'ispettore e l'uomo: "'C'era un rapporto particolarmente intenso tra la signora De Caprariis e qualcuno di quegli immigrati?'

'No... perché me lo chiede?'

'Perché, visto l'accaduto, oggi ogni dettaglio potrebbe rivelarsi di grande interesse'".

Dalle testimonianze raccolte emergeva che era stata una festa di colori, con tante persone provenienti dal Bangladesh, dal Ghana, dalla Nigeria e chissà quanti altri posti che Galasso neanche era capace di ritrovare sulla cartina. Di alcuni nemmeno sapeva pronunciare bene il nome. Quegli uomini erano arrivati con costumi variopinti, con il capo coperto da tessuti in tinta col vestito, con gli sguardi grati per la gioia di una sera. Anna aveva trovato da sola tutto ciò che occorreva: un luogo, un'orchestra, un coro e un gruppo di volontari in grado di provvedere al resto dell'organizzazione.

Era generosa, Anna. Più di un conoscente raccontava delle iniziative di beneficenza e qualcuno ricordava anche un articolo pubblicato su un quotidiano nazionale che parlava di quella straordinaria forza della natura, che non si fermava mai di fronte alle difficoltà e faceva tutto per gli altri e ben poco per sé.

Il suo unico vezzo era il bridge con le amiche.

Sul suo rapporto con gli uomini non si era capito molto. Aveva perso il marito quasi dieci anni prima e da allora non si era saputo più nulla. A farle visita era solo il nipote, Luca, musicista trentenne. Non pareva avesse altri familiari.

La perquisizione nell'appartamento, che Galasso aveva voluto condurre personalmente, non aveva fatto emergere tracce di legami sentimentali. A proposito del sopralluogo, Giovanni si era anche chiesto se fosse realmente necessaria quella violenza ulteriore alla sua intimità. A ogni modo se ne era convinto e, accompagnato dal nipote di Anna, aveva analizzato tutto.

L'esame dell'abitazione rende già di per sé evidenti parecchi dettagli. Che vita faceva la vittima, quali erano i suoi gusti – nella scelta degli arredi, dei libri, della musica, di cibi e alcolici... –, ma soprattutto i suoi contatti. Un computer può contenere tantissime informazioni preziose, ma anche una lettera abbandonata sul tavolo o una rubrica di numeri telefonici, un foglio nascosto tra le pagine di un libro, una cassaforte tenuta al riparo da un dipinto: tutto può assumere un valore fondamentale.

Anna De Caprariis aveva una bella casa, mobili antichi, ricchezza solida, nessuno sfarzo, nessun cedimento all'ostentazione. Una biblioteca da mozzare il fiato, assemblata generazione dopo generazione. Libri importanti, ordinati per materia e per autore, avvolti in rilegature preziose e allineati con precisione maniacale su mensole spesse di legno robusto.

La camera della signora era un confetto. Pareti rosa pallido, tendaggi di un tono appena più scuro, copriletto color pervinca, cuscini che splendevano come avorio lucido. Tutto troppo dolce, perfetto, innegabilmente lezioso.

La biancheria intima nei cassetti nascondeva qualche velleità giovanile. Sotto gli indumenti più classici, si nascondevano mutandine troppo striminzite, pizzi e trasparenze. L'armadio era pieno di vestiti d'indiscutibile eleganza; molti quelli da sera, con le borse in tinta e foulard di tutti i colori. Una sezione del guardaroba era invece dedicata alle scarpe, di ogni tipo. Galasso non ne aveva mai viste tante tutte insieme, nemmeno in un negozio, e la stessa considerazione doveva essere balenata nella mente del nipote Luca, mentre assisteva vagamente annoiato all'operazione di polizia.

Luca detto Luchino era oggetto della testimonianza di un vicino di casa di Anna. Il giovane, omosessuale ("Ci avevo azzeccato!" pensò subito Galasso), orfano di entrambi i genitori, era molto legato alla zia, a cui faceva spesso visita. Si diceva anche che la donna lo avesse mantenuto agli studi al Conservatorio e gli elargisse abitualmente somme di denaro indispensabili alla sussistenza. Luchino viveva insieme a un assicuratore, molto più avanti negli anni, col quale progettava di dedicarsi all'antiquariato e di aprire un negozio in centro.

La polizia lo aveva rintracciato la notte dell'omicidio a casa del "socio", o perlomeno di quello che lui definiva così. L'antiquario-assicuratore, Vincenzo Mariani, frequentava poco la casa di Anna. Le rare volte in cui capitava era perché il ragazzo insisteva per invitarlo, mentre la vecchia zia non c'era. A Luca piaceva dare sfoggio del benessere che si respirava in quella casa, i bei mobili, i tappeti orientali, le foto con le cornici preziose...

Galasso continuò a leggere i verbali: Bruno aveva provato a saperne di più dal professor Paraggi, un altro vicino di Anna.

"'Che tipo è Luca? Un violento, uno un po' folle, oppure un timido che magari, davanti a rifiuti o discussioni, diventa aggressivo?'

'Un timido, direi, soprattutto un timido. Mi ha dato la sensazione di essere un complessato, pieno di manie e di scatti nervosi, di risatine strane, spesso sopra le righe.'"

Fuori dal verbale ufficiale, Bruno aveva anche annotato su un foglietto ulteriori dettagli riferiti dal testimone, che aveva chiesto di mantenerli riservati.

Si leggeva che "Paraggi dice di aver visto dalla finestra il giovane un paio di anni fa mentre rovistava nel cassetto di un mobile antico della zia", e che "per evitare momenti imbarazzanti, Paraggi avrebbe finto di non accorgersene e per la stessa ragione non avrebbe riferito l'episodio alla sua vicina di casa, che si era momentaneamente allontanata mentre accadeva quanto riferito".

Giovanni andò avanti a sfogliare. Ripercorse l'arrivo di Luca sul greto del fiume, nel punto in cui la macchina custodiva ancora il corpo senza vita della zia, mentre una donna in tuta bianca stava trafficando attorno alla fiancata rilevando le impronte.

Era stata proprio lei, la poliziotta della Scientifica, a suggerirgli di accompagnare quelli della Mobile a casa della defunta per assistere alla perquisizione, come previsto dalla legge. «Non si preoccupi per le chiavi dell'appartamento... le ha già l'ispettore Galasso. Le abbiamo trovate nella borsa di sua zia.»

Luca, chiuso in un indecifrabile mutismo per un paio d'ore, non aveva neanche chiesto chi potesse averla uccisa. Forse per timidezza, o per il dolore, o perché non aveva proprio niente da dire.

Dalla casa, quelli della Squadra Mobile avevano prelevato soltanto una voluminosa rubrica telefonica. Tanti numeri, tanti nomi, cancellature, correzioni, il mondo di Anna racchiuso in fogli di carta anticata in un'elegante rilegatura in pelle marrone.

Giovanni sapeva che in quell'elenco di amicizie di lunga data, nei contatti più recenti o in quelli quasi eliminati nel tempo, poteva celarsi il nome dell'assassino.

L'omicidio sembrava infatti, in tutto e per tutto, opera di una persona che con Anna aveva un rapporto ben consolidato, di fiducia. Chi avrebbe potuto incontrarla a quell'ora, mettersi alla guida della sua macchina e offrirle una sigaretta, se non una persona che la conosceva a fondo?

L'ispettore appoggiò il fascicolo sul tavolo della cucina, e tra le fotocopie scorse un foglietto. Era il numero del cellulare del nipote della De Caprariis, seguito dal nome Luchino. Sotto l'appunto c'era una foto del ragazzo. Un tipo buffo, pensò Galasso, con quei capelli lunghi, vaporosi e scomposti da musicista, il viso paffuto e gli occhialini con la montatura sottile e dorata, troppo piccoli rispetto al naso.

Lo scatto successivo immortalava il volto del "socio" Vincenzo. Ma socio in che? In un'attività da avviare dove, quando, come? Piuttosto, stavano dormendo nello stesso letto quando la polizia aveva bussato alla loro porta, su indicazione di un condomino di Anna? E ancora: quanto tempo era passato dal momento dell'omicidio? Luca era uscito di casa, quella sera? E, se era uscito, a che ora era rientrato?

Galasso, immerso negli interrogativi, si accorse che per qualche minuto era riuscito a dimenticare Alfredo. Gli occhi gli si riempirono istantaneamente di lacrime. Tornò allora con la mente al caso per non lasciarsi prendere di nuovo da quella malinconia che era come un pugno allo stomaco, e si rese conto di avere ormai collocato d'ufficio anche Luchino e il convivente nella lista dei sospetti.

Certo, era un'ipotesi ardita, e forse solo la sofferenza per l'amico scomparso poteva giustificare che tra gli indiziati comparissero, ora, un antiquario e un trentenne incensurato quali potenziali assassini, senza che a loro carico fosse emerso uno straccio di indizio, senza l'ombra di un movente.

Niente giustificava quei dubbi. Eppure qualcosa gli suggeriva di approfondire le vicende di Luchino.

Ordinò nella sua testa tutti gli elementi che aveva a disposizione, e cominciò a scartarli uno dopo l'altro. Finché arrivò a un punto chiave.

«I soldi!» disse a voce alta. I soldi per aprire il negozio di antiquariato, dove pensava di prenderli, Luchino? Forse li aveva chiesti alla zia e lei magari aveva detto no... Poi quella sera le aveva domandato di vedersi urgentemente... e in macchina lei si era rifiutata di nuovo... e lui non ci aveva visto più...

Brel cantava la canzone dei vecchi amanti mentre la porta si apriva. Era Sabina, con un sorriso tristissimo disegnato sul viso.

«Giova'...» e lo abbracciò stretto. «Come stai? Hai dormito almeno un po'?»

Galasso la guardò dolcemente. «Uff... Sì, un paio d'ore» mentì.

«Mangi qualcosa?»

«Già fatto» mentì ancora. «Come sta tua madre?»

«Bene, lei sempre bene... Vai a dormire ancora un po', io corro dai gemelli, magari li tengo qualche ora mentre Paoletta è fuori per le formalità.» Lo baciò sulla fronte e concluse: «È tutto così terribile, non riesco nemmeno a pensarci». Lo strinse ancora, poi uscì.

Ma lui non aveva affatto intenzione di andare a riposare. Sperava che i documenti gli raccontassero qualcos'altro su Anna, e magari anche su Luchino e Mariani.

Bossolo era disteso a pochi passi da lui, muso sul pavimento e zampe protese in avanti.

Era quasi mezzogiorno, ormai, e cominciavano a bruciargli gli occhi. Stava accusando le fatiche della notte passata in piedi, ma aveva un caso da risolvere e la soluzione gli sembrava più vicina adesso. Non poteva fermarsi.

Ascoltò il pezzo di Brel fino alla fine: era quello che Alfredo ogni tanto cantava nella versione italiana, accompagnandosi con una vecchia chitarra che tirava fuori da un armadio dell'ufficio, dove la teneva custodita gelosamente. Suonava quando erano bloccati in questura tutta la notte, obbligati a stare svegli ad aspettare che accadesse qualcosa. E allora intorno a lui si radunavano i vari colleghi della Mobile. Per ingannare l'attesa e mascherare la tensione, lui raccontava in musica una perenne malinconia.

Quella canzone, quel ricordo furono un toccasana per il corpo dell'ispettore, l'adrenalina iniziò ad affievolirsi, restituendogli tutta la stanchezza di una veglia interminabile. Di una disperazione incolmabile.

Galasso ripose i documenti nel faldone, si avviò verso la camera, sfilò le scarpe e si lasciò cadere sul letto.

"Solo un paio d'ore" pensò addormentandosi, mentre nei suoi sogni una risata di Alfredo addolciva il silenzio.

5

Galasso si svegliò una prima volta, sudato e infreddolito, dopo alcune ore. Manco avesse messo la sveglia. Era bagnato di sudore a causa di un incubo strano che lo aveva accompagnato per tutto il sonno.

Si trovava in una grande stanza dai colori sgargianti, a una festa con tante persone e un baccano assordante di musica ad alto volume. Una donna correva disperata, sembrava fuggisse da qualcuno. Lui avrebbe voluto aiutarla, ma non riusciva a staccare i piedi dal pavimento. Poi, all'improvviso, si era ritrovato nudo, dei vestiti nessuna traccia.

Si alzò dal letto e si tolse la camicia, pensando ai dettagli di quello strano sogno. Forse la donna era Anna, e magari si trovava a una delle sue feste di beneficenza, mentre lui era lì, fermo, incapace di imboccare una solida pista investigativa... O forse Laura, il suo amore di gioventù...

"Queste sono *minghiate*, Giova'!" gli avrebbe detto Alfredo col solito sorriso ammiccante.

Sì, certo, "minghiate". Fatto sta che l'indagine non decollava e Giovanni aveva la sensazione di muoversi al rallentatore. Occorreva una pensata, un guizzo, qualcosa che portasse a una svolta, quella che tra colleghi chiamavano l'"ideuzza", insomma. Gli mancava un bel colpo di teatro, ma non arrivava.

Si rimise a letto e si riaddormentò in un istante.

Lo destarono più tardi uno sbattere di sportelli d'auto e risate fragorose dalla strada.

A quel punto dormire ancora sarebbe stato impossibile. Si avviò allora verso la cucina, per prepararsi una tazza di caffè bollente e amaro, sorvegliato a vista da Bossolo, che scodinzolava felice per il probabile arrivo di un biscotto fuori orario.

Galasso sbadigliò e si portò il cellulare all'orecchio. «Bru', ciao. Mi sono svegliato adesso, ho bisogno di distrarmi un po'. Ci vediamo tra un'oretta in ufficio? Così, per fare due chiacchiere sul caso... tante volte in due ci viene un'idea... e poi possiamo andare insieme da Alfredo, per l'ultima volta...»

«Io veramente... sto per mettermi in macchina per andarmene in campagna a respirare il Natale...»

«Ah, scusami, non ti volevo disturbare, fai quello che devi, per carità... A volte è come se non mi rendessi conto di che giorno è, né dell'ora, né degli impegni che si possono avere... No, no... ci mancherebbe...»

«Ok, Giova', ho capito. Per oggi sto tranquillo, ma domani ci vediamo in ufficio.»

Bossolo era arrivato al terzo biscotto. L'ispettore si divertiva a vederlo ogni volta fuggire via con il bottino, come se l'avesse rubato con l'astuzia, e poi tornare per chiederne ancora con gli occhi della fame nel mondo.

Le operazioni di doccia e vestizione durarono pochi minuti. Quando si chiuse alle spalle la porta di casa, Sabina non era ancora rientrata.

Alle diciassette in punto era con Sandro davanti al distributore del caffè, negli uffici della Squadra Mobile. Sandro aveva una quarantina d'anni e origini napoletane. Magro, capelli nerissimi, slanciato, ben vestito, il sovrintendente era soprannominato "il Tartaglia" per via di una balbuzie che a volte gli rendeva problematico parlare: ogni suo discorso, inoltre, era condito da un numero imprecisato di "cioè".

A chi gli faceva notare che, a lungo andare, quell'intercalare stufava, lui spiegava candidamente di aver scoperto che quel "cioè" gli consentiva di andare avanti con le parole quando le altre si annodavano, come se avesse un potere magico. "Parola di scivolo", la chiamava. «Quando mi blocco e non riesco a proseguire, ci infilo un "cioè" e tutto fila liscio, il discorso scivola che è un piacere! Naturalmente fino alla fermata su... su... cioè successiva... e quando devo superare anche quest'altro momento e mi a... a... cioè mi accorgo che non vado più né avanti né indietro... via con un altro "cioè"!» si giustificava Sandro.

Come oratore, perciò, non era il massimo, ma come stratega era imbattibile. Galasso si fidava ciecamente di lui, della sua capacità di mettere i tasselli al posto giusto e di pianificare ogni mossa.

«Sandri', pigliati un caffè che qui è ora di agire, ci siamo arenati, io e Bruno! Ora tocca a te farti venire un'idea! Abbiamo sul tavolo un sacco di cose ingarbugliate, utili o inutili manco lo sappiamo. Qui ci vuole qualcosa che ci dia la svolta, come la tua parola di scivolo! Noi ora beviamo il caffè, ci facciamo il segno della croce, ci facciamo insieme una pensata, passiamo alla camera mortuaria per vedere Alfredo e poi ci salutiamo. Tu te ne vai per i fatti tuoi e io me ne torno a casa...» Galasso prese dalla macchinetta del corridoio due bicchierini di carta, poi gliene porse uno. «Andiamo nel mio ufficio.»

L'alberello di Natale che Alfredo aveva sistemato all'entrata riempiva di dolce e amaro quel momento.

Sandro bevve il caffè d'un sorso e si sistemò su una sedia. Di fronte a lui Galasso, con la stessa espressione neutrale. Il silenzio durò a lungo.

«Allora? Che si fa?» ruppe il ghiaccio Giovanni con voce stentorea, per timore di tradire l'emozione che lo soffocava. Era fatto così, non avrebbe mai rivelato la propria fragilità. Se ne vergognava, come la maggior parte degli sbirri.

«Il movente! Pensiamo al movente! Pe... pe... pe... cioè perché l'hanno uccisa a 'sta *femmena*? Non è che uno di 'sti ne... ne... cioè neri, gialli, rossi che le stavano attorno le ha chiesto soldi e l'ha uccisa perché lei non gliene ha dati?»

«Ma no! Ma te lo vedi l'immigrato che dà un appuntamento alla De Caprariis, si mette alla guida della sua macchina, le offre la sigaretta e poi la strozza? Dài, non può essere! Prima guardiamo se la verità non è più vicina a noi. Magari è qui a uno sputo di distanza e noi l'andiamo a cercare chissà dove...»

Galasso sapeva che, prima di avventurarsi verso lidi bui, prima che i giornalisti dicano la loro e i salotti, televisivi e non, propongano le ipotesi più bizzarre, prima che la verità possa essere contaminata da interpretazioni offerte a saldo, l'investigatore deve esplorare ciò che ha intorno, quello che ha sotto gli occhi. E deve sapere che la soluzione si nasconde spesso dietro un vetro opaco, quindi bisogna agire senza pregiudizi, senza filtri preventivi, tesi precostituite, convinzioni già consolidate. Ci vuole una lettura "semplice", insomma, non viziata da congetture e dietrologie che hanno solo l'effetto di complicarla.

Partirono dal professor Lombardo, l'oncologo. Era certamente il primo a dover dare qualche spiegazione. Su quelle due conversazioni telefoniche, tanto per iniziare: una prima che Anna uscisse di casa, l'altra prima che vi facesse frettolosamente ritorno.

Su questo punto, l'ispettore e il Tartaglia erano perfettamente d'accordo. E pure su quanto fosse inquietante la vicenda delle donne legate a lui – la moglie e Laura Mantini –, morte entrambe in circostanze poco chiare. Galasso appoggiò sulla scrivania il dossier sul caso De Caprariis, di fianco a quello sulla morte della sua vecchia amica. Scorse per l'ennesima volta quelle pagine mentre, nella sua testa, passava in rassegna la lista dei "sospettabili", fino ad arrivare alle intriganti figure di Luca, di Vincenzo Mariani e di Gaetano Bernini. E chissà quanti altri si sarebbero aggiunti.

«Che facciamo? Co... co... cioè cominciamo dall'oncologo?»

«Sparigliamo, piuttosto!» lo sorprese Galasso. «Cominciamo da Laura!»

Sandro capì immediatamente cosa intendeva. Avrebbero cominciato da Lombardo, sì, ma "attaccandolo alle spalle" senza dare nell'occhio, partendo cioè da quella misteriosa morte dell'anno prima. Condivideva la scelta dell'ispettore.

Nel frattempo gli altri avrebbero continuato ad acquisire ulteriori testimonianze sul caso De Caprariis, come aveva espressamente disposto la dottoressa Monti. La PM era agguerrita ma non si dava arie, non era né saccente né superficiale. Anzi, si avvicinava con umiltà all'indagine, voleva capire tutto, si faceva spiegare ogni dettaglio senza mai negare un sorriso.

Giovanni si trovava proprio bene con il Tartaglia, forse anche per la balbuzie che lo inteneriva e gli occhioni neri che sembravano ogni volta scusarsi per il ritardo con cui completava la frase. Per questa ragione, anche se poteva parere strano, il dottor Fedeli, capo della Mobile, mandava avanti sempre lui quando si trattava di richiedere un atto della magistratura.

Galasso si alzò in piedi con aria trionfale. «Facciamo un'altra cosa. Mettiamo il telefono sotto controllo a tutti e tre: Lombardo, Vincenzo e Luchino. Fai una richiesta e mettici dentro una bella motivazione, come sai fare tu. In fondo, per ognuno di loro ci stanno cose serie che giustificano questa iniziativa... Gaetano è l'ultima persona che potrebbe aver parlato con la morta, Lombardo l'ultimo ad averle telefonato e il nipote...» si fermò a guardare la sua foto tra i documenti «... il nipote è l'unico parente di cui sappiamo qualcosa. E poi forse c'era di mezzo una storia di soldi che dobbiamo capire bene... I motivi ce li hai tutti, scrivili bene e vedrai che il giudice ci autorizza a intercettarli. Dobbiamo capire tutto di loro. Che vita fanno, cosa pensano, se sono nervosi o sereni, chi frequentano. Voglio sapere pure quante volte cagano al giorno e a che ora! Voglio sapere pure...»

«Ho capito, Giova', so... so... cioè sono d'accordo. Mo' telefono alla dottoressa pe... pe... pe... cioè per gli auguri e le preannuncio per domani mattina l'informativa...»

«Magari gliela porti tu a casa... a lei fa piacere se ci vai tu...»

«Mi pigli per il culo?»

«Chi, io?!» Galasso ora aveva le idee chiarissime. «Senti qua: il primo passo da fare è parlare con il farmacista, quello che ha visto Lombardo uscire dal palazzo di Laura dopo la sua caduta... E magari prima ci leggiamo di nuovo ben bene quello che ha dichiarato all'epoca...» Frugò tra le carte, ma sapeva esattamente dove cercare. «Ecco qua, ascolta: "'Ero solo all'interno della farmacia, quando sentii un urlo, poi un gran tonfo in strada e, immediatamente dopo, delle grida'. A Domanda Risponde: 'Mi si chiede di precisare che tipo di grida fossero, se maschili o femminili, e se provenissero dalla strada o dal palazzo. In proposito, dico che credo fossero femminili, ma che ignoro se giungessero dalla strada o dal palazzo'."» Galasso si interruppe un attimo. «Ma hai capito?»

Sandro annuì. «Tu ha... a... a cioè hai ragione! Io tengo 'na capa tanta di grida ora... Ce... ce... ce... cioè certo che chi s'ammazza perché vuole morì, no... no... no... cioè non dovrebbe grida'!»

Con fare soddisfatto, Giovanni riprese a leggere. «"A Domanda Risponde: 'Mi viene chiesto se ho visto qualcuno uscire dal portone dopo il fatto. Rispondo affermativamente. Dopo il botto, ho visto uscire dal palazzo il dottor Filippo Lombardo'. A Domanda Risponde: 'No, non si è diretto verso il luogo dove correvano i passanti, ma nella direzione opposta'. A Domanda Risponde: 'Il dottore camminava a passo svelto'."» Galasso fece un'altra pausa. «Ti rendi conto? Mica incalzano 'sto farmacista, mica gli chiedono se l'oncologo si è accorto o no che c'era il morto a pochi metri da lui! Non gli chiedono se, dalla posizione in cui si trovava, Lombardo poteva vedere il corpo o se la sua visuale era già coperta dalle prime persone accorse! E poi il testimone nota che il dottore si muove a passo svelto, eppure nessuno gli fa domande per capire il motivo della fretta...»

«Continua a leggere! Vai avanti!»

«Avanti? E dove vado? È tutto qui. Il resto sono minghiate. "Sono subito ritornato in farmacia"... "C'era tanta gente sul posto"... "È arrivata l'ambulanza"... eccetera... Minghiate!»

Galasso agitò il verbale con ampi movimenti delle braccia. Poi corrucciò la fronte, pensieroso, e si fermò. «Dài, ora andiamo a fare un po' di compagnia a Paoletta... Stasera ce ne stiamo tranquilli, che è festa e sennò mia moglie ci rimane male, ma tra domani e dopodomani si parte con le indagini come si deve: il primo che metto sotto torchio è il farmacista. Gli faccio una visitina e lo invito in ufficio per il giorno dopo...»

Richiuse il fascicolo che in copertina aveva raffigurata una croce.

I due si avviarono verso il parcheggio, ognuno prese la propria macchina e in pochi minuti si ritrovarono al parcheggio dell'Istituto di Medicina legale.

L'autopsia si era già conclusa ma il corpo di Alfredo era ancora lì, in attesa di essere trasferito alla camera ardente che nel frattempo era stata allestita in questura.

Ad attenderli non c'era solo il capo della Mobile, Fedeli, col cappotto color cammello, i baffoni curati, il fisico asciutto sapientemente modellato dalla palestra, e la perenne abbronzatura, frutto di un rapporto troppo confidenziale con le lampade. Davanti a loro c'erano alcuni poliziotti della questura. Gli altri sarebbero arrivati di lì a poco.

L'unica familiare di Alfredo era la moglie, ripiegata su una sedia di finta pelle blu, rimpicciolita dal dolore, avvolta in un grande scialle scuro. I genitori erano morti diversi anni prima e la sorella, purtroppo, non era riuscita a tornare in tempo dagli Stati Uniti, dove viveva da anni col marito.

Sandro si trattenne lo stretto necessario, poi se ne andò a testa bassa. Giovanni corse ad abbracciare Paoletta, che lo ringraziò: senza l'aiuto di Sabina quel giorno non avrebbe saputo come fare. Lui annuì, salutò tutti con un sorriso amaro e uscì per respirare l'aria fresca del cortile, mentre il colore sporco del cielo minacciava pioggia o, forse, addirittura, neve.

Si sedette su una panchina, accese un sigaro e tirò un'ampia boccata. Rimase lì oltre un'ora, solo per sentirsi un po' più vicino all'amico.

E a poco a poco i pensieri si mescolarono gradualmente all'indagine, a quando Alfredo aveva detto di getto: «Ma Laura è caduta da sola o ce l'hanno buttata?», aggiungendo che, quando non c'è un motivo evidente per suicidarsi, né segnali di disperazione né lettere di addio o cose del genere, si ha il dovere di esplorare a fondo la seconda ipotesi, ovvero l'omicidio. Poi l'aveva guardato fisso negli occhi: «Comincia da questo buco nell'indagine! Ho l'impressione che abbiano avuto troppa fretta di trovare la soluzione più comoda...». Quelle parole risuonarono nella sua testa con una forza inaudita.

Galasso si alzò e si avviò verso casa. Là avrebbe certamente trovato Sabina e, insieme, avrebbero chiuso i contatti con il mondo per il resto della giornata.

In realtà quelli della moglie non si chiusero subito come sperava: per un paio d'ore buone rimase al telefono con un'amica un po' depressa che la riempì di racconti di malanni, paure e aneddoti di scarso interesse. Era proprio destino che quel Natale andasse perduto.

Galasso allora non poté fare altro che trascorrere le prime ore della serata assorto nei suoi pensieri, tra i quali solo Bossolo riusciva a intrufolarsi. Gli si avvicinava scodinzolando, gli porgeva la palla da tennis, logora e umida di saliva, e lo invitava a lanciargliela.

Giovanni fingeva di non capire e il pastore tedesco gliela posava sul palmo della mano, costringendolo a prenderla. Allora il padrone rideva e cominciavano la gara, come ogni sera. E, come ogni sera, vinse Bossolo.

Poi Giovanni andò in cucina, c'erano da preparare almeno le polpette, visto che al sugo per la pasta aveva cominciato a pensare Sabina. Non sarebbe stato un menu degno delle feste, ma per la chiusura di quel giorno triste andava più che bene.

«Ancora un po' di latte... sì, ancora un po', per ammorbidire l'impasto...» diceva tra sé Galasso, muovendosi con disinvoltura tra i fornelli e la tavola. La mollica di pane raffermo era rimasta troppo poco nell'acqua prima di essere strizzata, quindi fu costretto al doppio della fatica per amalgamarla con la carne macinata e le uova.

Più in là, sui fuochi, una lievissima fiammella dava vita e respiro al battuto del sugo, assai invitante, a base di cipolla, carota e un po' di sedano, che inondava di profumo la cucina.

Galasso continuò ad armeggiare con l'impasto: versava un dito di latte e non di più, con precisione maniacale. Il parmigiano appena grattugiato avrebbe completato di lì a poco, insieme a un pizzico di sale, la prima parte dell'opera.

Cucinare era per lui una passione. Di quell'arte amava: gli aromi, i colori, la complessità di alcune preparazioni. In più lo distendeva e gli consentiva di riflettere a fondo, senza interruzioni e in maniera armonica. Proprio in cucina gli era capitato più di una volta di mettere in ordine tutti gli elementi di un'indagine fino a giungere all'"ideuzza" giusta. Ci provò anche quella sera, ma la mente non era lucida.

Si chiese come stessero passando la sera di Natale Gaetano, Lombardo, Luchino e il suo "socio", pensò persino al portiere di Bernini, che doveva essersi sentito in un film di spionaggio. E chissà come avrebbero trascorso quelle ore la contessina Canali e le sue amiche del bridge...

Era decisamente curioso, Galasso. Quando gli affidavano un caso, gli piaceva immergersi fino in fondo nel mare dell'indagine, respirare la vita delle persone che incontrava, entrare nelle loro case, capirne le abitudini, percepirne forza e fragilità. Pensava spesso alle figure coinvolte, che diventavano attori dello spettacolo della vita. C'erano i protagonisti, le comparse, i caratteristi.

Sapeva che il copione era già scritto e che a lui toccava solo collocare ognuno nel ruolo cui era destinato. Ma se l'interpretazione fosse stata quella sbagliata, la trama avrebbe preso una tangente difficile da raddrizzare.

"Chissà qual è il ruolo del farmacista nella vicenda di Laura" si chiedeva ora l'ispettore. "Testimone attendibile o reticente?"

La domanda gli era rimbombata nella mente durante tutta la cena, anche se aveva chiacchierato con Sabina e persino riso con lei, perché le polpette si erano bruciacchiate, a forza di inseguire i pensieri. Poi però, appena sparecchiato, Giovanni non era più riuscito a trattenersi: aveva spiegato alla moglie che doveva uscire per "controllare" una cosa urgente, gli dispiaceva ma sentiva di dover procedere con l'indagine. Però le aveva promesso che sarebbe rincasato presto e lei, in silenzio, gli aveva stampato un bacio sulla fronte. «Che giornataccia...» aveva commentato quindi a voce bassa. Anche per quella sera tutti i programmi natalizi di pace e tranquillità domestica erano saltati.

Galasso camminò nella notte romana finché raggiunse il palazzo in cui Laura aveva abitato.

La via era poco frequentata a quell'ora, tanto più la sera di Natale. Galasso avanzava a passo lento, guardandosi intorno: individuò subito la farmacia. Per un incredibile colpo di fortuna, era di turno festivo.

Dalla vetrina – molto simile a un bazar – tra giochi per bimbi, scarpe e creme antirughe, riuscì a scorgere la sagoma dell'uomo alla cassa. Capì che non avrebbe aspettato l'indomani.

Senza riflettere oltre, spinse la porta ed entrò.

«Prego, mi dica...» lo accolse con un sorriso di cortesia il farmacista. Doveva avere settant'anni, viso gentile, barba bianca a incorniciargli il viso, occhialini da lettura con montatura rosa pallido tenuti al collo da un laccio dello stesso colore. Notando anche la cravatta e la camicia a righine bianche e azzurre che spuntavano dal camice bianco, Galasso capì che l'uomo non era nuovo ad accostamenti del genere.

«Sì, buonasera. Avrei bisogno del filo interdentale... non cerato, per favore. Sì, grazie... Quanto le devo? Ecco a lei...» Dopo una breve pausa, l'ispettore passò all'attacco frontale. «Sa, non venivo in questo quartiere dalla sera in cui una donna è stata trovata morta, la signora che è stata buttata giù dal balcone... Quanto pioveva! Era verso Natale, come oggi, io mi sono preso tutta l'acqua per vedere cosa stava succedendo, e c'era pure lei, mi pare... anzi, sì, fu il primo a uscire in strada! Avevo pensato che magari le era capitato di vedere pure in faccia l'assassino, non è che...»

«Chi è lei? Che cosa vuole?» lo interruppe bruscamente l'uomo, facendosi d'un tratto duro in viso e sgranando gli occhi celesti per scrutare meglio l'interlocutore.

Ecco, la preda era già nervosa al punto giusto: l'ispettore era riuscito nell'intento. Ora non poteva lasciarsi sfuggire neanche un gesto, un'espressione, un sussulto, un movimento delle mani. L'uomo che perde il controllo è più vulnerabile.

«Che vuole da me?» tuonò ancora dietro al registratore di cassa, stringendo forte i pugni, mentre la giugulare si gonfiava e tracciava una linea verdastra e irregolare lungo il collo arrossato.

«Sono l'ispettore Galasso della Squadra Mobile» sussurrò Giovanni. «Si può fumare qui?» chiese abbozzando un sorriso d'intesa, mentre estraeva dalla tasca del cappotto un sigaro.

«Ma ci mancherebbe, direi proprio di no!»

«Be', io del filo interdentale avevo davvero bisogno... Sa, il dentista dice di usarlo dopo ogni pasto... io non ho questa costanza, ma almeno una volta al giorno è necessario... Sa, la sera...»

«E da me che vuole?» lo interruppe l'altro, a cui non importava nulla dei denti di Galasso.

«Uno sforzo di memoria, un po' di collaborazione per un povero poliziotto che ha bisogno di capire, un po' di rispetto per chi fa il proprio lavoro nell'interesse pubblico, e magari anche un sorriso...»

«Anch'io sto facendo il mio lavoro e lei viene qui con 'sto fare inquisitorio...»

«Ok, adesso basta pigliarci per il culo!» alzò la voce Galasso, facendosi improvvisamente minaccioso. «Ora basta, le ho detto chi sono e ha capito benissimo il motivo che mi porta qui. Lei sa che su quella morte qualcosa ci ha detto e qualcosa ci ha nascosto. Ora lei mi dice che cosa ha nascosto e perché lo ha fatto, altrimenti tra due minuti la prendo per il bavero del suo camicino, caro signor farmacista, e la trascino in questura, alla faccia del Natale! Lì, le assicuro, mi racconterà anche quante volte si è toccato da ragazzino pensando alla sua cuginetta!»

Il farmacista rimase di stucco. L'espressione dell'ispettore era cambiata. Era cattiva, ora. I due si guardarono a lungo negli occhi.

«Va bene, allora mi ascolti. Quella sera pioveva da morire, è vero. Io ero di turno festivo, come oggi. Conoscevo la signora Laura. Lei era speciale. Riservata, garbata, intelligente, carina, una perla rara. Era stata da me un'ora prima di morire. Me la ricordo bene: aveva un cappotto crema col colletto alzato e un cappello alla francese dello stesso colore. Mi ha chiesto il filo interdentale, proprio come lei ora, e del dentifricio. Questo, e nient'altro, ho nascosto alla polizia. Non volevo infilarmi in questa brutta storia e subire interrogatori, domande, richieste di precisazioni, eccetera eccetera. Tutto qui. Mi sembrava irrilevante il fatto che fosse venuta in farmacia quel giorno, ecco. Il resto l'ho raccontato: ho sentito il tonfo, sono corso a vedere, c'era quel tale, il professor Lombardo, che usciva dal portone e poi la gente, l'ambulanza...»

«E lei crede che una persona prima di suicidarsi pensi all'igiene dentale? Esce, va in farmacia, compra il dentifricio e poi rientra a casa e s'ammazza?»

«E che no so io? Questo è il suo lavoro, mica il mio. Però, se devo dirla tutta, a me la signora Laura sembrava così piena di vita! È stato un colpo per me, un dolore terribile sapere che si era suicidata, non ci volevo credere... Ma allora, se non s'è suicidata, cosa è successo? Vuol dire che l'hanno ammazzata? E chi, ispettore? Chi poteva avercela con lei? Lei era così dolce, così...»

«È quello che voglio capire anch'io. Sono qui per questo. Ora si sforzi di ricordare qualsiasi altro dettaglio. Domani alle nove venga alla Squadra Mobile, stanza 61. Mi raccomando la puntualità e la riservatezza assoluta. Siamo intesi? Non parli ad anima viva del nostro incontro, dottore. Scusi il disturbo e buon Natale, o almeno quel che resta!»

Così dicendo, con un sorriso tirato stampato sulla faccia, Galasso si diresse verso l'uscita e, una volta in strada, a casa. Lungo il tragitto pensò che ancora una volta gli era riuscito il colpaccio. Aveva buttato lì la solita storia della reticenza e aveva centrato in pieno il bersaglio.

Naturalmente, aveva bluffato.

6

«Già in movimento di primo mattino, eh? A voi, ispetto', non vi fermano neanche le mangiate di Natale! Pesante questo caso, eh? Più dei cappelletti in brodo...»

Ecco il sorriso solidale di Annarumma, e il suo umorismo all'ingresso della questura. Magari era fuori luogo, ma a Galasso quel modo di fare un po' ironico, guascone e sbirresco piaceva e, in quel momento, uno che lo distraesse da ciò che era accaduto ad Alfredo ci voleva. Tutti sapevano, ma i tipi come l'agente Annarumma erano in grado di parlare d'altro, e risollevavano un poco l'atmosfera.

«Ciao, Pasquale! E buone feste! È un bel casino 'sto caso De Caprariis. Vabbe', ma alla fine quando mai è facile questo mestiere?»

Eppure quella mattina anche Annarumma pareva scettico. «Boh, a volte mi vengono pure i dubbi e mi chiedo a cosa serva...»

«Non dimenticarti mai le soddisfazioni che può dare, Pasqua'. È un lavoro difficile, spesso è proprio una merda, ma ci sono dei momenti che sono in grado di annullare tutte le cose brutte, e basta ripartire da lì!»

Il collega lo guardò con aria dubbiosa, e buttò lì un «per esempio?» che fece un po' arrabbiare l'ispettore. Aveva trascorso dei giorni impossibili e ora doveva essere lui a motivare gli altri? Ma non esitò, e tirò fuori una delle sue storie più emozionanti.

«Per esempio?! Vediamo un po'... Te lo ricordi zu' Saro?»

«E chi è?»

Galasso gli raccontò di quando era ancora in Sicilia e aveva ricucito i rapporti tra Autorità Giudiziaria e collaboratori di giustizia, in particolare con un pentito. Era stato un rapporto forte, durato anni, e nella testa dell'ispettore risuonava ancora nitida la loro ultima telefonata.

Era il lunedì di Pasqua e zu' Saro lo aveva chiamato dal rifugio segreto in cui veniva protetto e che solo tre o quattro poliziotti conoscevano. Galasso non avrebbe più dimenticato quelle parole.

«Ispettore, come sta?» La voce non era più la stessa di quando lo aveva conosciuto. Il tumore gli stava rendendo ancora più atroci gli ultimi giorni di vita.

«Io sto bene. E lei, zu' Saro?»

«Non ci lamentiamo. Quello che nostro Signore decide... Io volevo sentire la voce di vossia e sapere di Palermo.»

«In che senso, sapere di Palermo?»

«Qua è dura e fa freddo, ispetto'... fa tanto freddo... Palermo è sempre bella come quando ci vivevo? E la gente? C'è gente nelle strade? Io me la ricordo amara, che sembrava ci fosse il coprifuoco... A una certa ora per le strade... *nuddu e nudda*... ristoranti e cinema chiusi alle nove di sera... E il Massimo? Il Teatro Massimo lo hanno riaperto? Ci andavo spesso ad ascoltare la lirica, mi rilassava... Vent'anni *sunu che è chiusu*... Mi dice cosa vede fuori dall'ufficio?»

Come un automa, Galasso si era spostato verso la finestra della sua stanza, al primo piano della Squadra Mobile, e aveva iniziato una descrizione dettagliata: «Ci sono tante luci, zu' Saro, vedo quelle di Altofonte nitidissime, e tante persone che camminano come se avessero fretta di arrivare da qualche parte. Macchine che vanno e vengono. Insomma, zu' Sa', mi pare una città rinata, allegra e viva, e so che questo è pure merito vostro...».

«Già... Non gli dovete dare soddisfazione a *chiddi coinnuti*. Io so che ancora comandano qua e là. Se non vincete voi, quello che abbiamo fatto in tutti questi anni non sarà servito a niente...» La sua voce tremava. Un'emozione che non riusciva a controllare e che non avrebbe mostrato per nulla al mondo, proprio lui, uomo d'onore. Galasso aveva finto di non accorgersene per non ferirlo, per non creargli imbarazzo.

La mafia gli aveva ucciso i figli, il cancro stava uccidendo lui. Non gli restava nulla se non la speranza che tutta quella sofferenza non fosse stata inutile.

L'ispettore era rimasto il suo unico riferimento, l'unica persona di cui fidarsi. Galasso sapeva bene di essere per lui l'ultimo uomo sulla terra, e proprio per questo sentiva la commozione crescere dentro di lui.

«Buona giornata, ispettore. Spero di non averla disturbata, oggi, ma ogni tanto devo sentire una voce amica. Se mi autorizza, la chiamerò ancora.»

«Quando vuole, zu' Saro, quando vuole.»

Era certo che non si sarebbero più sentiti. E infatti il cancro fu pietosamente veloce.

Annarumma rimase colpito dal racconto dell'ispettore, così pieno di immagini e di passione. Nello sguardo brillava una nuova energia: esattamente quello che Galasso aveva provato a risvegliare.

«Grazie, Giova'.»

«A dopo, Pasqua'. È un lavoro duro, ma ne vale sempre la pena.»

Quando entrò in questura, trovò la porta della stanza 61 già aperta e la donna delle pulizie che stava ultimando il suo lavoro con il piumino verde nonostante la giornata festiva.

«Buongiorno al mio ispettore preferito!»

«Buongiorno alla donna che porta con sé il profumo delle rose!» fu la risposta galante di Giovanni.

Quindi si sedette e aspettò il farmacista, che arrivò cinque minuti dopo, alle nove in punto, e senza neanche salutare cominciò a parlare. «Non ho dormito tutta la notte. Caro ispettore, lei è riuscito ad agitarmi. Mi ha riportato alla mente l'immagine di quella povera donna, morta tanto giovane... A volte il destino è crudele con i buoni e troppo generoso con i *malacarne*, come li chiamano dalle nostre parti... Io quando sento queste storie di violenza non ci riesco a credere, ho come dei fremiti...»

«Si metta pure comodo, dottore» lo interruppe Galasso. «Si sieda qui, davanti a me. Preparo il verbale... e magari ci pigliamo pure il caffè...»

«Quanta cattiveria c'è nel mondo, quanti istinti animaleschi...»

Galasso non aveva voglia di chiacchiere. Il farmacista tacque e si mise in ascolto.

«Prendo i suoi dati direttamente dal documento che fu redatto la sera stessa in cui morì la signora Mantini. Ecco qui: nato a Firenze eccetera... cittadinanza eccetera eccetera... Dunque, nel verbale di informazioni testimoniali rese la sera del delitto... o meglio, la sera della morte della signora Laura, negli uffici della Squadra Mobile riferì testualmente: "Ero solo all'interno della farmacia, quando sentii un gran tonfo e delle grida"... eccetera eccetera... Conferma questa parte e soprattutto mi dice se ha qualche precisazione da fare?»

Il farmacista rinunciò subito alle elucubrazioni per immergersi nella logica dell'"adomandarisponde", formula standard negli uffici della "sbirreria". Riascoltò con attenzione la lettura delle proprie dichiarazioni, le confermò integralmente, fornendo tanti piccoli dettagli che non modificarono nella sostanza il quadro complessivo.

Ma un particolare aveva colpito Galasso già nel corso dell'incontro della sera precedente: gli acquisti di Laura di quel pomeriggio in farmacia che erano completamente sfuggiti alla verbalizzazione, ma potevano contribuire a spostare la barra del sospetto da suicidio a omicidio. E poi c'era il grido, probabilmente di donna, sentito dal farmacista prima che Laura si buttasse: a quello non era stata data la giusta importanza nelle indagini dell'anno prima.

Il fascicolo, beninteso, sarebbe rimasto ancora con la croce della morte e l'intestazione "suicidio", dato che nessuno dei due elementi poteva dirsi determinante ai fini di una diversa ricostruzione della vicenda.

Una donna che decide di uccidersi non va a comprare un'ora prima il dentifricio, pensava Galasso. Ma non si poteva escludere che la determinazione fosse maturata dentro di lei nei minuti successivi, magari perché aveva visto qualcuno o ricevuto una notizia che l'aveva sconvolta, che l'aveva spinta a quel gesto...

Quel grido continuava a far riflettere l'ispettore. Aveva preceduto di alcuni secondi il rumore del tonfo, aveva dichiarato il farmacista, e dunque non era stato contestuale alla caduta: d'altro canto poteva anche essere attribuibile a una vicina o una passante che aveva notato la Mantini scavalcare la ringhiera della terrazza.

Tutto poteva avere una spiegazione, dunque. Il suicidio, però, non era più l'unica pista.

«Spero di esserle stato utile, ispettore. E mi scusi ancora per ieri sera... forse sono stato un tantino brusco, ma sa, io sono un po' *fumìno*, come si dice da noi. Buon lavoro e faccia luce su questa storia. Sa, era tanto brava la signora Laura... Pensi che...»

«Grazie» lo interruppe ancora una volta Galasso porgendogli la mano. «Grazie ancora della cortesia e della collaborazione. Sono certo che abbia fornito elementi preziosi. Ecco, ora stampo il verbale così ci può mettere una bella firma... ehm, solo un'ultima domanda...»

«Mi dica, ispettore. A disposizione...»

«Questo dottor Lombardo, nell'uscire da casa... non le è parso strano che non si fermasse per vedere chi si fosse buttato giù? Aspetti, formulo meglio la domanda:

lei ha visto il dottor Lombardo uscire dal portone e procedere dritto senza curarsi di ciò che accadeva... Insomma: lei crede che il dottore abbia visto il corpo sull'asfalto o, se non aveva la visuale sufficiente, abbia capito che qualcosa era successo, decidendo però di ignorarlo?»

«Be', il corpo potrebbe non averlo visto, ma il trambusto lo ha certamente notato e le grida le ha sentite di sicuro.»

«Scusi, un'ultima cosa: lei ha mai visto insieme la signora Laura e il professor Lombardo? Se la risposta è affermativa, in quali situazioni e in che periodo?»

«Certo che sì! Credo che abbiano avuto anche una relazione per qualche tempo... Li ho notati salire qualche volta sulla macchina del dottore, ma non ho mai assistito a effusioni o cose del genere... però sì che stavano insieme! Quantomeno erano buoni, ottimi amici, almeno fino a qualche mese prima della morte di Laura...»

«Per ora non ho altre domande. Ecco, firmi qui.»

Il farmacista non se lo fece ripetere. «D'accordo. Arrivederci, allora.» Quindi sorrise, indossò il cappotto blu di cachemire e una sciarpa celeste, lo stesso colore della cravatta e del laccio degli occhiali, e si avviò verso l'uscita.

Venti minuti dopo, come prescritto nel biglietto d'invito della questura che sventolava nella mano destra, la professoressa Rita Giannini varcò con passo solenne gli uffici della Squadra Mobile. A Galasso risultò subito antipatica, con quel modo di fare saccente e l'atteggiamento di chi ha mille cose da sbrigare ed è riuscita a trovare solo a fatica uno attimo di tempo per quell'incombenza subita di mala voglia...

«Si accomodi, signora Rita.»

«Professoressa» si affrettò a precisare lei. «Ordinaria di Matematica applicata all'Università.»

Altri due punti in meno nella considerazione di Giovanni: uno per il tono, l'altro perché a scuola il suo rapporto con le materie scientifiche, e con la matematica in particolare, era sempre stato burrascoso.

«Si sieda, prego. Lei venne sentita il giorno successivo alla morte della signora Mantini, poiché era stata l'ultima persona ad averle parlato al telefono. Nel verbale, specificò di essere stata sua buona amica di infanzia e di averla poi frequentata, a periodi alterni, fino alla sua scomparsa. Precisò anche di non aver mai percepito alcun segnale che potesse far presagire intenzioni suicide...»

«Sì, confermo, parola per parola. E dico di più: Laura era una donna solare, troppo attaccata alla vita per privarsene...»

Galasso voleva andare al sodo. «E della sua amicizia con quell'oncologo, il professor Lombardo, che mi dice?»

«Che era stato un grande amore, per Laura intendo dire... Lei era una romantica, si lasciava subito andare, scriveva poesie, sognava a occhi aperti... Lui invece era ed è un anaffettivo, l'ha fatta soffrire, ma certo non fino a spingerla al suicidio, quello no... E poi era finita già da alcuni mesi quando è morta...»

«A quanto capisco, lei non esclude solo un suicidio causato dalla fine del rapporto col Lombardo, ma proprio la possibilità stessa del suicidio. Pensa, allora, che si tratti di omicidio? Chi poteva odiarla fino al punto di spingerla dal balcone?»

«Non ne ho la minima idea... Se l'avessi, ve la rivelerei subito perché Laura deve avere giustizia e perché rispetto il vostro lavoro... E so quanto avete da fare in questo periodo pure per quell'altra brutta storia, quella di Anna De Caprariis... Quando l'ho letto sui giornali, ho pensato subito: meno male che Laura non c'è più, almeno si è risparmiata questo dolore... non ha visto uccisa in modo così assurdo una sua amica. Strozzata!»

Galasso sobbalzò. «La sua amica? Vuol dire che Laura e Anna si conoscevano?» L'ispettore si alzò e le si avvicinò. La guardò a lungo, tentò di dirle qualcosa, ma non sapeva da che parte cominciare. Tentò allora di guadagnare tempo: «Le dà fastidio se fumo?».

«No, anzi, così fumo pure io!» E accese una Cartier.

L'ispettore socchiuse la finestra, prese un sigaro dalla scatola di legno, lo accese e diede una prima, profonda boccata.

La città sembrava ora un po' meno assopita dal torpore natalizio. La strada era abbastanza affollata di automobili e persone. Galasso osservò a lungo quel movimento, poi si girò di scatto verso "la maga dei numeri". «Quindi lei mi sta dicendo che Anna e Laura si conoscevano molto bene...»

«Esatto. Fu proprio la baronessa a presentare il professor Lombardo a Laura. Sa, io la signora Anna la chiamavo "baronessa" perché credo fosse nobile... o almeno così l'ho sempre sentita chiamare.»

Galasso viveva quella novità come un vero e proprio colpo di scena, ma ancora non sapeva se potesse avere un qualche peso sull'inchiesta.

Tornò rapido al computer, sistemò il sigaro fumante sul bordo del posacenere e si affrettò a trascrivere quello che la professoressa aveva appena raccontato. «Cosa mi sa dire di quest'amicizia?»

«Laura parlava spesso della baronessa. Diceva che era molto impegnata nel sociale e che promuoveva iniziative di beneficenza. La incontrava soprattutto in quelle occasioni. Loro venivano da mondi così diversi: Laura è sempre stata di estrema sinistra e la signora Anna era un'aristocratica di antica famiglia monarchica, ma l'impegno verso i più sfortunati le accomunava. A una di queste serate di beneficenza Anna ci era andata con il professor Lombardo, e lui le aveva presentato Laura.»

Galasso concluse la verbalizzazione con lo stretto gergo processual-poliziesco che la prassi prevede. Invitò la professoressa a firmare l'atto e la ringraziò per la collaborazione, accompagnandola alla porta con un sorriso di circostanza sulle labbra. Poi si lasciò sprofondare nella poltrona all'angolo della stanza.

Si distese, fissando il soffitto e tirando ampie boccate di quel che rimaneva del sigaro. Questa proprio non se l'aspettava... Aveva iniziato a sospettare dell'ultima persona che Anna aveva sentito al telefono, ne aveva ripercorso la vita, si era imbattuto nella vicenda di un'amica "suicida"... E ora veniva fuori che le due donne erano legate tra loro, che si erano conosciute attraverso lo stesso uomo e che proprio lui aveva tenuto un comportamento quantomeno ambiguo il giorno della morte di Laura...

Che si trattasse di un serial killer? Che fosse l'autore di due delitti passionali, con motivazioni simili? Un giro di interessi economici o di altro genere non ancora emersi? O una semplice coincidenza?

La quiete fu spezzata quando Bruno fece capolino nella stanza. «Manca un quarto a mezzogiorno, Giova', ci dovremmo muovere ora se vogliamo essere puntuali!»

Galasso infilò il computer portatile e la piccola stampante in una valigetta e corse verso il cortile della questura, dove Bruno era già alla guida della Hyundai.

«Ma com'è questa contessina da cui stiamo andando, Giova'? È un po' in là con gli anni, però... Non è che se oggi la corteggio posso diventare conte pure io? Finisco di giocare al gratta e vinci e la fortuna la trovo così... Ti invito al matrimonio e poi, una domenica sì e una domenica no, anche alle feste che faccio nel parco... Ma la piscina la tiene la contessina?»

«Oh, Bru', quanti anni ha tua madre?»

«Un'ottantina, Giova'... ma che c'entra mia mamma ora?»

«La contessina Canali, dalla quale stiamo andando, non è "un po' in là con gli anni", ne ha ottantaquattro, forse ottantacinque, vive con un paio di filippini, e non credo che voglia prendere marito... E poi, se pure volesse farlo, tutti prenderebbe tranne un buzzurro come te... Pensa a guidare, sennò facciamo tardi!»

A mezzogiorno in punto arrivarono davanti al cancello di Villa Canali.

Galasso c'era già stato per vedere il luogo che Anna frequentava abitualmente e dove si era recata anche la sera dell'omicidio, e ora tornava per un atto di riguardo verso la signora Canali, per evitarle l'interrogatorio in questura.

Il prato del giardino era ancora ghiacciato nelle zone in ombra. La villa era maestosa, in stile Liberty e con l'ampia cancellata d'ingresso a volute in ferro battuto e vetri lavorati.

Il cameriere filippino li accolse con il tipico sguardo enigmatico e il sorriso immobile di cui spesso noi occidentali non riusciamo a cogliere il vero significato. La sala d'entrata esibiva pavimenti decorati, soffitto affrescato, raffinata boiserie.

Il cameriere chinò il capo in gesto di commiato, provocando un'analoga, ma più goffa risposta in Bruno, indeciso se aspettare in piedi o seduto l'arrivo della padrona di casa. In effetti, il filippino aveva indicato un divanetto di pelle, apparentemente di bell'aspetto e scarsa funzionalità, prima di lasciare i due poliziotti soli e scomparire dietro la porta del corridoio, che dava l'idea di essere molto lungo.

Galasso restò in piedi, senza levarsi cappotto e sciarpa. Tirò fuori dalla tasca la scatola di sigari e la rimise subito dentro. Anche lui non si sentiva molto a suo agio. Bruno era ancora con la valigetta in mano quando entrò, sotto braccio a un altro cameriere, la contessina Canali.

Bassa, grassoccia, volto rubicondo, capelli bianco-violaceo raccolti con un fermaglio color rubino, vestito a palloncino di velluto della stessa tonalità, molto ampio.

«Giova', il Gabibbo!» sussurrò l'irriverente Bruno.

«Contessa, i miei ossequi!» esclamò invece Galasso,

avvicinandosi e producendosi in un improbabile baciamano che però la nobildonna gradì parecchio. «Spero di non essere di disturbo, in questi giorni di festa, poi! Ho pensato di farle visita io in villa per evitarle il fastidio di una convocazione da noi... Questo è il mio collaboratore...»

«Ispettore Bevilacqua» fece l'altro.

«Buongiorno a voi. Posso offrirvi qualcosa? Un caffè, un tè, un aperitivo? A quest'ora non si sa mai cosa prendere...»

«Grazie, contessa, faccia come se avessimo accettato... Dove ci sediamo per mettere due cosucce a verbale?»

La Canali, assecondata nel passo dall'accompagnatore, s'incamminò lentamente verso la stanza accanto, invitando i poliziotti a seguirla con un aristocratico movimento del capo. Il cameriere fece accomodare la contessa, prese cappotti e sciarpe degli ospiti e scomparve.

Bruno sistemò computer, cavi, la stampante e si mise a sedere, annunciando al collega con un deciso cenno del capo che era pronto a scrivere. Per quell'incontro avrebbe lasciato campo libero a Galasso, limitandosi ad ascoltare e muovere le dita sulla tastiera.

«Contessa Canali, le sue generalità sono già contenute nel verbale che ha reso alla Squadra Mobile il giorno successivo a quello dell'omicidio della sua amica» esordì Galasso. «In quell'occasione disse che conosceva la signora Anna da circa vent'anni, che l'aveva incontrata grazie al vostro comune impegno in iniziative di beneficenza, che Anna frequentava la sua villa da molto tempo, che la sera veniva assai spesso agli incontri tra amiche, nel corso dei quali chiacchieravate, giocavate a carte e bevevate il tè… ecco… mi pare di non aver tralasciato niente… Le leggo la sua deposizione: "Ieri sera è arrivata come sempre in taxi verso le 19… abbiamo giocato… è andata via un po' prima del solito, verso le 22… di solito rientrava alle 23… Qualche volta, tra una chiacchiera e l'altra, facciamo anche mezzanotte… eccetera eccetera".»

«Sì, ispettore, ricordo perfettamente quel che ho detto qualche giorno fa. Naturalmente, le ultime ore di Anna mi sono rimaste scolpite nella mente e nel cuore. Non abbiamo ancora ripreso, da quella sera, gli incontri in villa… Ci sembrerebbe quasi di mancare di rispetto alla nostra cara amica, anche se sono convinta che a lei farebbe piacere saperci felici, tutte insieme…»

«Ecco, ora vorrei chiederle qualche dettaglio in più. Anna sembrava turbata? Sa se quella sera ha ricevuto una telefonata? In caso affermativo, ricorda qualcosa di preciso?»

Mentre poneva la domanda, l'attenzione dell'ispettore andava però all'odore intenso che proveniva dalla cucina. Era qualcosa che lo riportava di nuovo al periodo palermitano, come un profumo di pizza con cipolla, pomodoro, origano, pecorino, caciocavallo e pan grattato: *sfincione*. Quante volte con i colleghi ne mangiavano, facendo notte a piazza San Francesco. Si sedevano all'aperto e si godevano la brezza che d'estate arriva a quell'ora, bevendo birra dopo il troppo lavoro.

«No, non mi pareva turbata, a dire la verità.»

La voce della contessa scosse Galasso e interruppe il flusso dei suoi pensieri.

«Forse un po' taciturna, questo sì... Ho memoria di uno squillo del suo cellulare, ma non so dirle né chi avesse chiamato né cosa rispose lei. Dopo pochi minuti, ci disse che era stanca e che tornava a casa. Nessuna di noi si meravigliò... Anzi, quella sera finimmo tutte molto presto: quasi subito andò via la signora Eleonora, una mia cara amica che si muove in sedia a rotelle, col nipote che è un santo e l'aspetta ogni sera giù in macchina, poi tutte le altre. Eravamo in sette, come sempre, più o meno...»

Ora sulla villa era calato un gran silenzio, rotto soltanto da Bruno che batteva sulla tastiera.

«Lei conosce il professor Filippo Lombardo, l'oncologo?»

«Solo di nome, ispettore. È un medico di fama. Me ne parlava proprio Anna, a volte. Era suo amico e si vedevano spesso. Io penso di averlo incontrato in occasione di qualche evento di beneficenza, perché Anna mi diceva che spesso lui l'aiutava, attraverso gli ospedali, a organizzare queste cose... Belle serate... ottimi incassi per la povera gente... Ah, ispettore, quanta povertà c'è in giro e quanto bisogno di aiuto hanno questi disperati!»

Bruno si guardò un attimo intorno per fare un calcolo approssimativo di quanta gente si sarebbe potuta sfamare vendendo qualche ninnolo di Villa Canali... «Ma lei sa dirmi se tra Anna e il dottore c'è stato qualcosa di più di un semplice rapporto di amicizia?»

«Io credo di sì, ispettore. Però non ne abbiamo mai parlato, tra amiche non mettiamo il naso nelle vicende private che ci coinvolgono. Come lo chiamate voi oggi...

gossip, no? Il gossip non entra in questa casa... Sa, ispettore, la mia educazione mi ha orientata alla tolleranza e al rispetto... Ciascuno faccia quello che gli pare, ognuno si comporti come sa... Poi, se tu mi piaci diventi mio amico, altrimenti ti tengo a distanza, ma non chiacchiero sulla tua vita privata né permetto che lo si faccia in mia presenza. I miei genitori dicevano...»

«Ma perché pensa che ci sia stato qualcosa più dell'amicizia tra i due?»

«Sarebbe un discorso lungo, ma provo a sintetizzarglielo in due parole.»

«Più lungo è, più dettagli ci sono, maggiore sarà la mia gratitudine per il contributo che dà alle indagini. Sa, contessa, magari non risulterà importante avere ulteriori elementi su Lombardo, perché potrebbe essere assolutamente estraneo alla vicenda. È però importante conoscere ogni sfumatura della vita della povera signora De Caprariis. Ogni dettaglio, anche quello in apparenza meno rilevante, può costituire un tassello fondamentale per il mosaico...»

«Bene, ecco, allora. Una volta, sto parlando di almeno due anni fa, Anna venne da me un po' prima del solito. Fumammo una sigaretta, le mostrai le mie orchidee, bevemmo un tè aspettando le amiche. Le chiesi come andasse e lei scoppiò a piangere: mi disse di essere infelice con "quel mostro"... sì, disse proprio così parlando del Lombardo.» All'improvviso la contessa pareva essersi rilassata. Anzi, ora sembrava non aspettare altro che spettegolare su Filippo Lombardo. Forse non era poi così riservata, pensò Galasso. Intanto la Canali continuava a parlare: «Mi disse che era un uomo pieno di perversioni... Ora, però, non penserà che lui possa aver... no, no... una persona così a modo... E comunque le sto parlando di un bel po' di tempo fa... più di due anni fa...»

«Continui, contessa.»

«Le assicuro, ispettore, che questo è l'unico dettaglio che conosco. Capii in quell'occasione che tra i due c'era qualcosa più della semplice amicizia... Comunque ognuno viveva per i fatti propri... avranno avuto una storia, magari, ma quelle perversioni...»

«Di quali perversioni le parlò? Anna si confidò con lei: le avrà spiegato, lei le avrà chiesto qualcosa...»

La presenza di Bruno evidentemente imbarazzava la contessa che, volgendo lo sguardo verso di lui, abbassava la voce, come per far sentire solo a Galasso che intanto, per favorire l'approccio confidenziale, aveva avvicinato la propria sedia alla padrona di casa.

«Ispettore, non sono a mio agio a discorrere di queste cose... Sa, io sono di un'altra generazione... noi avevamo principi e valori che oggi...» Dopo un istante di silenzio, la Canali disse tutto d'un fiato: «Usciva la sera a spiare le coppiette appartate, ecco che faceva! E poi... ispettore, sto sudando... lei mi sta facendo dire cose... Oddio, il Signore mi perdonerà...».

«Il Signore vuole aiutare i più deboli e scongiurare la violenza, contessa...»

«Lo spero tanto... Ecco, insomma, voleva che lei ascoltasse insieme a lui i gemiti degli amanti... Queste cose qui...»

«La portava con lui a spiare le coppiette?»

«No, registrava le loro voci e poi tornava a casa e voleva condividere l'ascolto di quei sospiri...»

«Che altro?»

«No, davvero, non ho altro da dire! Io credo che lui con la morte di Anna non c'entri, sono storie vecchie... Ma era quel dettaglio in più che conoscevo e sentivo il dovere di riferirle. Anna non mi parlò più di queste cose, e io per discrezione non le chiesi mai altro.»

Bruno scriveva e cercava sguardi d'intesa con Giovanni per trasmettergli il suo stupore di fronte a quella novità investigativa, ancora tutta da decifrare.

Galasso continuò con le domande in tono bonario. La contessa appariva ora più attenta e coinvolta. Si era come liberata di un peso.

«Laura Mantini? No, questo è un nome che non ho mai sentito. Se Anna aveva un compagno negli ultimi tempi? No, lo escluderei. Era stata sfortunata in amore, come me che non ho mai trovato l'anima gemella, pur essendomi sposata tre volte. Ero uno schianto, sa? Ho delle foto di là che, se le vedesse, neanche ci crederebbe che quella bellezza ero proprio io... solo un secolo fa!» Scoppiò in una breve risata, poi riprese: «Come passa il tempo, mio caro ispettore! Hai vent'anni, metti i primi tacchi, guardi i ragazzi, non vedi l'ora di essere più grande per sposarti ed essere donna... Poi è solo un soffio... diventi vecchia ed è passato quasi un secolo...».

«Lei è ancora una donna molto bella» mentì per galanteria Galasso. «Be', Bruno, lasciamo in pace la contessa, che è stata gentilissima... non dobbiamo abusare della sua cortesia. Contessa, mi darebbe il permesso di tornare a trovarla se avessi ancora bisogno di qualche precisazione? Sa, a volte all'indagine si aggiungono nuovi elementi e uno è costretto a verificarli...»

«Certo, ispettore! Sono sempre sola di giorno... Anzi, sono io a ringraziarvi per non avermi convocata in questura. Cammino a fatica, come vedete, e preferisco rimanere in casa. Mi occupo dei miei fiori, il grande amore della mia vita... Di giorno sto con loro, sono la mia passione e il mio orgoglio. Di là ho una verandina, una vera e propria serra...»

«Be', una volta dovrà mostrarceli!» disse Galasso che, in realtà, non distingueva una margherita da un crisantemo.

La contessa Canali non aspettava altro. «Allora, mentre vi accompagno alla porta, facciamo una deviazione e vi mostro il mio tesoro!»

Bruno ripose tutto nella valigetta mentre il breve documento, appena stampato, passava nelle mani della contessa per una firma.

L'insolito gruppetto – anziana contessa, filippini e ispettori – riprese lentamente la strada verso l'uscita, deviando lungo il corridoio fino alla porta finestra di una grande sala che si apriva sulla veranda. Dalla vetrata, la donna indicò il suo paradiso floreale.

«Una meraviglia!» fu l'unica cosa che riuscì a dire Galasso, mentre Bruno esclamò compiaciuto: «Però! Quanti sono!».

La ringraziarono e si accomiatarono con un inchino.

Risalirono in macchina e Bruno accese la radio, che l'altro spense subito. Aveva bisogno di pensare, in silenzio...

7

Patrizia Monti aveva dato appuntamento a Giovanni nel primo pomeriggio, all'ora di maggiore quiete in procura, per esaminare insieme gli atti e fare il punto sullo stato dell'indagine.

Inforcati gli occhiali che regalavano dolcezza all'espressione intellettuale del volto, la PM teneva i fogli sotto il cono di luce della lampada e leggeva tutto puntigliosamente, soffermandosi su ogni dettaglio.

Galasso interveniva di tanto in tanto per chiosare con tatto e comunicarle le proprie impressioni o suggerire un possibile sviluppo investigativo.

La personalità "criminocompatibile" di Filippo Lombardo – così l'aveva definita con un sorriso sornione – l'aveva colpita. Inoltre l'avevano intrigata quelle storie che si intrecciavano, quelle morti che sembravano legate a un unico filo, quelle donne – Anna e Laura – così diverse tra loro, eppure in qualche modo somiglianti. Lesse più volte le informazioni, rivelate dalla contessa Canali, che riguardavano l'oncologo, si rigirò tra le mani il verbale, tolse gli occhiali e fissò Galasso.

«Ingraniamo la quarta, ispettore?»

Era il segnale che Galasso stava aspettando: abbozzò un sorriso e annuì. Lei abbassò gli occhi, compiaciuta di aver preceduto per una volta la vecchia volpe nella scelta della tattica operativa.

«Lo fermiamo, ispettore? È l'ultimo ad aver parlato con la vittima, abbiamo la prova che aveva un rapporto con lei, per certi aspetti burrascoso. Ed è pure un pervertito! Insomma, che si fa, lo prendiamo e lo interroghiamo? Gli andiamo a perquisire la casa e l'ufficio?» Ora la Monti era un vulcano. L'eruzione di idee, di proposte e di domande travolse Galasso per un istante. Poi, l'ispettore tirò fuori dal cappotto la scatola dei sigari, e il sorriso della dottoressa fu una tacita autorizzazione a fumare. Si avvicinò alla finestra, l'aprì di un palmo appena e diede la prima boccata. Si girò verso il magistrato e la osservò a lungo.

Era uno di quegli sguardi che mettevano in imbarazzo la Monti: quando passava dall'approfondimento giuridico alla tecnica investigativa, aveva sempre il timore di non essere adeguata e preferiva affidarsi ai "vecchi" del mestiere. Abbassò gli occhi sui fogli per sentirsi più al sicuro.

«Mi sembra ottima l'idea di saltare addosso al professore» riprese Galasso in tono calmo, riflessivo. «Però, dottoressa, io non mi spingerei fino al punto di rivelare quante e quali carte abbiamo in mano... In fondo, che sia stato l'ultimo ad aver parlato con Anna è pacifico e lui certamente sa che noi ne siamo a conoscenza, quindi forse potremmo iniziare a sentirlo come testimone per non scoprirci troppo.»

«Perfetto!» esclamò la donna. «Non dobbiamo contestargli nulla, solo chiedergli in che rapporti era con la morta, quando le ha parlato per l'ultima volta, se ha notizia di persone o fatti che potrebbero essere collegati alla sua scomparsa... non so, gente che ce l'aveva con lei e così via...»

L'ispettore annuì e aggiunse: «Comunque, senza essere troppo duri, potremmo anche programmare una visitina a casa sua, un po' con lo stesso spirito della perquisizione che si fa nell'abitazione della vittima: potrebbero esserci elementi utili... che so, i volantini delle iniziative di beneficenza alle quali partecipava anche Anna, per esempio, oppure altre cose del genere...». Tirò una boccata profonda e soffiò il fumo fuori dalla finestra.

«Benissimo. Dunque: innanzitutto perquisizione domiciliare per trovare "qualunque cosa" pertinente al reato. A seguire: assunzione di una sua deposizione testimoniale, qui da me in procura... Dalle intercettazioni del suo telefono non viene fuori niente?» chiese la Monti.

«Nulla di importante, per ora. Però, colpevole o innocente che sia, la perquisizione lo agiterà e potrebbe spingerlo a commettere qualche imprudenza... E noi dobbiamo tenerci pronti a coglierla. Domani all'alba, verso le sei, entreremo in casa. Intorno alle nove glielo porto qui lavato e stirato, pronto per essere lavorato da lei...»

La Monti sorrise, ma continuava a sentirsi in soggezione. Fingeva di fare il capo squadra nel "commando d'assalto", ma in realtà non si riconosceva in quel linguaggio da sceriffo, anche se lo trovava divertente.

«Bene, ispettore...» lo congedò, inforcando di nuovo gli occhiali che aveva poggiato sulla scrivania. «Potrà mandare a ritirare il decreto di perquisizione tra un paio d'ore. Domani mattina l'aspetto, invece, verso le 9.30 con il teste. Se ci sono novità prima, mi trova a casa.»

Era una donna così piacevole, pensava Galasso, eppure viveva da sola in una casa troppo grande per lei che aveva ereditato dai nonni. Due gatti, mobili antichi ed enormi, tappeti senza fine, soffitti altissimi.

Gli era capitato solo una volta di entrare nel suo appartamento per portarle dei documenti da firmare urgentemente, e aveva provato una sensazione molto strana. La Monti era così piccola in quel salone scuro, avvolta in un maglione pesante e troppo largo, eppure si sentiva del tutto a suo agio, con un sorriso dolce e solo vagamente malinconico a impreziosirle il volto.

Ci era praticamente cresciuta in quelle stanze, quando passava dai nonni intere giornate mentre i suoi erano al lavoro. Lì aveva detto la sua prima parola, aveva raccontato il primo giorno di scuola, aveva portato il primo fidanzatino delle elementari, il piccolo Davide, che non era piaciuto più di tanto al nonno.

«Patri', quello può bere con la cannuccia senza neanche aprire la bocca!»

«Cosa vuol dire, nonno?»

«C'ha il buco tra i denti davanti, se si distrae gli cade il cervello.»

«Nonno, non capisco nulla...»

«Eh, lascia stare, va'. E non farti toccare la mano.»

Quella sera, lontano dagli uffici della questura, Giovanni aveva conosciuto un'altra Patrizia, quella vera. Quella che a sedici anni era rimasta orfana a causa di un terribile incidente automobilistico, ma che aveva avuto a suo modo la fortuna di avere già dei "genitori sostitutivi" pronti ad accoglierla in maniera definitiva con loro in una casa che, nel giro di alcuni anni, sarebbe diventata tutta sua.

Non ci doveva essere un uomo nella sua vita, ma Galasso non ne poteva essere certo. Aveva dato una rapida scorsa alle cornici sul tavolo del salotto mentre lei era in bagno e, tra le foto di donne e uomini anziani, che dovevano essere stati parenti o amici dei suoi nonni, non c'era neanche una persona sotto i settant'anni.

Lei stessa non aveva mai parlato di alcun legame, chissà se per discrezione o perché non c'era effettivamente nulla da raccontare. Eppure, pensava Galasso, era davvero strano che una donna simile fosse single...

Non era rimasto più di un'ora, quella sera. Avevano bevuto un paio di bicchieri di Porto e la conversazione era passata in fretta dal lavoro alla vita personale. L'ispettore gli aveva raccontato degli anni di Palermo, del trasferimento a Roma e di Sabina; lei era tornata indietro fino all'infanzia, ma poi si era soffermata sugli anni dell'università, come se fosse del tutto inutile parlare d'altro.

Quando la mattina seguente Galasso uscì da casa, il termometro in strada segnava una temperatura vicina allo zero. Giovanni rabbrividì, si avvolse meglio nella sciarpa e batté i piedi. Era il momento dell'oncologo. Ad aspettare l'ispettore c'era, come al solito, Bruno, che lo accolse con un saluto caloroso ma andò subito al punto.

«Giova', il portone si apre solo sfiorandolo, non c'è neanche bisogno delle chiavi. Il professore abita al secondo piano. La porta è blindata e ha una targhetta: c'è scritto "Lombardo".»

«E che ci volevi vedere scritto, il nome tuo?» rispose Galasso ridendo. «Va bene, si può arrivare all'ingresso dell'appartamento senza problemi... Quanto è grande la casa?»

«Non ho potuto avere la planimetria, o meglio non l'ho neanche chiesta per non destare sospetti, però l'appartamento è gemello di quello del piano di sotto, che è di quasi duecento metri quadri.»

Arrivarono quattro agenti pronti all'azione. Scesero dalle auto senza far rumore e si misero in ascolto.

«Bene, ora possiamo andare» disse Galasso. «Sta albeggiando, muoviamoci, così lo troviamo ancora a letto. Ieri sera si è ritirato verso le ventidue, poi però ha ricevuto una telefonata dall'ospedale poco prima di mezzanotte... Bru', mi raccomando i modi: gentilezza e delicatezza. Andiamo a casa di un primario che risulta buon amico della vittima; trattiamolo come un semplice testimone. Non come un bandito, chiaro?»

Galasso non aspettò la risposta e si avviò.

Il portone era aperto come Bruno aveva assicurato. Anche se non impugnavano le pistole, i poliziotti salirono le scale silenziosamente sperando di non incrociare nessuno. Giovanni bussò due volte, con delicatezza.

«Chi è?» si sentì subito dall'interno.

«Siamo della polizia, professore. Può aprirci, per favore?» Parlò sottovoce per non farla diventare una questione di dominio nazionale.

«Chi è?»

«La polizia!» rispose di nuovo Galasso, alzando un filo la voce.

«La polizia?! Ma io non l'ho chiamata!»

«Lo sappiamo e se ci apre le spieghiamo perché siamo venuti... magari però non lo facciamo sul pianerottolo, svegliando tutto il condominio.»

Con due mandate di chiavi la porta si aprì.

«Entrate pure... Ma che è successo?»

Il professore era un bell'uomo, alto e magro, con i capelli bianchi e mossi pettinati all'indietro. Indossava un pigiama di seta a righe grigie e nere eppure, nonostante l'orario, il viso non mostrava segni di stanchezza.

«Buondì, professore. Sono l'ispettore Galasso della Squadra Mobile. Dobbiamo fare un sopralluogo nell'ambito delle indagini sull'omicidio della signora De Capraris. Non perché lei abbia alcun rapporto col delitto, ci mancherebbe, ma in questi casi può capitare che un amico abbia in casa qualcosa che magari lui stesso non ritiene utile per l'indagine e invece lo è...»

Il professor Filippo Lombardo si adombrò.

«Avete un mandato?»

«Eccolo.»

«Posso chiamare il mio avvocato?»

«Certo, ci mancherebbe!»

«Ma dico, a quest'ora! Come un delinquente!»

«No, come una persona che lavora e a quest'ora è ancora in casa.»

L'ispettore rispondeva a tono, con grande pacatezza. D'altra parte, dopo tutti quegli anni, era più che abituato. Conosceva le reazioni di colpevoli e di innocenti, la loro indignazione – vera o simulata – alla visita dei poliziotti.

«Ciao, ho la polizia in casa... devono fare una perquisizione per la storia di Anna... Ah, sei via! Ti pareva che mi ritrovavo solo! Ok, sto tranquillo... Se ho bisogno ti chiamo... Sì, ma è facile star tranquilli a cinquecento chilometri da qui! La polizia è a casa mia, mica a casa tua, e che cazzo!»

Il professor Lombardo era visibilmente agitato, ora. Senza guardare in faccia nessuno disse ai poliziotti di fare pure quello che dovevano.

Non misero la casa sottosopra, non fecero disordine nei cassetti della biancheria o tra i libri. Lasciarono tutto com'era, perfettamente allineato, nei cassetti, sugli scaffali, sui tavoli. Sembrava che in quella casa Filippo Lombardo non ci vivesse neanche. Prelevarono solo alcuni documenti contabili su cui lo stesso professore aveva richiamato la loro attenzione, poiché riguardavano le iniziative di beneficenza di Anna.

«Giova', vieni a vedere!»

Galasso era seduto in cucina a esaminare un pacco di corrispondenza, sperando invano in una lettera di Anna, quando Bruno arrivò a passo svelto dalla stanza da letto, dove era in corso la perquisizione.

«Che è successo Bru'?» chiese e lo seguì verso la camera del professore.

Sul comodino uno strano neon di colore rosa, a forma di spirale ripiegata, conferiva una luce sinistra a un elegante contenitore di radica e cuoio nel quale erano custodite decine di microcassette, minuziosamente numerate.

«Saranno i gemiti, Giova'!» gli disse sottovoce il collega.

Galasso ne estrasse una e puntò dritto il professore. «Che roba è questa, dottore?»

«Ma niente! Congressi, conferenze, documenti audio raccolti qua e là...»

Bruno però aveva già messo in funzione l'apparecchio.

«Non so, non capisco...» tentò subito di giustificarsi l'oncologo, ma le registrazioni proseguirono, togliendogli ogni possibilità di difesa. Sussurri, gemiti, mugolii. Tutto senza soluzione di continuità.

«Bene... la numerazione delle cassette è progressiva, mentre queste altre cifre indicano la data della registrazione. Non è vero, professore?»

L'imbarazzo rese aggressivo Lombardo. «Non mi pare un reato, no?» sbottò sprezzante in direzione di Galasso, intento a esaminare l'ordine cronologico delle cassette con un fine ben preciso: avere la conferma del fatto che, la sera del delitto, l'oncologo non avesse spiato le coppiette.

«Credo di no, vedremo, ma se comincia a prepararsi è meglio. Alle nove deve essere con noi in procura, avverta l'ospedale magari... Bruno, tu imballa 'sta roba che la esaminiamo in ufficio!»

Uscirono in silenzio dalla stanza, in fila indiana. Al professore fu permesso di fare una doccia, sbarbarsi, telefonare in ospedale per annunciare il ritardo e preparare un caffè, che volle offrire anche a Galasso e a Bruno, gli unici rimasti ad aspettarlo. I quattro agenti erano tornati in questura con il materiale prelevato per i necessari accertamenti.

«Ottimo questo caffè! Se avesse preso moglie, sarebbe stata proprio una donna fortunata! Casa ordinata, vassoio e tazzine, servizio perfetto! Ma a volte, lo so bene, l'anima gemella non si trova... Magari si conoscono tante donne, ma nessuna di loro supera l'esame finale...» lo provocò Galasso, sperando in una qualche reazione.

Ma Lombardo non fece una piega: «Il matrimonio è la giusta punizione per chi non sa stare solo».

Giovanni tacque. Lui non si era mai considerato "punito" per aver conosciuto e sposato Sabina, anzi... Era incredibile quanto fosse distante la loro visione del mondo, della gente, dell'amore. Ma Galasso sentiva che in realtà, sotto quella follia, si nascondeva solo una spietata debolezza, una profonda incapacità di sentirsi parte delle cose del mondo. Quella di Lombardo, in fin dei conti, non era altro che una vita spezzata: da una parte l'amore così sofferto per i pazienti che provava con tutte le sue forze a curare, le raccolte fondi per i meno fortunati, dall'altra il rifugio immaginario di un amore inventato, quello delle coppiette che involontariamente condividevano i loro momenti più intimi anche con lui.

Una cosa minuscola, tristissima, che gli faceva in qualche modo trovare la forza per andare avanti.

Il suo rapporto con le donne non poteva certo essere "sano", date quelle condizioni di partenza. Un uomo così non è capace di dare, e forse ancora meno di ricevere amore. E quindi si convince di non essere solo a causa delle proprie perversioni: la solitudine diventa una scorza dietro la quale nascondersi ancor di più al mondo, un motivo di orgoglio, una dimostrazione di forza.

E per l'amore non rimane spazio.

L'ispettore, dopo il caffè, chiese di poter fumare e si accostò alla finestra, mentre Lombardo indossava in tutta fretta un elegante doppiopetto gessato e tirava fuori cappotto e sciarpa dalla cabina armadio.

Il pendolo segnava le 8.30 quando i tre varcarono la porta. Alle nove in punto erano davanti a quella dell'ufficio della dottoressa Monti.

«Si accomodi pure» disse Galasso all'oncologo, indicandogli un divanetto in similpelle in fondo al corridoio. «Tu fai compagnia al professore» aggiunse rivolto a Bruno. Quindi entrò nella stanza della dottoressa, che indossava un delizioso golf d'angora azzurro pallido ed era già alle prese con le carte contenute in un grosso faldone.

«Com'è andata?» gli chiese senza neanche salutare.

«È un maniaco a tutti gli effetti. Sapesse come li teneva ordinati i suoi documenti da guardone... Erano tutti incasellati e numerati, con l'indicazione della data "di ascolto"... Non ho trovato registrazioni del giorno del delitto. Né nient'altro di importante, salvo qualche documento che conferma quello che già sapevamo sui suoi legami con la vittima. Ora è qui fuori, come d'accordo. Lo faccio entrare?»

La Monti annuì. «Sì, cominciamo a fargli qualche domandina e vediamo come reagisce.»

Tre minuti dopo il professor Lombardo sedeva di fronte al magistrato. La vedeva battere sulla tastiera del computer con le dita affusolate e lo sguardo concentrato. Notò che aveva il naso arrossato per il raffreddore: la trovava in qualche modo tenera, eppure la temeva. Quella donna doveva essere acuta, pignola, determinata, e la sua impressione fu confermata sin dalla prima domanda. Fu messo in difficoltà da concetti apparentemente banali, ma che – se ne rendeva conto anche lui – in realtà cercavano di cogliere nelle sue parole incertezze e contraddizioni.

«Ma no, dottoressa, lo ripeto. Io non ho mai litigato con Anna né so se qualcuno si sia scontrato con lei, ma mi parrebbe strano: era una donna straordinaria, vitale, sempre pronta a farsi in quattro per il prossimo.»

«Mi dà qualche dettaglio in più sul suo rapporto con la signora De Caprariis?»

«Eravamo amici, da tanto, da sempre mi verrebbe da dire. Ci siamo conosciuti a un concerto di musica sinfonica. Ci presentò una comune amica, Franca Barbato, vedova del noto cardiologo. Ricordo che, dopo, andammo al Circolo della Caccia, di sono tuttora socio. Da quel momento cominciammo a frequentarci sempre più spesso. Lei organizzava eventi, perlopiù iniziative a scopo benefico, e io partecipavo promuovendo il coinvolgimento di ospedali e case di cura. Facevamo delle cose bellissime per i malati e ci si vedeva spesso anche per questo.»

«Ma la vostra relazione sentimentale?»

«Sì, ho avuto una storia con lei, per pochi mesi... un paio di anni fa, forse di più. Guardi, non è chiaro neanche a me... Due amici che, dopo anni e anni che si conoscono, mettono insieme le proprie solitudini per qualche tempo e poi, di comune accordo, continuano a vivere come se quella parentesi non fosse esistita...»

«Avete mai vissuto insieme?»

«No, per carità, ognuno faceva la propria vita!»

«Quando l'ha vista per l'ultima volta? Le è sembrata serena? Ha detto qualcosa di particolare, qualcosa che le pare importante alla luce di quello che è accaduto?»

«L'ho incontrata a casa sua un paio di giorni prima del delitto. Era sera tardi. Tornavo dall'ospedale, ho visto la luce dell'appartamento accesa e perciò l'ho chiamata al telefonino per chiederle se potevo salire da lei. Avevamo lasciato in sospeso un discorso sulle nostre iniziative di solidarietà...»

Galasso sapeva della telefonata. L'aveva individuata sui tabulati della De Caprariis tra le chiamate in arrivo. Venti secondi di durata – conversazione, dunque, compatibile con la spiegazione del professore –, ma l'orario, l'una e venti della notte, era perlomeno inconsueto.

«L'ho trovata serena come sempre» proseguì Lombardo, «elegante, nella sua vestaglia di seta. Stava leggendo. Mi ha detto che non l'avrei disturbata, quindi sono andato da lei a parlare per una mezz'oretta.»

«Avete discusso di un'iniziativa specifica?»

«No, abbiamo chiacchierato un po' in generale.» L'oncologo si bloccò per un istante. «A lei non convince il fatto che io sia passato da un'amica a quell'ora, senza nulla di particolare da dire, vero? Be', è la pura e semplice verità. Noi avevamo quest'abitudine. Passavo davanti a casa sua anche tardissimo e, se vedevo la luce accesa, le telefonavo senza farmi problemi.»

Non era vero. Galasso sapeva che non era vero. Dall'esame delle telefonate sull'unico cellulare in possesso di Anna, non risultavano chiamate dopo le ventitré, fatta eccezione per quelle sporadiche al radiotaxi, che comunque non erano mai successive alla mezzanotte. Due giorni prima di essere ammazzata, invece, la donna ne aveva ricevuto una in piena notte dal suo amico professore: questa era l'unica cosa certa.

«L'ha risentita nei due giorni successivi? E, in caso affermativo, la De Caprariis le ha riferito qualcosa che può essere di interesse per le indagini?»

La dottoressa Monti proseguiva l'interrogatorio con pazienza, mentre l'ispettore le passava bigliettini con valutazioni e suggerimenti.

"Bugiardo!" aveva scritto su uno di questi. "Una sola volta le ha telefonato di notte, altro che abitudine!"

In quel momento il magistrato non gli avrebbe contestato niente, né sospette reticenze, né evidenti bugie. Faceva sempre così. Non era ancora il momento. Adesso Lombardo doveva continuare a sentirsi un testimone utile all'inchiesta e nient'altro. E, soprattutto, non doveva capire che tra gli inquirenti c'era chi lo vedeva come un potenziale assassino.

«L'ho risentita soltanto soltanto la sera stessa dell'omicidio, ed è stato per pochi secondi. L'ho chiamata verso le dieci di sera per chiederle il numero di telefono di un comune amico che non riuscivo a trovare sulla mia agenda: lei me l'ha dato e io l'ho rintracciato subito dopo... tutto qui!»

«Come si chiama il suo amico?»

La Monti lo stava incalzando, dopo aver ricevuto un ulteriore messaggio in cui l'ispettore segnalava che, dall'esame del tabulato del cellulare di Lombardo, non risultava nessun'altra chiamata successiva a quella delle 21.44. Dopo tutta quella fretta, insomma, aveva ottenuto il numero dell'amico ma non gli aveva parlato.

«Non ricordo precisamente se dovevo cercare il mio collega primario a Napoli o quello di Bologna... in effetti, li ho sentiti entrambi in questi giorni... Guardi, riordino le idee e glielo so dire, è un periodo terribile per me: la morte di Anna, la mia amica più cara, tanto lavoro in ospedale e proprio durante le feste...»

«Capisco, non si preoccupi. Era solo per riordinare le mie, di idee...» finse di rassicurarlo la Monti. «Mi dica un'altra cosa, professore, e la prego di perdonarmi se entro nella sua vita privata, ma fa parte delle indagini... Quelle registrazioni da dove vengono?»

«La domanda mi imbarazza molto, dottoressa. D'altra parte, non vedo che c'entri questo argomento con la morte della povera Anna.»

«Da dove vengono?» scandì, stavolta a voce più alta e con una certa durezza, il magistrato.

«Le chiedo di avere l'opportunità di riflettere qualche

minuto. Ora sono stanco e mi sento trattato come un delinquente. Sa, la polizia a casa mia all'alba, l'appartamento messo sottosopra... con gentilezza, sì, con riguardo...» aggiunse subito vedendosi fulminato dallo sguardo di Galasso «ma è stato pur sempre un trauma per me, non sono certo abituato a queste cose...»

«Da dove vengono, professor Lombardo?» tuonò lei con inaspettata veemenza.

Ora il professore era in evidente difficoltà. Sudava e si sfregava i palmi sulle gambe. «Io non ho vizi, dottoressa. Non sono un pervertito e non ho mai fatto male a una mosca. Lavoro, e lo faccio con il massimo impegno. La sera, sì, la sera mi piace guardare la gioia degli altri, vedere le coppie che si amano. È un grande reality, in fondo. Il più bel reality del mondo. Io ho la mia postazione, dottoressa. Mi metto lì e guardo. E, se posso, registro...»

«La sua postazione? Che significa?»

«Le spiego» proseguì, un poco più a suo agio. «Nei luoghi in cui si appartano le coppiette, le persone che stanno lì a guardare sono bene o male sempre le stesse. Col tempo si viene a conoscenza del posto gradito a uno, dell'orario in cui arriva un altro... Insomma, si diventa un gruppo affiatato, e a volte ci si dà consigli...»

«Che tipo di consigli?»

«Sa, magari c'è quello che sta guardando all'interno della macchina di due che chiacchierano e basta, mentre in un'auto affianco la scena è ben diversa... e allora gli si fa presente che più in là c'è uno spettacolo più interessante.»

Ora Lombardo era un fiume in piena. Liberatosi dalla vergogna iniziale, si eccitava al pensiero delle imprese eroiche che lo vedevano insieme protagonista e spettatore del "reality" serale.

Di queste cose, naturalmente, la Monti aveva già sentito parlare. Non in famiglia, perché i suoi nonni mai lo avrebbero permesso, ma nelle pagine di cronaca nera, nei romanzi, in qualche libro di criminologia. Eppure non avrebbe mai immaginato l'esistenza di una sorta di "solidarietà" e di mutua assistenza tra guardoni!

Galasso invece li conosceva bene. Quei tipi hanno una doppia faccia: spesso si cambiano addirittura di abito, arrivano in giacca e cravatta ma poi indossano maglioni anonimi e scuri, per essere più agili e mimetizzarsi meglio.

«E i nastri, come li realizza?» chiese la donna, ormai incuriosita dalle rivelazioni dell'oncologo.

«Guardi, dottoressa, il microfono del mio registratore è come un sondino. Basta che il vetro dell'auto sia aperto qualche millimetro e io riesco a calarlo all'interno come fosse l'amo di un pescatore...»

«Vuol dire che lei si avvicina alla macchina e...»

«Proprio così. Forse me ne dovrei vergognare, ma... io mi avvicino, li osservo, loro non si accorgono mai di niente.» Aveva gli occhi di un pazzo e un sorriso obliquo che gli tagliava la faccia. «Sono meravigliosi, quei corpi che si intrecciano, mai completamente nudi e quindi ancora più eccitanti... Gridano, si dimenano in quello spazio così ridotto, io approfitto della nebbia di piacere che li avvolge per introdurre il sondino all'interno e mi allontano. Dopo un po' torno a riprenderlo, tirandolo pian piano dall'esterno senza far rumore.»

Galasso scrisse su un bigliettino: "Sondino-microfono trovato nel corso della perquisizione", e lo passò alla donna.

«La signora Anna sapeva di questa sua passione? Ha mai ascoltato le registrazioni insieme a lei?»

«No, assolutamente no, dottoressa! Mi sarei vergognato come un ladro davanti a lei. Sono a disagio con voi, figuriamoci...»

Non era vero. La deposizione della contessa Canali smentiva le parole del professore.

«Io non avrei altro da chiederle, per ora. Magari tra un paio di giorni, se mi sorge un dubbio o mi manca un dettaglio, la disturberò di nuovo» concluse la PM.

«Ah, un'ultima cosa, se la dottoressa me lo permette...» intervenne Galasso con il viso disteso. «Casa sua è piena di posacenere, ma non ho visto pipe, né sigari, né sigarette... Lei fuma, professore?»

«Francamente non capisco il significato di questa domanda... Comunque certo che no, sono un oncologo e il fumo davvero uccide! Mi concedo qualche sigaretta ogni tanto, quando sono agitato, di solito offerta da amici. I posacenere a casa sono per gli ospiti.»

Forse non era sua la Marlboro che aveva fumato Anna, pensò Galasso. Forse.

Il professor Lombardo aspettò la stampa del verbale, appose la firma in calce, salutò i due con una calorosa stretta di mano e si congedò.

«Non mi piace» disse Galasso appena l'uomo varcò la

porta. «La metà delle sue affermazioni sono false! Non è vero che Anna non conosceva la sua perversione, non è vero che la sera tardi gli capitava spesso di chiamarla al telefono, non è vero che il giorno del delitto le ha telefonato una volta sola, verso le ventidue, perché ci risulta che nel tardo pomeriggio le abbia fatto una chiamata ben più lunga. E non credo alla storia del numero dell'amico primario... neanche ricorda chi è!»

L'ispettore aveva perso le staffe. La Monti gli rispose con un sorriso pacato per calmarlo.

«Aspettiamo, ispettore, valuteremo nelle prossime ore cosa fare e, quando sarà il momento, lo metteremo di fronte alle sue bugie. Chiediamoci anche se hanno un collegamento diretto col delitto o meno... Lombardo potrebbe essere reticente e mentire senza per questo essere un assassino, no?»

Galasso ne era ben consapevole, ma credeva in quella pista. «Vedremo... La saluto, dottoressa. La terrò informata su ogni novità. Ora passo dalla "Sala ascolto", chiedo se c'è qualche novità interessante, poi me ne torno in ufficio.»

Nel gergo sbirresco, che ormai la dottoressa Monti aveva assimilato, per Sala ascolto si intendono le postazioni dove la polizia giudiziaria intercetta e ascolta le conversazioni telefoniche o ambientali. Erano sistemate a pochi metri dall'ufficio del magistrato.

Quando Galasso bussò, fu il solito Bruno ad andargli incontro.

«Giova', una cosa importante!» disse indicandogli la cuffia che un agente gli stava già porgendo.

L'ispettore si mise all'ascolto. Si trattava della telefonata che, in sua presenza, Lombardo aveva fatto all'avvocato poche ore prima.

Quando l'oncologo gli aveva annunciato di avere la polizia in casa "per la storia di Anna", il legale aveva raccomandato di non parlare della "telefonata" e di alcune altre cose.

Che cosa aveva taciuto alla dottoressa Monti? Quale telefonata? Forse quella del tardo pomeriggio? O un'altra ancora? E di cosa avevano parlato, cosa doveva rimanere segreto?

Mille quesiti affollavano la testa di Galasso mentre ascoltava per la seconda volta la registrazione per fissarne anche le più piccole sfumature della voce. L'unica certezza era che il dottore, nel bene o nel male, avrebbe reagito in qualche modo alla perquisizione e all'interrogatorio: prima o poi avrebbe fatto un passo falso.

Si raccomandò con i colleghi di tenere sotto controllo Lombardo ventiquattr'ore su ventiquattro. Quindi andò alla finestra e si affacciò, offrendosi all'aria fredda che lo sferzò come una lama.

In strada, proprio sotto di lui, due innamorati si baciavano con passione. L'ispettore ritrasse lo sguardo per pudore, per rispetto di quell'intimità.

8

Faticava a stargli dietro. Gaetano Bernini aveva premuto l'acceleratore lungo il viale, per uscire dal caos della città, e Bruno faticava a stargli dietro.

Da giorni, l'ispettore Bevilacqua teneva sotto controllo il cellulare di Bernini. Così, non appena una telefonata aveva rivelato che il suo uomo stava uscendo per incontrare in un luogo ignoto un altrettanto ignoto interlocutore, Bruno aveva preso la vecchia Panda color fumo di Londra e si era precipitato sotto l'abitazione di via della Casa per pedinarlo.

Il potente fuoristrada del sospettato aveva imboccato il viale alberato dove la sera passeggiano le donnine e ansimano i signorotti perbene, alla ricerca di un quarto d'ora di trasgressione a pagamento.

"La direzione è proprio quella del cimitero" pensò Bruno.

Gaetano scese dall'auto, aprì lo sportello posteriore e raccolse un enorme mazzo di margherite bianche. Il poliziotto, nel frattempo, aveva parcheggiato a distanza di sicurezza e lo aveva preceduto all'interno del camposanto passando per un altro ingresso.

La cappella dove riposava sua madre, insieme a una mezza dozzina di nobili antenati, era in stile barocco, costruita con un pregiatissimo marmo nero. A Bruno sembrò che tutto fosse "troppo", lì. Troppi fiori, troppe candele, troppe parole incise, troppi ornamenti e i profumi erano troppo intensi.

Inoltre, la sepoltura della madre di Gaetano era fuori luogo in quel contesto. C'erano tombe basse e umili, spesso abbandonate e sulle quali il tempo aveva infierito con crepe, polvere, lettere mancanti sulle iscrizioni. I fiori secchi erano ovunque.

In tutto quel degrado, la cappella Bernini spadroneggiava in maniera esagerata. Maestosa, ornata ogni giorno da margherite bianche e freschissime, sempre lustra: come se anche da morti rimanessero le differenze sociali che ci distanziano in vita.

Il poliziotto – scusandosi con l'anima di chi riposava lì sotto – prelevò un mazzo di crisantemi da una tomba e continuò il pedinamento. Osservò Gaetano entrare nella cappella, deporre le margherite e restare in raccoglimento un paio di minuti. Poi Bernini prese a parlare, con un ritmo abbastanza sostenuto, quasi stesse raccontando alla morta i suoi pensieri; magari, sperava Bruno, le stava confidando che di lì a pochi minuti avrebbe avuto un appuntamento...

Poi il poliziotto lo seguì a passo svelto lungo il percorso inverso e, non facendo più in tempo a riportarli dove li aveva presi, si liberò dei crisantemi prelevati donandoli a una lapide troppo spoglia.

Gaetano nel frattempo aveva incontrato una persona proprio nei pressi del cancello del cimitero. Stava stringendo la mano di un uomo dalla chioma brizzolata, schiacciata sulla cute quasi fosse scolpita: sembrava il frutto di un trapianto mal riuscito.

Erano le quindici in punto, l'ora dell'appuntamento. I due si avvicinarono all'auto dell'uomo e parlottarono un po' mentre Bruno, a distanza di sicurezza, fingeva di armeggiare con il cellulare per poter scattare una foto senza essere notato. Voleva immortalare l'incontro.

Inviò l'MMS e aggiunse un breve testo: "Guardami a chi è intestata 'sta targa".

Passarono cinque minuti. Mister "Parrucchino" era ancora appoggiato alla sua Porsche e Gaetano gesticolava verso di lui contrariato, quando Bruno ricevette la risposta. Gliela aveva fornita Maurizio, un giovane collega della Squadra Mobile, che aveva consultato l'archivio ACI.

Il messaggio andava dritto al sodo. "Paolini, frutta e verdura. Viale Sannazzaro 13, Milano." Non una parola di più, non una di meno.

Quell'informazione non diceva niente a Bruno, così provò a chiamare Galasso, ma la reazione del collega non gli servì a molto.

«Bruno, non saprei. Adesso, però, continua a stare dietro a quel cornuto. E pure all'altro. Non mi piace, con 'sto parrucchino! Ma vende la frutta "Bellicapelli"?»

«E io che ne so, Giova'? E poi tu fai sempre tutto facile: vai dietro a quello, vai dietro a quell'altro, ma io uno sono! Se seguo Gaetano, Bellicapelli se ne va! Aspetta, Giova', si stanno salutando... Gaetano gli ha dato una busta, un pacchetto, da qui non vedo bene... o forse è solo un fazzoletto... Sì, mi pare un fazzoletto di carta ripiegato...»

«Ci vediamo più tardi in ufficio, Bruno. Io sono in macchina, di corsa, perché mi ero dimenticato di aver dato appuntamento alle tre e mezzo a Luca, il nipote della morta... Cazzo, ero a casa tranquillo con Sabina... E ora sono le tre passate e lui tra poco verrà alla Mobile!» aggiunse Galasso trafelato. «Stai dietro a Bellicapelli... no, a Gaetano... insomma, non lo so, regolati tu!»

Bruno scelse Bellicapelli e, sperando che avesse pietà della vecchia Pandina, si mise sulla scia della Porsche. Intanto chiamò in questura: «Oh, mi avete lasciato solo! Ma dove cazzo siete? Correte sotto casa di Gaetano Bernini e vedete se sta rientrando, se è con qualcuno, se scarica qualcosa dalla macchina... No che non l'ho perso, sono un maestro, io, ma ora sto seguendo un altro... Ma che ti frega di sapere chi è? Lo sto seguendo e basta! Ah, dimenticavo: di' agli altri della Sala ascolto di avvertirci subito se Gaetano fa telefonate...».

Bellicapelli nel frattempo si era fermato nel parcheggio di un bar di periferia ed era sceso dall'auto. Aveva un'andatura irregolare, come se trascinasse la gamba destra: Bruno si stupì di come prima, al cimitero, avesse potuto lasciarsi sfuggire un particolare così evidente. L'uomo entrò nel locale mentre l'ispettore lo seguiva a pochi passi di distanza.

«Un caffè!» ordinò Bruno alla barista con tono perentorio, sfoderando un sorriso smagliante. Poi lo sguardo gli cadde sulla scollatura della ragazza al bancone e per un attimo si dimenticò anche di Bellicapelli, che era alle prese con uno degli ultimi telefoni pubblici in circolazione.

«Ma... Ci siamo mai visti?» attaccò il poliziotto con l'espressione da vecchio lupo di mare.

«Non credo» rispose secca la biondina, evidentemente più che abituata a tenere lontano i clienti molesti.

«Ti chiami?...»

«Debora. Con l'H...» rispose ridendo e con fare ammiccante.

«Ma... davvero?»

«Mm-mm...» annuì lei con un mezzo sorriso.

Bruno capì che non era aria. Lo stava pigliando per il culo.

Quando finì di bere il caffè, la telefonata non era ancora terminata, quindi salutò con un cenno del capo e fu costretto a rifugiarsi nella Panda. Non aveva potuto ascoltare la conversazione: al di là della presenza di Deborah sarebbe stato imprudente avvicinarsi troppo, ma sapeva che l'indomani avrebbe potuto acquisire i dati sul traffico in uscita di quel telefono.

Mister Parrucchino uscì tre minuti dopo, salì in auto e ripartì sgommando.

Bruno ne perse le tracce dopo due chilometri e trecento imprecazioni irripetibili.

Prima che la trecentounesima fosse pronunciata, era già di rientro in questura e saliva le scale che portavano alla Squadra Mobile, dove avrebbe riferito ogni dettaglio a Galasso. Se non era già impegnato con il nipote della morta.

L'ispettore, nella solita stanza 61, si era lasciato sprofondare nella poltroncina, sbadigliando rumorosamente, quando Bruno l'aveva raggiunto, con un sorriso, due bicchierini di carta e un foglio ripiegato.

«Ho portato un caffè anche a te, Giova'. Cazzo, c'era una barista con due bocce, 'na stronza però...» Si interruppe un attimo e poi riprese: «Vabbe'. Ho visto che non hai ancora fatto entrare il nipote, che è di là, bello agitato. Allora mi sono permesso di dirgli che tardavi ancora un quarto d'ora e che stesse lì buono ad aspettare...». Bruno trangugiò il caffè in un sorso e con poche parole precise aggiornò Giovanni sull'incontro di Gaetano e Bellicapelli.

Il collega gli raccontò a sua volta che Gaetano era rincasato da solo e a mani vuote, così gli avevano riferito poco prima. Poi gli domandò: «Hai già chiesto informazioni sul negozio di frutta ai colleghi di Milano?».

L'altro annuì, spiegò il foglio che aveva poggiato sulla scrivania, inforcò gli occhiali da vista e cominciò a leggere.

Il negozio era intestato alla moglie di un calabrese noto alla polizia come biscazziere, giocatore d'azzardo, ricettatore e truffatore; un "pregiudicatone", insomma, come l'avrebbe definito Alfredo.

«Si chiama Salvatore Marazzita. È nato a Reggio Calabria, più precisamente a Villa San Giovanni, in provincia. Ha 56 anni e il collega di Milano, che lo conosce bene perché lo ha arrestato tre o quattro anni fa, ne ha fatto una descrizione che potrebbe essere compatibile con la stazza di Bellicapelli. E soprattutto mi ha fornito un particolare interessante: qualche anno fa, Marazzita è stato ferito alla coscia da una pallottola vagante, durante una sparatoria davanti al bar Chantal, in zona San Siro, e da allora è leggermente claudicante. Il milanese lo ricorda calvo, e il tipo che ho visto io porta un parrucchino o ha fatto il trapianto. Comunque mi stanno portando la foto, ora vediamo. Piuttosto, che ci fa Gaetano Bernini, nobile e ricco, a spasso con un pregiudicato calabrese?»

«Se Marazzita è truffatore, Gaetano si starà facendo truffare; se è ricettatore, gli starà comprando per quattro soldi i beni di famiglia, magari pure quelli della zia...» sancì in modo perentorio Galasso.

«Bru', ecco il tuo uomo! Guarda i suoi occhi di ghiaccio, fanno paura!» disse facendo capolino dalla porta il collega Bartoli della Polizia Scientifica.

Bruno si alzò di scatto, spinto dalla incontrollabile curiosità, e afferrò la foto. «È proprio lui!» esclamò al primo sguardo. «Lo dicevo che ha la parrucca!»

Nella vita del gentiluomo Bernini, tutto casa e zia Eleonora, c'era spazio dunque per un pregiudicato calabrese trapiantato a Milano. Parallelamente, nell'investigazione di Galasso si faceva spazio una vicenda tutta da decodificare: una volta compreso che la personalità di Gaetano era più complessa e poliedrica di quanto avesse creduto, l'eventuale estraneità all'omicidio di Anna non escludeva altri spunti di indagine.

Ora toccava a Luchino. Eccolo. Entrò nella stanza 61 ostentando indifferenza. Pantaloni di velluto blu, giacca color crema, pullover a collo alto, capelli arruffati e occhialini bordati d'oro sul naso; diede il buongiorno a Galasso senza incrociare il suo sguardo. Non aveva neanche notato Bruno che sgattaiolava via rapido.

L'ispettore e il musicista erano soli nell'ufficio, adesso, l'uno davanti all'altro.

«Si metta pure a sedere» esordì con decisione Galasso. E continuò: «Lei non ha reso ancora dichiarazioni testimoniali sull'uccisione di sua zia. Ha assistito, invece, alla perquisizione che abbiamo eseguito nell'abitazione della signora. Mi rendo conto che per un nipote affezionato deve essere stato uno strazio, che si è sommato al dolore della tragedia. Però comprenderà che ci serve ogni minimo dettaglio sulla vita e sulla personalità della vittima, anche quei particolari che sembrano irrilevanti, ma che possono risultare utili al fine...».

Parlava e parlava, Galasso, mentre Luchino continuava a guardare in alto tormentandosi le unghie della mano sinistra, una a una, portandole alla bocca e dando piccoli morsi nervosi.

Dopo le formalità di rito, l'ispettore entrò nel vivo dell'interrogatorio. «Come ha saputo della morte di sua zia e che cosa ha pensato in quel momento?»

Gli piaceva formulare così le domande, a cascata, in modo da provocare la reazione emotiva del teste e garantire maggiore spontaneità alla deposizione.

«Ero a casa del mio socio, Vincenzo Mariani. Vivo lì da un paio di anni. Dormivo, anzi dormivamo, da una mezz'oretta, quando è squillato il telefono e la polizia mi ha detto cosa era successo... Poi sono venuti a prendermi e mi hanno portato al fiume, dove era stata uccisa mia zia. C'era ancora la macchina... e poi... poi lei sa tutto, c'era anche lei, ispettore.»

Giovanni annuì senza interromperlo.

Luchino riprese a parlare.

«Che cosa ho pensato? In una situazione simile non si sa che pensare... Quando me l'hanno detto ho pensato a un incidente o una rapina. Poi, quando ho visto il posto, ho creduto ci fosse di mezzo un maniaco. E invece oggi... oggi non so proprio cosa pensare. Ispettore, mia zia era la persona più buona del mondo, generosa, altruista, non avrebbe fatto del male a una mosca: nessuno poteva avercela con lei. Io proprio non lo so...»

Ogni due o tre parole, la bocca di Luca si avventava sulle dita della mano per mangiucchiare un'unghia, ma all'apparente nervosismo si contrapponeva l'assoluto distacco con cui riusciva a parlare dell'omicidio di una familiare. Come se stesse raccontando fatti accaduti ad altri.

«Da quanto tempo vive col signor Mariani? E poi, mi scusi, sarebbe "socio" in che? Mi può dire anche come vi guadagnate da vivere entrambi? Mi perdoni queste domande, non hanno a che vedere con l'indagine in senso stretto ma, sa, vorrei avere il quadro più completo possibile della vita della signora Anna e delle persone che la circondavano...»

Luca afferrò la propria mano come se volesse inghiottirla in un sol boccone, poi si frenò. «Vede, ispettore, il signor Mariani fino a poco tempo fa si occupava di assicurazioni, ma ora tratta mobili antichi, che sono pure la mia passione. Lui li compra malandati, li ristruttura in un piccolo laboratorio di periferia e poi li rivende. È davvero bravo. Pensi che ha clienti che lo contattano da tutta Italia e glieli commissionano. Gli dicono, chessò: "Hai mica un secrétaire del '700, un trumeau dell'800?". Lui li cerca, anche in pessime condizioni, e li fa tornare a vivere. Ebbene, noi vogliamo mettere su un negozio di antiquariato in centro. È il nostro sogno! Cenzino è un grande artista e tra me e lui c'è un'intesa favolosa...»

«Cenzino?» lo interruppe Galasso, perplesso anche in merito alla consistenza dell'intesa favolosa.

«Io lo chiamo così... tutti gli amici lo chiamano così, persino i suoi genitori che vivono ancora giù a Cefalù, dove è nato lui... Sono persone deliziose, sa? Persone semplici e oneste, e anche lui lo è, e poi ha un gusto nel decoro, nell'arredamento...»

«Continui pure nella deposizione. Stava dicendo di questo vostro progetto... Mi scusi, ma lei non fa il musicista?»

«Be', in effetti sono diplomato al conservatorio in violino. Ho dato qualche concerto, ma la vita dell'orchestrale non è facile. Una cosa è la passione, la vena artistica, un'altra è il lavoro... Quando finisci gli studi, fai i conti con la realtà...»

«La sua famiglia?»

«La mia "famiglia" è, anzi era, zia Anna. Io sono cresciuto solo con mia madre. Quando è morta, la zia si è presa cura di me, proprio come una seconda mamma. Non le avrei mai potuto fare del male...»

«Nessuno sta dicendo questo, ci mancherebbe! Non

la sto accusando di niente» lo interruppe Galasso, incuriosito da quell'accorato mettere le mani avanti.

«Sì, lo so, ma queste domande... Capisco che potrei essere anch'io sospettato, ma la mia verità è acqua cristallina!»

Strano modo di dire: l'ispettore era consapevole di trovarsi di fronte a un giovane artistoide, dalla personalità certamente complessa ma non aveva mai avuto, almeno fino a quel momento, alcuna ragione di dubitare di lui.

«Mi scusi la brutalità, signor Luca: chi erediterà i beni della signora Anna? Non ci risulta che abbia lasciato un testamento e quindi gli eredi sono i più parenti più prossimi...»

«Siamo cinque nipoti. Quattro, figli di un altro mio zio defunto, vivono a Lugano, e poi ci sono io... Ma mia zia non era così ricca. Lascia una bella casa, questo sì, ma il suo conto in banca non dev'essere un granché, era soltanto benestante. Escludo possa essere stata uccisa per il suo denaro.»

Una compulsiva limatura delle unghie, una per una, accompagnò quest'ultima riflessione. Galasso osservò l'intera operazione in silenzio e poi si alzò, dirigendosi verso la finestra.

Non erano ancora le cinque del pomeriggio, eppure iniziava già a fare buio.

Contò le tegole più vicine del palazzo di fronte, da un'estremità all'altra. Faceva sempre così quando sentiva il bisogno di concentrarsi per ragionare su ciò che stava accadendo. Contava oppure fantasticava sui percorsi tracciati dalle nuvole, provava a indovinare il tempo necessario che ci avrebbero messo per coprire il sole: piccole cose che lo aiutavano a pensare.

«Senti, Luca» il tono si fece improvvisamente confidenziale, «io potrei essere tuo padre. Allora ti voglio dare un consiglio, sperando che tu abbia fiducia in me: confidami tutto quello che sai, i tuoi sospetti, dimmi quale idea ti sei fatto davvero.»

Luchino si fermò un attimo a riflettere, o almeno questo pareva facesse con lo sguardo rivolto al pavimento.

Quell'attimo sembrò lunghissimo.

«Le ho già risposto, ispettore. Davvero non saprei che altro aggiungere» replicò freddamente.

Galasso si irrigidì, lo scrutò dritto negli occhi e tornò al "lei" delle formalità. «La sera del delitto cos'ha fatto? Chi ha visto? È successo qualcosa che può esserci utile sapere?»

Una domanda che sembrava mettere al sicuro l'interrogato. Luchino si rilassò un po' e spiegò: «Sono stato in casa fino alle 20.30. Poi sono uscito, ho visto degli amici e sono rincasato poco prima della mezzanotte. Dopo un paio di ore, forse meno, mi ha telefonato la polizia. Desidera che le racconti la mia serata, ispettore?».

«Se vuole» il tono dell'ispettore era tornato distaccato, voleva destabilizzarlo, «certo...»

«Quella maledetta sera avevo la cena annuale del mio corso di conservatorio, un incontro che facciamo tra vecchi compagni di scuola. Marco, il mio amico più caro, grande violoncellista, mi ha riportato a casa. Può verificare, sa? Le do il numero...» disse, cercando nella rubrica del telefono.

Galasso si schermì con un gesto della mano, come a segnalare l'inutilità dell'informazione, mentre con l'altra l'annotava avidamente.

«Siamo stati dal "Brigante", proprio qui, dietro l'angolo. Eravamo una quindicina, abbiamo mangiato il tradizionale antipasto di...»

Il gesto della mano di Galasso fu ancora più netto, anche perché conosceva bene Peppe "il Brigante", quindi non gli sarebbe stato difficile verificare le sue parole. E poi non voleva più perdersi in dettagli futili, aveva fretta, lui! Preso dalla foga, fece un errore.

«Ma lei, signor Luca, come pensa di avviare questo negozio di antiquariato? Dove troverà i soldi?»

La domanda era stata poco accorta, troppo diretta, troppo scoperta. Gli era sfuggita, in un attimo di debolezza.

Il musicista si irrigidì. Corresse la posizione degli occhialini sul naso, fece per ravviarsi i capelli con gesti nervosi della mano, a scatti. «Mi sta forse chiedendo se ho ucciso mia zia per poter fare l'antiquario?» chiese quasi urlando.

«Ma che dice? Non la prenda così... Mi devo essere spiegato male, mi perdoni. Che ne possiamo sapere se sua zia, magari per poterla aiutare nel progetto, non abbia chiesto denaro in prestito e non sia rimasta coinvolta in un giro di usura che l'ha portata alla morte? Io naturalmente non ho nessun elemento per avviare un'ipotesi del genere... Le sto facendo questo esempio solo per dirle che le strade per ricostruire la verità a volte sono più indirette di quanto si possa immaginare...»

Luca sembrò rasserenarsi, mentre Galasso si compiaceva della "pezza a colore" che era riuscito a sistemare per coprire la falla.

«Le ripeto, ispettore, mia zia non era ricca. Io le volevo molto bene e conserverò una gratitudine eterna per quello che ha fatto per me... e poi... Insomma, a noi – a me e a Cenzino – basterebbe poco per essere felici: vorremmo solo continuare questo lavoro creativo e gratificante, in una bottega dove poter mettere i nostri mobili, tutto qui. Cenzino guadagna molto bene e non è certo la mancanza di soldi che ci ha impedito di aprire il negozio in centro; è che non abbiamo mai trovato locali che ci piacessero. Stia pure tranquillo, ispettore, per realizzare il progetto non abbiamo bisogno né di denaro né di... commettere omicidi!»

La spiegazione di Luca apparì convincente agli occhi di Galasso, che ora vedeva il ragazzo ancor più mingherlino, col viso paffuto da bimbo, i capelli scompigliati, un amore non confessato e la timidezza dipinta negli occhi.

In fondo, perché avrebbe dovuto ammazzare la zia? Per riscuotere un quinto del valore di una casa non facile da vendere, ultimo piano di un palazzo aristocratico, certo, ma in una zona commercialmente svalutata? Per dividere in cinque un conto in banca di circa centomila euro, secondo quanto i colleghi della Seconda Sezione avevano accertato?

Avrebbe dovuto parlare a ogni modo con il "socio" Vincenzo, l'amico del conservatorio Marco ed eventualmente anche con Peppe quello stesso giorno, perché potessero confermare o scardinare l'alibi di Luca, ma Galasso in cuor suo aveva già assolto quel ragazzo.

Così il musicista fu congedato con una vigorosa stretta di mano e il sorriso delle grandi occasioni, come ad anticipargli il verdetto che la giuria sbirresca, riunita nella persona di Galasso, si apprestava a emettere.

«Sentirò ancora qualcuna delle persone a lei vicine per completare il quadro conoscitivo e mettere a posto la documentazione che sto acquisendo... A proposito di persone a lei vicine... lei è fidanzato? Voglio dire: ha una ragazza?»

Luca fece di no col capo, che abbassò subito dopo. Si avviò alla porta frettolosamente, come se volesse fuggire da quel posto.

Mezz'ora più tardi, mentre interrogava Marco il violoncellista, Galasso venne raggiunto da Bruno che aveva ascoltato una telefonata interessante.

Appena uscito dalla questura, infatti, Luca aveva chiamato Cenzino per anticipargli l'imminente convocazione alla Squadra Mobile e per intimargli di non riferire "di noi". I due non erano sembrati agitati né preoccupati durante la conversazione, che a Galasso pareva tuttavia meritevole di approfondimento.

Sulla porta, Bruno sussurrava all'orecchio dell'ispettore i dettagli di quella telefonata mentre Marco se ne stava a giocherellare con il cellulare.

Pochi minuti dopo Galasso sentì che l'interrogatorio era a un punto morto: il ragazzo confermava nella sostanza la versione fornita da Luca. Marco aveva quindi lasciato il palazzo della polizia congedandosi con un inchino, che aveva lasciato l'ispettore piuttosto interdetto.

Per la verità, di Marco lo aveva sorpreso tutto. Il dinamismo, la simpatia, la cordialità, gli occhi vispi, il sorriso accattivante, il giubbotto rifrangente e il casco giallo ocra. Chissà perché, Galasso aveva un'idea diversa dei violoncellisti: li immaginava tutti seri, compiti, vestiti di scuro.

L'ispettore sentiva che quella pista si stava esaurendo, ma voleva andare avanti ugualmente, quindi invitò subito alla Squadra Mobile Vincenzo: «Le sarei grato se potesse raggiungermi qui, in questura, prima possibile».

«Certo, ispettore, vengo subito.»

Galvanizzato dalla risposta positiva, Galasso non perse tempo e telefonò al Brigante. Peppe ricordava quella serata tra musicisti: le risate fragorose, la strana miscela di abiti eccentrici e velluti cangianti, capelli lunghi e teste rasate. Non era sicuro che ci fossero donne, anzi tendeva a escluderlo, mentre – circostanza importante – confermava che i clienti erano entrati insieme e tutti insieme erano usciti.

Non c'era bisogno di formalizzare la sua deposizione. Ormai era chiaro. Se l'ora del decesso indicata dal medico legale era quella giusta, il nome di Luca andava depennato dall'elenco dei sospettati. E in questo caso la possibilità di errore poteva essere esclusa, perché Galasso aveva raccolto ulteriori dati a conferma del responso del coroner: l'orario in cui la vittima aveva lasciato Villa Canali, quello della chiamata al radiotaxi e del ritorno a casa e persino quello della telefonata al 113, quando un operaio romeno aveva segnalato l'auto abbandonata col cadavere a bordo, per poi indicare agli agenti il luogo del delitto sul fiume.

Bruno bussò poco prima delle diciannove alla porta della stanza 61 e preannunciò l'ingresso dell'antiquario Mariani.

Vincenzo entrò con passo deciso. Allungò la mano per stringere quella di Galasso, mentre si presentava senza cordialità, poi si mise a sedere un po' scocciato sulla poltroncina, appena indicatagli dall'ispettore con ampio gesto del braccio.

A Galasso risultò antipatico d'istinto. La sintonia tra due persone che si incontrano per la prima volta si può stabilire subito o non stabilirsi affatto, e a volte è solo questione di pelle, non c'è un motivo reale. In quel caso, il percorso sembrava tutto in salita...

«Grazie per avermi raggiunto così in fretta» esordì Galasso.

«Sì, era mio preciso dovere...» rispose l'antiquario con la "e" aperta che tradiva l'origine siciliana.

L'uomo aveva cinquant'anni e li dimostrava tutti. Aveva i capelli brizzolati, portati abbastanza lunghi, come le basette. Era longilineo ed elegante: indossava un paio di pantaloni color ghiaccio e un maglione girocollo dello stesso colore; sulle spalle – con studiata trascuratezza – cadeva morbida una lunga sciarpa di cachemire blu notte.

«Sa, brancoliamo nel buio nelle indagini sull'omicidio della zia del signor Luca» gli confidò Galasso, con la sua consolidata tattica di "approccio umile", «e allora stiamo raccogliendo ogni informazione che possa essere di qualche utilità... Lei comprende che anche un dettaglio a prima vista insignificante può rivelarsi importante per la conoscenza complessiva del contesto in cui è maturato il delitto...»

Solito copione.

«Capisco» replicò in modo secco ma poco convinto l'antiquario.

«Lei conosce da tempo Luca? Vivete insieme da molto? Ha avuto modo di conoscere la zia, la signora Anna?»

«Ho conosciuto Luca un annetto e mezzo fa, forse due, a casa di un amico pianista. Lui ha mostrato molto interesse per il mio lavoro di restauratore. Sa, ispettore, io individuo in giro vere e proprie meraviglie d'arte ormai ridotte a carcasse. Do loro nuova vita, come una seconda giovinezza, e poi le rivendo.»

Anche Luca aveva parlato di "nuova vita", a proposito di mobili rimessi a lucido. Galasso se lo annotò e gli fece cenno di continuare.

«Si è offerto subito di aiutarmi. E si è rivelato un autentico talento. Ha un gusto e una manualità fuori dal comune. All'epoca viveva in una specie di pensione per musicisti alle prime armi... una tristezza, ispettore! Gli ho proposto di venire da me: io vivo solo, non mi sono sposato...»

Galasso non si mostrò sorpreso del suo celibato.

«E questo progetto comune di aprire un negozio?»

«Stiamo accarezzando l'idea di fare "in grande" quello che io, con minori ambizioni, facevo per svago, senza pretese, insomma... Io mi sono sempre accontentato, non mi sono mai fatto prendere dalla vanità... Facevo l'assicuratore, ma ho capito da tempo che la mia vita non sono le polizze e i premi. Non nascondo che restaurare mobili è ormai ben più di un hobby ed è pure molto redditizio. Quando ho capito che Luca aveva lo stesso desiderio, ho deciso di provarci. Sono certo che realizzeremo il nostro sogno non appena troveremo il luogo giusto...» Gli occhi di Mariani luccicavano di entusiasmo più di quanto le sue stesse parole riuscissero a esprimere. «Certo, quanto accaduto è una botta tremenda per Luca. Mi dispiace anche solo stare qui a parlarne, in questi giorni, in queste ore così tristi per lui. Era davvero molto affezionato alla zia, che lo ha allevato come un figlio... Io non l'ho conosciuta, so poco di lei: deve essere stata una gran donna, impegnata nel sociale, generosa... Ma chi è quel bruto che l'ha uccisa?»

La parola "bruto" fu quasi un urletto, acuto e pungente, che arrivò dritto all'orecchio del compassato Galasso. Per l'ispettore non fu semplice trattenere un sorriso.

La deposizione di Mariani continuò con risposte puntuali a domande più specifiche sulle amicizie di Luca, sulle sue abitudini, sulla sera del delitto. Forse non era poi così antipatico.

Galasso trascrisse tutto, parola per parola, voleva rifletterci su in seguito, con più calma. Erano ormai le ventuno quando congedò il testimone. Una volta rimasto solo, si specchiò nella vetrina del mobile-libreria, tirando in dentro la pancia che lo stress aveva gonfiato negli ultimi giorni.

Galasso aveva intenzione di custodire per sé, ancora per qualche tempo, la telefonata criptica tra Luca e il "socio". Chiederne conto subito avrebbe significato scoprire le carte, svelando inoltre il fatto che i loro apparecchi erano sotto controllo. Era l'unica certezza che lo accompagnava verso casa, insieme alla vecchia Punto, sgangherata ma fedele da più di dieci anni. Chissà a cosa si riferiva Luchino, con la sua raccomandazione. Cosa non doveva riferire alla polizia? Forse la loro relazione? Oppure altro?

Non bisognava avere fretta, perché la pazienza è una qualità indispensabile per un bravo detective. Anzi, è uno dei requisiti primari per diventarlo.

Intanto, Galasso era rientrato a casa e aveva aperto il frigorifero, che offriva una serie di opzioni poco allettanti: prosciutto, salame piccante, formaggi, würstel, uova, un'insalata già pronta. Il forno ne aveva una sola, ma più convincente: un'abbondante porzione avanzata della pasta al forno di Sabina, che a quell'ora era già andata a dormire. Mentre abbandonava l'utopia di un futuro da longilineo, l'ispettore si sistemava nel posto che la moglie aveva apparecchiato a tavola per lui.

Aveva ritmi serrati, Sabina. Si svegliava presto, portava a spasso Bossolo, preparava la colazione, trasformava la casa in uno specchio. E poi di corsa a scuola, dove lavorava come maestra. Più tardi tutto il resto: il supermercato, il corso di ceramica, il volontariato in ospedale. Spesso c'erano di mezzo anche le visite alla madre. E la sera crollava. Alle dieci era già in piena fase REM.

Giovanni conduceva una vita altrettanto frenetica e i

loro incontri a volte potevano dirsi del tutto occasionali. Cercavano però di ritagliarsi almeno la domenica, per stare tranquilli e scambiarsi i racconti condensati della settimana, anche se spesso non era possibile: il lavoro da poliziotto non conosce la differenza tra giorni feriali e festivi.

Il primo boccone di ziti venne divorato sulle note di un successo degli anni '60 alla radio, che mise a Galasso una lieve malinconia. Lo consolò il sapore intenso e familiare della pasta al forno con mozzarella, ricotta, polpettine e tanto sugo, che una volta "riposata" era ancora più buona del giorno in cui era stata cucinata. Anche sua madre l'aveva sempre pensata così: «La pasta è più saporita quando si ha la pazienza di aspettare il giorno dopo per mangiarla!».

Al secondo boccone, il pensiero era già alla gratificazione che gli avrebbe provocato il terzo. Era goloso, Galasso, ed erano ormai lontani i tempi in cui, per schernirlo, gli amici del mare fingevano di fargli la radiografia accendendo un fiammifero dietro le spalle e la mamma gli diceva: «Sei sciupato, ti si contano le costole». La sua famiglia all'epoca non se la passava tanto bene. Lei casalinga, lui postino, quattro figli da crescere. Cotolette mangiavano, quasi sempre cotolette.

«Giova', vai dal macellaio e fatti dare sei fettine, ma fini fini le devi chiedere, perché così sono più buone.»

E Giovanni, poco più di un bambino, tornava a casa fiero di aver comprato vere e proprie sfoglie di carne; le più prelibate, a sentire papà e mamma.

In cucina, poi, avveniva la magia. Uova e pan grattato in gran quantità trasformavano la fetta sottile in cotoletta morbidissima e davano al piatto una dignità anche cromatica, cui contribuiva l'immancabile trionfo di patate. Patate come contorno e patate spessissimo anche nel primo piatto: pasta di tutti i tipi con tante patate. Quante patate aveva mangiato nella sua vita! Galasso neanche sapeva dirlo...

Ora ripensava ai primi giorni alla mensa della Scuola superiore di polizia, che gli era sembrata strepitosa, un ristorante da Guida Michelin. Potevi scegliere ogni ben di Dio: pasta al sugo, riso, minestra, scaloppine, braciole, e ti davano pure la frutta e il dolce. Sì, magari il sugo navigava in un'acquetta indefinita e la carne era fredda, ma a lui era parso tutto ottimo.

Almeno finché non era arrivata Sabina e con lei, oltre alla buona cucina, i chili di troppo.

La cena fu abbastanza rapida: c'era il tempo per un bicchiere di rum, un bel sigaro e qualche pensiero in libertà. L'ispettore si affacciò alla finestra e vide la luna piena illuminare la città che, come ogni notte, tratteneva il respiro, e regalare una consistenza di macramè alle ultime, sporadiche tracce di neve. Il cielo era trasparente, pieno di stelle. La notte era imprevedibile, come sempre.

Galasso, negli anni, aveva imparato a distinguere la popolazione che si affaccia sul palcoscenico notturno quando si accendono le luci. Conosceva i nomi d'arte dei travestiti, i problemi familiari delle prostitute, le rivendicazioni salariali dei camerieri dei night club, gli angoli delle strade che diventavano alberghi a quattro stelle per i clochard. E li conosceva tutti, uno per uno, e loro si fidavano di lui, perché uno sbirro vive anche di queste cose e sa di dover condividere certi momenti e certe emozioni, se vuole conquistare fiducia e credibilità.

Cominciava a far freddo. Il riscaldamento era spento da qualche ora e il tepore delle coperte stava diventando un richiamo irresistibile. Era giunto il momento di darsi pace.

9

«Giova', è presto per tutti stamattina! È già passato due volte il dottor Fedeli, vorrebbe vederti subito...»

Il capo della Mobile stava cercando Galasso già da un po', e a Bruno la cosa non piaceva per niente: chissà perché quella fretta. Tanto più che il poliziotto era già agitato per conto suo: il caso De Caprariis era complesso, gli pareva che il suo proverbiale radar non riuscisse a captare le onde giuste e questo lo indisponeva parecchio.

Giovanni due minuti dopo era nell'ufficio di Fedeli.

«Si accomodi, ispettore, prego. Prende un caffè?»

«Agli ordini, dottore! Sì, grazie, decaffeinato se possibile...»

L'uomo sfoggiava una tenuta casual con la solita punta di ricercatezza. Giovanni notò soprattutto la giacca di tweed verde bosco, la cravatta di cachemire crema in tinta con i pantaloni e, per finire, sotto gli scarponcini color ruggine, le calze a strisce verdi e gialle.

«Sigaretta?» chiese, porgendo a Galasso un pacchetto di Camel.

«No, grazie, capo, non fumo mai al mattino.»

Fedeli teneva le gambe incrociate, i gomiti saldamente appoggiati sulla scrivania e con un dito si arrotolava i baffi rossicci. Era una posa fissa la sua, come se l'avesse studiata strategicamente e, dopo svariate prove, avesse deciso che era quella che gli si addiceva di più per mostrare autorità, sicurezza e anche un pizzico di nonchalance, che non guasta mai.

Sui giornali si parlava solo di lui, gli altri non esistevano. Questo non piaceva affatto agli investigatori, che si sentivano privati del ruolo di protagonisti nelle indagini, ma era un sistema infallibile per accrescere il proprio ritorno d'immagine.

«La disturbo per l'omicidio della signora De Caprariis. Se ne viene a capo?»

«Be', abbiamo qualche pista e con un pizzico di fortuna...»

«Sa, Galasso, la stampa comincia a rumoreggiare... per carità, non cerco mica il capro espiatorio, però forse un'acceleratina dovremmo darla... Che ne pensa? E un'altra cosa, ispettore, proprio il più noto primario della città bisognava perquisire? All'alba, poi! Come se le persone per bene come il professor Lombardo la sera si divertissero a strozzare le loro amiche! Su, un pizzico di buon senso!» esclamò alzando un po' la voce ma senza perdere il controllo.

Ecco dove voleva arrivare. Il caffè, i modi gentili, la conversazione salottiera... Il dottor Fedeli doveva aver ricevuto qualche pressione dall'alto: non bisognava più infastidire Lombardo.

«Immagino che tutti vogliano tutelare l'immagine di quel porco!»

«Eh, sì, guardi, neanche può immaginarlo, ispettore. Il prefetto, l'onorevole De Lellis, perfino l'arcivescovo! Aspetti un attimo, mi scusi... ma... come ha detto? "Quel porco"?»

Galasso raccontò la storia delle registrazioni e, sommariamente, quanto di poco edificante su Lombardo era emerso dai primi esami testimoniali e dalla perquisizione.

«La collezione di gemiti e urletti, poi! Non si finisce mai di imparare... Il nostro mestiere è bello anche per questo: la realtà supera sempre la fantasia. Va bene, comunque ho detto quello che dovevo dire e lei mi ha capito. Mi tenga aggiornato e in bocca al lupo! Sono certo non avrà difficoltà a trovare il colpevole o i colpevoli. Buona giornata, caro Giovanni.» Il dottor Fedeli gli sorrise e strizzò l'occhio destro, per confermargli intesa e fiducia piena.

Il passaggio dal cognome al nome, valutò Galasso, era significativo: sui fatti gli aveva creduto e ora gli lasciava carta bianca.

"Il colpevole o i colpevoli" aveva sottolineato Fedeli. Scientificamente nulla escludeva quella seconda ipotesi, ma non per questo sembrava probabile. La ricostruzione investigativa e il parere del medico legale, infatti, parevano concordare sul fatto che l'assassino fosse solo uno.

E l'arcivescovo che ci azzeccava? Perché certa gente si intromette in vicende così delicate? E, soprattutto, come si fa a disturbare personalità di tale livello, quando si hanno scheletri di quel genere nell'armadio?

Galasso si diede subito una risposta: proprio perché Lombardi aveva molte cose da nascondere non poteva che muovere quante più conoscenze per tutelarsi.

La giornata di lavoro poteva ora procedere spedita. E per Galasso era il grande giorno: avrebbe finalmente parlato col signor Gaetano Bernini, il suo preferito nel "book" dei sospettati.

Si era chiesto più volte se fosse opportuno svelare le proprie carte, concludendo che per il momento non ce n'era bisogno: avrebbe dedicato la mattinata a interrogare tutti i frequentatori di Villa Canali. La convocazione in quel contesto, tra gli altri, non avrebbe insospettito Gaetano...

Alle nove in punto le persone chiamate, quasi tutte donne, cominciarono ad affluire negli uffici della Squadra Mobile. Il biglietto di invito che ognuna di loro aveva ricevuto indicava il numero della stanza e l'ora in cui presentarsi. Galasso aveva organizzato gli esami testimoniali, d'intesa con la dottoressa Monti, in modo che fossero quattro ispettori a condurli. Aveva consegnato agli altri tre un breve promemoria con le domande da porre ma era solo un eccesso di zelo, perché tutti conoscevano bene il mestiere e i dettagli dell'inchiesta.

Gaetano Bernini entrò nella stanza 61 con indosso un cappottone nero di lana pesante, più facile da reperire sul set cinematografico di un film ambientato negli anni '60 che nelle vetrine dei negozi in città. Lo volle tenere addosso anche in ufficio, nonostante i ripetuti inviti a mettersi comodo.

Galasso gli illustrò sommariamente le ragioni che avevano indotto il palazzo della Sbirreria a richiedere la sua testimonianza sul delitto De Caprariis.

«Lei accompagna spesso una familiare inferma alla villa della contessa Canali e la attende poi all'uscita. Ciò significa che potrebbe aver visto persone sospette, aver notato qualche movimento strano. Insomma, ci auguriamo che lei possa fornirci qualche dettaglio utile alle indagini.»

«Be', non saprei proprio... Sì, è vero, ho una zia che la sera si incontra con le amiche a casa di una di loro e io l'accompagno perché è sulla sedia a rotelle e mia madre mi chiede di farlo...»

«Sua madre? Vuole dire che se sua madre fosse ancora viva apprezzerebbe la sua disponibilità, è così?»

Galasso era turbato. Quelle parole di Gaetano, lo strano modo di parlare, con lentezza, quasi sillabando le parole, gli mettevano inquietudine. Inoltre si grattava un ginocchio come un forsennato, come se una zecca gli stesse succhiando il sangue con avidità.

«Viva, morta... che significato ha? Lei mi chiede precisazioni superflue: mia madre per me è viva. Io la incontro a casa tutti i giorni. Non esce e io devo accudirla. Abbiamo anche una domestica, ma io la faccio rimanere il meno possibile, poche ore la settimana.»

«Ed è a sua madre che porta i fiori ogni giorno?» lo incalzò Galasso, ma si pentì subito. Cazzo, aveva sbagliato. Si corresse, o almeno cercò di farlo: «Mi riferiscono le altre amiche della contessa Canali che lei è un appassionato di fiori e ne compra spesso...».

Gaetano sembrò non aver colto la gaffe dell'ispettore, che tirò un sospiro di sollievo, e riprese a parlare, come assorto nel proprio ragionamento. «Ogni giorno, ispettore. Ogni giorno le porto i fiori del colore che adora, fiori bianchi. Sono fiori di stagione. Cambiano a seconda dei periodi dell'anno, ma sono sempre bianchi, bianchi come il latte...» E abbassò la testa incupito, quasi in trance. Rimase così per un tempo che a Galasso sembrò interminabile. «Bianchi... mia madre vuole solo fiori bianchi...» sottolineò di nuovo con un filo di voce prima di zittirsi.

Quell'uomo, chiaramente disturbato, gli dava i brividi.

«Sa, ispettore, stamattina ho detto a mia madre che venivo qui, ma alla zia non ho voluto raccontarlo. Lei ha sofferto molto per quello che è successo... Quando ha saputo che una delle sue migliori amiche era stata uccisa da un pazzo criminale, che magari l'aveva pure violentata, si è agitata tanto. Perciò, se le avessi raccontato che oggi dovevo essere qui, in questura, in quanto anch'io buon amico di quella povera donna, si sarebbe agitata così tanto...»

Galasso ebbe un fremito. Di quello che Gaetano andava farfugliando, non gli tornava proprio niente. Il pazzo criminale che aveva stuprato Anna, l'amicizia con la donna uccisa, la "sensibilità" dell'austera zia Eleonora, la chiacchierata mattutina con la mamma morta... Insomma, quell'uomo gli stava confondendo le idee.

L'ispettore prese un sigaro dalla scatola di legno, lo annusò – quasi volesse riprendere confidenza col mondo partendo dalle proprie certezze – e andò alla finestra per respirare l'aria fredda dell'inverno. Di solito non fumava a quell'ora, ma adesso ne sentiva il bisogno: accese il sigaro e si girò verso Gaetano.

«Di morti ne avrà visti tanti lei, ispettore, non è vero? Sarà abituato...» Si alzò con uno scatto totalmente ingiustificato che mise sul chi va là Galasso. Poi però cambiò subito idea: si grattò ancora il ginocchio e tornò a sedersi. «Io invece mi spavento, non riesco a guardare un corpo quando sanguina e vedere la vita che se ne va. Pensi che neanche al cinema o alla televisione riesco a guardare scene di sangue! Certo il chirurgo non avrei mai potuto farlo...» E scoppiò in una risata che di allegro non aveva proprio niente.

I suoi occhi erano rossi, e continuava a grattarsi il ginocchio con entrambe le mani.

Fu in quel momento che l'ispettore sentì che quello poteva davvero essere il "suo" uomo. Anna era morta per strangolamento, non aveva versato neanche una goccia di sangue. Era ancora piacente, vestiva biancheria pretenziosa e poteva aver attratto Gaetano, che aveva di certo qualche rotella fuori posto.

Galasso chiuse per un istante gli occhi e ripercorse i primi momenti dell'indagine, che lo avevano portato a sospettare di quell'uomo.

Il cameriere che riforniva di bevande la contessa Canali era stato ascoltato nuovamente da Bruno il giorno prima e aveva dato qualche elemento in più su cui ragionare: sosteneva di avere visto Gaetano conversare con la signora Anna in diverse occasioni. Poche parole, beninteso, ma sufficienti a consentire di affermare che i due si conoscevano. Anche la sera del delitto li aveva notati insieme mentre portava degli scatoloni al magazzino: verso le ventidue, Anna si era avvicinata all'auto di Gaetano. Il taxi non era ancora arrivato e i due erano rimasti a chiacchierare per due o tre minuti. La conversazione era parsa al cameriere particolarmente cordiale e, passando accanto a loro, aveva sentito il giovane che diceva: «E allora che si fa?», ma non la risposta della donna.

Certo, pensava Galasso, quella frase poteva avere mille significati, ma poteva anche indicare un appuntamento.

Il barista era stato invitato a riferire con maggior precisione espressioni del viso, gestualità, ogni minimo dettaglio, e tuttavia non aveva saputo fornire ulteriori particolari. Ma quello stralcio di conversazione avvenuta poco prima di un omicidio costituisce di per sé un elemento investigativo di tutto rispetto.

Poi c'era un altro indizio. Una macchina uguale, per colore e modello, a quella di Gaetano era stata vista allontanarsi dal luogo del delitto dal romeno che aveva chiamato la polizia. L'uomo aveva detto di aver notato un'auto con i fari spenti provenire dallo sterrato che porta al fiume e imboccare ad andatura sostenuta la strada asfaltata. Solo a quel punto il conducente aveva acceso le luci.

Alle pressanti domande di Galasso su quante persone fossero a bordo, sul numero di targa e su altri possibili dettagli, il romeno si era limitato a ripetere la versione iniziale: non sapeva neppure da quale direzione provenisse la macchina. In effetti, la riva del fiume era frequentata da coppiette in ogni periodo dell'anno. Le automobili di solito si fermano in un'area da cui si raggiungono altre due strade sterrate, che non hanno sbocco sul viale principale. Per arrivarvi, perciò, si deve necessariamente tornare indietro e ripercorrere il sentiero che dovevano aver preso Anna e il suo assassino, e che il romeno aveva poi fatto a piedi.

Approfittando del silenzio, Gaetano si era messo a giocherellare con il suo cellulare. Galasso rifletteva e, per prendere tempo, fingeva di sfogliare dei verbali. Temporeggiava, sentiva che la soluzione era lì, a pochi passi, ma serviva la tessera giusta da incastrare nel puzzle.

Se la prima ipotesi fosse stata quella corretta, la ricostruzione più verosimile avrebbe visto Anna e il suo aggressore arrivare sul posto insieme o anche in tempi diversi, ma comunque con le rispettive macchine. L'uomo sarebbe poi salito a bordo dell'auto della donna e, dopo il delitto, si sarebbe allontanato con la propria. Certo, pareva un po' strano che l'assassino si fosse accomodato sul sedile del conducente, che infatti era spostato indietro, come per consentire a una persona alta di prender posto. Tuttavia, pensava Galasso, un fatto del genere non era impossibile. E poi c'era la sigaretta fumata dalla donna, una Marlboro, che si poteva ancora una volta ricondurre a Gaetano.

Alla complessa personalità del sospettato si aggiungeva il rapporto con il pregiudicato calabrese Bellicapelli, che non faceva altro che arricchire l'indagine di nuovi, inquietanti interrogativi. E il nome "Anna", scritto senza ragione apparente sulle parole crociate? Tutto pareva tornare.

Tanti indizi, o meglio mezzi indizi. Ma il movente? Per quale motivo l'uomo tutto casa e mazzolini di fiori bianchi, nipote zelante della dispotica Eleonora, orfano di una donna che ostinatamente credeva viva, avrebbe dovuto uccidere una persona con la quale aveva chiacchierato in maniera amabile poco prima?

Sul corpo di Anna De Caprariis non era stata riscontrata alcuna traccia di violenza carnale né alcun segno esteriore – la gonna fuori posto, la camicetta slacciata, un elemento in disordine nell'abbigliamento – era stato notato dagli investigatori accorsi sul luogo del delitto. Nonostante la particolarità del sospettato, la strada dell'omicidio a sfondo sessuale non reggeva proprio...

Gaetano tossì per richiamare l'attenzione di Galasso, in silenzio da qualche minuto, e l'ispettore non si fece pregare: «Ha visto movimenti sospetti intorno a Villa Canali la sera del delitto o le sere precedenti? Voglio dire, ha notato una macchina, una persona ferma a guardare quella casa, qualcuno che si avvicinava alla signora Anna?».

Gaetano si strinse nel cappotto, come colto da un brivido di freddo, e inarcò le sopracciglia con un tic improvviso. Scrutava Galasso dritto negli occhi, eppure sembrava che il suo sguardo passasse attraverso l'interlocutore e proseguisse fino alla finestra, ancora aperta.

«Mi ha sentito? Ha sentito quello che le ho chiesto?» lo riscosse l'ispettore.

«Sì, mi scusi, certo... No, l'assassino non era lì, cioè, non ho visto persone davanti alla villa, o almeno non ci ho fatto caso. Non lo so, ispettore, io non c'entro con questa storia! Mia zia soffre, sa? Posso andar via? Oggi non ho comprato ancora i fiori... e poi ho tanto freddo...»

«La capisco e perciò le ruberò ancora solo pochissimi minuti. Pochissimi, davvero. Provi a raccontarmi come organizza la sua serata, come concorda con la zia a che ora passare a prenderla, cosa fa dopo averla riaccompagnata a casa, se esce, se incontra amici... E poi mi dice per bene dov'era la sera dell'omicidio; ho bisogno di ricostruire i movimenti di tutti...»

Faceva sempre così, Galasso. Parlava dell'esigenza di approfondire il contesto generale per giustificare domande che non avrebbe mai rivolto a un testimone, ma solo a un indagato.

«Di solito verso le sette o le otto saluto la mamma, chiudo casa e vado a prendere zia Eleonora. L'aiuto a salire in macchina e l'accompagno dalla contessa Canali. L'aspetto, la porto indietro e poi torno a casa anch'io, mangio qualcosa, lavoro al mio puzzle...»

«Prego?» lo interruppe Galasso.

«Mi piace comporre immagini fatte con bei colori. Pian piano, metto le tessere al posto giusto e, quando l'opera è finita, l'appendo nella stanza di mamma. A volte ci vogliono settimane, sa?»

«Capisco... E le capita di uscire con gli amici?»

«No, non esco di nuovo a quell'ora, il tempo di mangiare e di fare il puzzle ed è già troppo tardi...»

«E la macchina dove la lascia? In strada, o ha un garage?»

«Di giorno cerco posto in strada. Di notte invece la metto in un'area condominiale interna, che è coperta... Ma perché mi chiede queste cose, ispettore?»

«Vorrei soltanto conoscere meglio le dinamiche quotidiane delle persone più vicine alla vittima... Poi, mi chiedevo un'altra cosa: con la signora Anna ha mai avuto a che fare? Le ha parlato qualche volta? Magari quella sera?»

«No, quella sera no. A volte mi capitava di salutarla, se usciva prima di mia zia e io ero lì ad aspettare. Abbiamo anche scambiato qualche parola – "Come sta?", "È fredda la serata!" eccetera – ma una conversazione vera e propria non l'abbiamo mai avuta. Lei si infilava subito nel taxi, che di solito era già lì fuori. Ma quella sera no, non ricordo di averla vista e non le ho parlato.»

Giovanni sobbalzò. Tra le poche certezze che aveva collezionato nell'indagine c'era quel "Che si fa?" riferito dal cameriere. Non solo i due si erano salutati ma addirittura avevano, seppur brevemente, conversato. Il ragazzo se lo ricordava bene e, più volte invitato a riflettere prima di dirsi sicuro che l'episodio fosse avvenuto proprio quella sera, non aveva mai manifestato alcun dubbio.

Naturalmente, la falsa dichiarazione di Gaetano insospettì ancora di più l'ispettore.

«Lei è certo di quel che dice? Possiamo verbalizzare?»

«Sì, ispettore.»

E Galasso batté sulla tastiera per formalizzare la menzogna.

«Signor Gaetano, in questi giorni, nei giorni dopo l'omicidio della De Caprariis, cosa ha fatto? Ha incontrato amici? Ha continuato ad accompagnare sua zia a Villa Canali?»

In realtà Giovanni sapeva benissimo che da qualche giorno il sospettato non usciva quasi mai e non aveva visto nessuno ad eccezione di Bellicapelli, ma voleva sentirselo dire da lui.

«No, sono uscito solo oggi. Sa, è da quella sera che la zia non va dalla contessa e io ne ho approfittato per curarmi la bronchite. La mamma mi ha sempre raccomandato di stare al caldo. Prima ancora di prendere le medicine, se si ha un raffreddore o un'influenza nel periodo invernale, bisogna rimanere al caldo...» A quelle parole, si ricoprì le ginocchia con un lembo del cappotto, quasi a proteggersi ancor di più. «Però il giornale e i fiori bianchi li prendo sempre. Mia madre ha bisogno dei fiori.»

«E la donna di servizio? Non ha detto che ha una persona? Non può occuparsene lei?»

«Dana viene solo qualche ora di mattina e qualche altra di pomeriggio. Preferisce questo orario spezzato perché ha dei bambini. E a me va più che bene, io so badare a me, a mamma e alla casa.»

«Si chiama Dana?»

«Esatto. È una brava signora ucraina, sa? Ha famiglia e casa qui in città...»

«E di Anna, che mi racconta? Era una bella donna, no? Mi dice che non ci ha mai parlato, ma l'ha definita anche una buona amica... mi fa capire?»

«Era una bella donna sì, molto. Non doveva morire così... Certo che era un'amica! Le amiche di mia zia sono anche le mie, e lei mi sorrideva pure...»

Le risposte di Gaetano sconcertavano l'ispettore. Sembravano precise e spontanee, ma erano condite da inquietanti manifestazioni patologiche, oltre che da numerose reticenze. Bellicapelli, per esempio. Perché non aveva parlato di lui e dell'incontro al cimitero?

Galasso decise di dare una pigiatina sull'acceleratore e di esporsi un po'. «Mi è stato riferito che lei viene visto ogni tanto al cimitero. Fa visita ai suoi defunti, immagino. Ha incontrato qualcuno di recente lì?»

«Sì, vado spesso al cimitero. No, non ho incontrato nessuno... Io vado per mamma...»

Un'altra menzogna, pensò l'ispettore. Forse nascondeva la verità che stava cercando. Galasso ormai digitava sulla tastiera in modo meccanico, riportando senza filtri la lucida follia di Gaetano.

La verbalizzazione delle informazioni testimoniali proseguì ancora per poco, il tempo di annotare gli ultimi, insignificanti dettagli e chiudere con le formule di rito. Come primo incontro poteva bastare.

Quando Gaetano uscì dalla questura, Bruno lo seguì, come concordato con i colleghi, soltanto per assicurarsi che rientrasse a casa.

Forse era il "suo" uomo, pensò ancora Galasso. Sì, poteva essere lui. Ora bisognava preparare una sorta di trappola.

Erano appena le undici del mattino e Galasso decise di andare a fare un giro. Aveva bisogno di aria fresca per cancellare la cupezza appiccicosa e l'alone di inquietudine che quel pazzo gli aveva trasmesso.

La strada era piena di gente, coi baveri dei cappotti alzati e le sciarpe di mille colori. Come per un riflesso incondizionato, anche l'ispettore si sollevò il colletto e prese a camminare a passo svelto.

10

Galasso sapeva che avrebbe passeggiato senza una meta precisa, eppure percepiva richiami indefiniti ma importanti da decrittare in qualche angolo della mente.

«Buongiorno, ispettore! Oggi si fa festa, eh?» lo punzecchiò sorridendo l'edicolante all'angolo della strada. Giovanni non gli diede soddisfazione e proseguì indifferente, chiuso nei propri pensieri.

In strada la gente era tanta, nonostante fosse mezzogiorno di un giorno feriale. Forse c'era chi si godeva lunghe vacanze natalizie, pensò, come quando si è studenti e si sta a casa da scuola fino al giorno della Befana. Chissà che mestiere facevano tutte quelle persone che chiacchieravano animatamente al bar o applaudivano lo spettacolino di un gruppo di artisti di strada. Chissà se era la norma per qualcuno, in un giorno qualsiasi, sedersi al tavolino di un ristorante per un tranquillo e lauto pranzo in compagnia.

Giovanni s'immaginò per un attimo in giro come loro, senza pensieri per la testa. E in quell'attimo provò un senso d'invidia: tentò di pensare all'ultima volta che aveva passeggiato sereno, con la mente sgombra da preoccupazioni, e si rese conto che non riusciva neanche a ricordarsela. Tutte le ultime, rarissime vacanze passate con Sabina erano state rovinate da una qualche indagine in corso. Problemi, telefonate continue, soprattutto con Alfredo, che in vacanza ci andava se possibile ancora meno di lui, notti insonni a pensare e ripensare agli indizi raccolti e a quelli che ancora mancavano, ai principali sospettati e a ciò che potevano nascondere.

Galasso respirò a fondo. Avrebbe voluto ritrovare per un attimo quella pace che non provava da così tanto tempo. Entrò in un bar, ordinò un caffè e si mise a sfogliare il giornale. Voleva fingere di essere in vacanza, convincersi che ai problemi c'è sempre un rimedio ed è inutile affrontarli di petto: bisogna fermarsi e aspettare.

Ma non poteva ingannare se stesso. Si avvicinò alla cassa, pagò e fu di nuovo in strada.

Gli si avvicinò un pastore maremmano, che sembrava se ne andasse in giro da solo con una certa fretta. Era bello e molto curato, ma non c'erano padroni in vista. «Ehi, dove vai tu?» lo chiamò Galasso schiarendosi la voce e indirizzandogli uno sguardo pieno di tenerezza. Si chinò appena, tendendo la mano perché il cane la annusasse e sentisse l'odore lasciato da Bossolo. Sembrava spaurito, il maremmano, benché incuriosito dall'incontro. Aveva denti bianchissimi e un manto soffice e candido, appena sporcato da una recente ruzzolata sull'erba.

Il cane lo fissò dritto negli occhi e, dopo aver strusciato il capo sul palmo della mano, decise di non proseguire nei convenevoli e riprese il cammino caracollando.

Quel breve incontro scaldò il cuore di Galasso, sciogliendo la tensione accumulata. Mentre tornava per un attimo a sorridere alla vita, il telefonino gli annunciò con ripetute vibrazioni che Bruno lo stava cercando.

«Giova', dove cacchio sei? Qui abbiamo una novità, e pure grossa, ma te la devo dire a voce... Quando torni?»

«Cinque minuti e sono là. Ma tu non ti agitare, avevo bisogno di schiarirmi un poco le idee... Che poi: pare sempre che mi vuoi dare notizie sconvolgenti e poi magari sono minghiate...»

«Questa non lo è, Giova'! Io a Fedeli non ho raccontato niente. Aspetto te, così decidi.»

Ora il passo era svelto e, varcata la soglia della questura, l'ispettore salì gli scalini due alla volta.

Bruno lo aspettava nel suo ufficio. «Forse abbiamo il movente! È stata una rapina, le hanno rubato i gioielli, Giova'!»

«Ma di chi parli? Di Anna?»

«Certo! E di chi sennò? Due compagne del bridge, la signora Orlandi e la signora Guerri, hanno detto che quella sera la De Caprariis indossava un collier importante, ma noi non le abbiamo trovato addosso nessuna collana, niente di niente.»

«E se lo avesse lasciato a casa quando è rientrata, prima di prendere l'auto? Può aver pensato che non è prudente uscire a quell'ora con un gioiellone al collo...»

«Eh, no, qua ti volevo! L'elenco dei gioielli che abbiamo trovato nell'appartamento è qui, e uno come quello che mi hanno descritto le testimoni non ci sta! Dato che la perquisizione l'ho fatta io posso dire che, modestamente, non ci è sfuggito niente, e siccome le due amiche sono certe che indossasse il collier proprio quella sera, e gli indumenti e gli oggetti personali della vittima sono elencati in quest'altro verbale... Insomma, dobbiamo concludere che il collier se l'è intascato l'assassino!»

«Be', messa così... Di che gioiello si tratta?»

«È un collier che riproduce tre margherite bianche, tre fiori di diamanti e brillantini vari, Giova', mica fatti con l'acquerello!»

Galasso ebbe un sussulto. Ancora fiori bianchi.

«Le fotografie! Bru', le fotografie che non ci interessavano le abbiamo lasciate a casa De Caprariis... Dobbiamo recuperarle. Vediamo se riusciamo a fare conoscenza con il collier.»

«Eccolo, te lo presento!» rispose soddisfatto Bruno, estraendo un'immagine della vittima, ritratta durante un ricevimento. Il girocollo si vedeva distintamente: era un oggetto davvero raffinato, e forse anche antico.

«L'ho mostrato alle testimoni, che l'hanno riconosciuto. Ora bisogna capire dov'è finito: ho già chiesto alla Scientifica l'ingrandimento della foto.»

«Era di grande valore?»

«Eh, sì, te l'ho detto! Diamanti, è roba di diamanti, mica pizze e fichi. Comunque l'esperta di quei patacconi, mi hanno spiegato le vecchie, è la contessa Canali. E pare che la baronessa e la contessina parlassero spesso di gioielli tra loro...»

Galasso aveva già un piede fuori dalla stanza. «Bru', chiama la Canali, per favore, e dille che stiamo andando da lei. Le rubiamo solo dieci minuti per chiederle un'informazione urgente... Ti aspetto di sotto col motore acceso.»

Quando arrivarono davanti alla villa, il cameriere filippino li stava attendendo davanti al cancello come la volta precedente, pronto per condurli nella stessa stanza in cui avevano già incontrato la nobildonna.

I colori, i profumi, le luci, la scena, tutto era identico alla visita di tre giorni prima. Come allora, la contessa comparve alla porta accompagnata dal maggiordomo, vestita come si compete a una signora del suo rango.

«Cari ispettori, è un piacere ritrovarvi! Ma che fate in piedi? Accomodatevi, prego. Io cammino piano e vi faccio sempre aspettare... Che succede? Posso esservi utile?»

«Grazie, contessa. Le rubiamo davvero solo due minuti. Siamo qui per chiederle un'informazione precisa e, per adesso, possiamo anche non mettere a verbale la nostra conversazione.»

«Dica pure, ispettore. Sarò felice di esserle d'aiuto.»

«Lei ricorda il collier che aveva la signora, pardon, la baronessa De Caprariis la sera in cui fu uccisa?»

«Mi pare indossasse quello di diamanti e brillantini con le tre margherite...»

«Era questo?» le domandò mostrandole la foto.

«Esatto, sì. Ma perché me lo chiede? Intendo dire, forse non le è stato trovato...?»

«No, contessa. La baronessa non portava gioielli quando abbiamo rinvenuto il corpo. Mi può raccontare ciò che sa di questo collier?»

Ma la Canali sembrava assorta in un ragionamento diverso, dondolava il capo tenendo gli occhi socchiusi: «Mi faccia riflettere un attimo, ispettore... Avete dato un'occhiata alla gonna? Anna si era fatta cucire un taschino all'interno di ogni vestito, ed è lì che nascondeva i gioielli quando usciva. Ero l'unica a conoscere questo segreto: me lo aveva confidato una sera, diceva che così si sentiva più sicura se rincasava tardi. Si chiudeva in bagno, si toglieva collana e orecchini e correva verso il suo taxi».

Galasso ascoltò pensieroso. Il taschino interno non l'avevano notato, ma era da escludere che, nel corso dell'esame degli indumenti, fosse sfuggita addirittura una collana...

«E del collier che mi sa dire, contessa? Era di grande valore?»

Bruno sbadigliò e Galasso lo fulminò con lo sguardo. Per fortuna la contessina non si accorse di nulla.

«Be', certamente. Era un gioiello di famiglia, appartenuto alla nonna di Anna e forse, prima ancora, alla nonna della nonna... Raffigurava tre margherite, una più grande al centro, con un diamante importante, e due piccole decorate con altri preziosi... Ecco, guardi qui» spiegò indicando i dettagli nella foto.

Galasso si fermò a osservare quei particolari. Doveva ammettere che era stata proprio una bella donna, Anna, la cui eleganza era indiscutibile. Il collier era ben visibile nell'immagine, ragionò l'ispettore, e la Scientifica l'avrebbe ingrandita esaltandone ogni dettaglio: dovevano ritrovarlo. Dovevano ritrovarlo quanto prima.

I due poliziotti si congedarono da Villa Canali con mille cerimonie, e non senza aver reso omaggio alla serra casalinga della contessa, entusiasta di poter mostrare ancora lo stato di conservazione dei suoi veri gioielli. I fiori bianchi.

Galasso fingeva ammirazione, ma quei fiori bianchi cominciavano a inquietarlo. Da qualunque parte si girasse, negli ultimi giorni di indagini, gli pareva di vedere petali bianchi e violenza: come fossero chiavi di lettura universali.

In macchina Bruno e Giovanni non scambiarono neanche una parola. Galasso passò in rassegna volti e nomi dei suoi informatori nel campo della ricettazione: quelli ancora vivi e fuori dalle sbarre non erano molti.

Avrebbe di sicuro contattato "l'Allarmista". Un vero maestro nella disattivazione dei sistemi di sicurezza, che aveva una grande e variegata esperienza: dal furto ai caveaux a quello nelle abitazioni dei ricchi, passando per il saccheggio di negozi. Ma prima di chiamare lui, avrebbe parlato con Jimmy "l'Americano", soprannominato così nell'ambiente perché aveva iniziato piazzando sul mercato nero apparecchi elettronici statunitensi. Avrebbe dato a Bruno disposizione di rintracciarli e invitarli separatamente a presentarsi in questura.

A Galasso, per quanti sforzi di memoria facesse, non venivano in mente altri uomini da poter consultare. Erano passati ormai un po' di anni da quando aveva ridotto il rapporto con quel mondo.

Poi ebbe un'intuizione, forse quelle convocazioni sarebbero state inutili: magari la persona che stavano cercando era Bellicapelli! Il calabrese con il parrucchino aveva precedenti di quel tipo e poteva darsi che l'incontro al cimitero fosse proprio tra l'assassino e il ricettatore...

Giovanni e Bruno si fermarono a mangiare un panino in un piccolo bar che frequentavano spesso per rilassarsi qualche minuto.

«Tu il solito, Bru'?»

«Senza tabasco però, che oggi c'ho lo stomaco che è un casino...»

Galasso si avvicinò al bancone e chiese due Luigione senza tabasco. Rinunciò al "suo" solito, la schifezza inenarrabile che prendeva sempre anche Alfredo, che nel bar chiamavano ormai Panino Sbirro. Prosciutto, maionese, pomodori, verdure grigliate, lampascioni e salsa d'aglio: un mix letale sul quale si erano più volte ammazzati dal ridere con i colleghi.

Dopo quel panino erano inavvicinabili per almeno dieci ore. Alfredo diceva sempre che per gli interrogatori era miracoloso, e anche Bruno aveva ceduto ben presto al fascino perverso di quella creazione mefistofelica. Ma senza Alfredo non avrebbe avuto lo stesso sapore. E Bruno, pur senza dire nulla, comprese la scelta del collega. Non sarebbe mai più stato il momento giusto per un Panino Sbirro.

Rientrarono in questura di corsa per interrogare Jimmy l'Americano, che infatti già li aspettava nel salottino d'attesa, alla luce inesorabile dei neon.

Era un cinquantenne allampanato dal volto scarno e inespressivo, con i capelli radi sparati all'insù. Quando ce n'era bisogno, correva all'istante dal "suo" ispettore: era un modo di manifestargli riconoscenza per la volta in cui Galasso l'aveva tirato fuori dai casini. Da allora il rapporto – solitamente difficile – tra poliziotto e informatore si era trasformato in una relazione basata sulla stima reciproca. Stavano ai lati opposti della barricata, è vero, eppure nessuno dei due avrebbe mai negato il proprio aiuto all'altro, perché sapevano che la partita si giocava tra uomini veri, leali, forti e consapevoli delle regole.

Jimmy, però, poteva essere davvero spietato. Se, per aiutare l'amico ispettore, era costretto a consegnare un collega della malavita, non si faceva alcuno scrupolo. L'etica non esisteva nel suo DNA.

Galasso gli passò di fianco facendogli segno di seguirlo. Con un sorriso a trentadue denti stampato sulla faccia, lo accolse nel suo ufficio: «Entra pure, Jimmy! Ecco, mettiti a sedere... Lo prendi un caffè?».

Ma l'Americano non era nel giusto stato d'animo: «Come posso servirla, ispettore? Di che ha bisogno? Se posso, lo sa, volentieri...» disse tra i denti, impassibile.

«Ok, ho capito.» E Galasso gli raccontò di Anna, dell'omicidio, del collier, e infine gli mostrò la foto.

Jimmy si rigirò tra le mani l'unica prova in loro possesso. «Va bene, ispetto'. Sento un po' in giro e le faccio sapere. Posso andare adesso?»

Lui era così, sbrigativo eppure efficiente. Prendere o lasciare.

«Grazie, America'! So che lo troverai...»

Jimmy non salutò e uscì. A Galasso era parso di scorgere in lui un'ombra di scetticismo, ma sperò di sbagliarsi.

L'Allarmista nel frattempo era arrivato. Per discrezione l'avevano fatto entrare in un altro ufficio, così da evitare – come da prassi e da stile – che i due informatori si incontrassero.

«Come stai?» provò a rompere il ghiaccio Galasso.

Ma neppure l'Allarmista aveva voglia di chiacchiere.

«Mi dica tutto» si limitò a sussurrare.

Allora l'ispettore gli spiegò la vicenda e calcò la mano sull'importanza di ritrovare il gioiello. Quello annuì, mentre Galasso stava considerando che non era conciato per niente bene: stanco, appesantito e malvestito.

«Che ti succede, Allarmi'? Ti vedo male...»

Dopo un ultimo istante di reticenza l'uomo si sciolse e, gesticolando vistosamente, raccontò le proprie recenti disavventure. Da qualche tempo era fuori dal giro, disse, per questioni di salute e di donne. La bionda che aveva sposato era fuggita all'estero con uno strimpellatore e da allora lui si era lasciato andare. Dormiva poco, si alzava tardi, non era abbastanza motivato per "lavorare".

La richiesta dell'ispettore, però, gli aveva fatto scattare la molla giusta. Doveva pur uscire dall'inerzia! Avrebbe cercato il collier, promise con convinzione mentre Galasso lo accompagnava alla porta.

Una volta solo, l'ispettore prese un sigaro e lo tagliò a metà. Bisognava subito diffondere la foto del gioiello, anche sulla bacheca della refurtiva online, un sistema che la polizia aveva realizzato per catalogare gli oggetti rubati e quelli ritrovati ma non ancora attribuiti al legittimo proprietario.

Nei suoi primi anni da detective, se veniva rubato un candelabro d'argento in un quartiere, gli investigatori concentravano le indagini sui ricettatori della zona o ritrovavano l'oggetto in vendita al mercato rionale. Così, quando veniva recuperata della refurtiva, era sufficiente organizzare delle esposizioni "alla buona": i poliziotti collocavano gli oggetti su una scrivania dell'ufficio e pubblicizzavano l'iniziativa sulle pagine di cronaca locale. Per due o tre giorni, agli orari stabiliti, le vittime di furto si recavano in pellegrinaggio in questura, sperando di rintracciare le loro cose.

Ma oggi la vecchia soluzione artigianale rivelerebbe ogni limite: il candelabro, per esempio, a poche ore dal colpo potrebbe già trovarsi a cento, mille chilometri dal luogo del furto o essere "travestito" da lingotto. L'unico modo efficace è ormai divulgare i dati degli oggetti su internet.

E così Galasso fece per la foto del collier, corredata da qualche informazione volutamente artefatta perché il gioiello non venisse collegato all'omicidio. L'ispettore inventò su due piedi un riferimento a un furto mai accaduto, situandolo nella stessa zona in cui aveva abitato la De Caprariis.

Ma troppi dubbi continuavano a ronzargli nella testa. Chi avrebbe ucciso Anna solo per rubare un collier? E ancora: si era trattato davvero di un omicidio commesso per rapina, o l'assassino aveva voluto piuttosto depistare la polizia sottraendo il gioiello alla donna dopo averla strozzata? E se invece il colpevole si fosse accorto del valore dell'oggetto solo in seguito?

Era possibile che l'assassino fosse a conoscenza dell'escamotage del taschino segreto? Anna aveva rivelato il "trucco" soltanto alla Canali o magari anche al nipote Luca? E Lombardo? Era stato il suo compagno per qualche tempo e quindi poteva esserne al corrente... Più di una persona, dunque, avrebbe potuto sapere dell'abitudine della De Caprariis, ma comunque nessuna al di fuori della stretta cerchia di parenti e amici.

Era l'ennesima conferma di ciò che Galasso aveva ipotizzato sin dal principio: l'assassino era per forza una persona vicina alla vittima. Aveva concordato con lei un appuntamento, si era seduto nella sua auto, e aveva probabilmente prelevato il collier dal taschino...

L'ispettore non aveva ancora acceso il sigaro, che aveva tenuto tra le dita fino a quel momento, ma decise che non era ancora tempo di goderselo in tranquillità e quindi lo ripose. Ne fu certo qualche attimo dopo, quando Bruno gli chiese di ricevere il farmacista, che stava aspettando nella sala d'attesa, visibilmente agitato.

L'uomo che entrò nella stanza non aveva più niente della persona che aveva conosciuto in precedenza. Indossava un cappotto blu che ricopriva un vecchio pullover girocollo dello stesso colore e larghi pantaloni grigi e stinti. La barba era poco curata, i capelli appiccicosi e la fantasia accesa della sciarpa, questa volta, faceva a pugni con il colore del laccio che teneva gli occhialini. Le occhiaie profonde tradivano uno stato di particolare stress.

«Come sta, dottore? Scommetto che non ha dormito, stanotte! Qualche rimorso?» esordì con un pizzico di sadismo Galasso.

«Non dormo da quando l'ho incontrata, ispettore! Non capisco perché sono stato così egoista... Io non ho fatto mai niente di male nella vita e proprio niente avevo da nascondere su quella tragedia... Magari però succede che, interrogato dalla polizia, elimini qualche particolare per non andarci di mezzo, e poi resti prigioniero della prima versione e allora...»

Il farmacista parlava marciando avanti e indietro, bloccandosi sul posto di tanto in tanto col fiato corto. Muoveva le mani e se le passava tra i capelli arruffandoli ancora di più, mentre l'ispettore rimaneva fermo, in attesa della fine dello sfogo.

«Si metta comodo e cominci dall'inizio» lo tranquillizzò Galasso. «C'è sempre un momento in cui si fa ordine nella propria coscienza. Non deve agitarsi: non è il primo e non sarà l'ultimo a ripulirsi l'anima e a prenotarsi così un biglietto di prima classe per l'Aldilà. Lì troverà un tempo splendido ma compagnia noiosa, mentre all'Inferno, dove andrò io, il clima è torrido però la compagnia è allegra!» aggiunse sorridendo.

A quella battuta, vecchia come il mondo, il farmacista scoppiò in un riso sguaiato. Aveva capito che l'ispettore si stava sforzando di metterlo a suo agio, e l'aveva apprezzato.

Ora era pronto a dire tutto: «Ho deciso di riferire un particolare importante, che non ho raccontato finora».

Galasso gli fece segno di proseguire.

«Le ho accennato a un urlo prima del tonfo, ricorda?»

L'altro annuì.

«Ecco, gli urli furono due, forse tre, e io vidi molto bene la donna che gridava. E non era la signora Mantini, no... Era la donna che abita nel palazzo di fronte al suo, allo stesso piano. Al primo o secondo urlo mi avvicinai alla vetrina che dà sulla strada: fuori pioveva ma io la vidi comunque. Era molto vicina e, mentre la guardavo, gridò di nuovo e poi ci fu il tonfo. Io tornai di corsa al banco, chiusi la cassa e mi precipitai fuori. Fui tra i primi: la poveretta respirava ancora... Proprio allora, mentre strillavo di chiamare un'ambulanza, notai quello che usciva in fretta dal portone...»

«Lombardo...» sussurrò l'ispettore.

«Esatto, il professor Lombardo. Ma non so se c'entri qualcosa con quella tragedia, e non credo che una persona come lui...»

«Nessuno lo sta accusando» lo interruppe Galasso. «Lei conosce la dirimpettaia?»

«Certo! È una mia cliente, come tutti nel quartiere. È una signora romena molto gentile. Credo sia separata o vedova, l'ho sempre vista da sola con un bambino. Non so come si chiama, ma non avrete difficoltà a trovarla. A quel piano, solo un appartamento dà sulla strada, quindi...»

«Ok, ricevuto. Non c'è altro? Se le è venuto in mente qualche altra cosa me ne parli ora, almeno da stasera dorme sereno.»

«Stavolta le assicuro, ispettore, e ne sono certissimo, non ho proprio nulla da aggiungere. Due cose non avevo detto alla polizia la sera della disgrazia, l'acquisto in farmacia e questo. Il primo mi sembrava un dettaglio inutile, questo invece temo fosse importante...»

Galasso lo scrutò a lungo, ma già guardava oltre. «Mi dia solo un minuto, così scriviamo qualche riga di verbale» disse uscendo dall'ufficio per avvertire il Tartaglia.

«Sandri', lascia tutto lì e dai la precedenza a questa cosa, che è più importante. Devi fare una corsa al palazzo di fronte a quello di Laura Mantini... la "suicida", che forse così suicida non è...»

Davanti allo sguardo perplesso del sovrintendente, Galasso si sedette per un attimo e gli spiegò la faccenda nei dettagli: bisognava convocare la donna al più presto. Era fondamentale chiarire i collegamenti tra la morte di Laura e l'omicidio della De Caprariis.

«Sandri', Laura era amica di Anna, e Lombardo amico di entrambe! Ora fai così: trovi quella donna e la porti qui, ma prima avverti la dottoressa Monti e le chiedi se preferisce interrogarla direttamente lei. Poi... ecco, sì. Un'altra cosa: fai un bel riassunto a Fedeli quando torni... Così, tartagliando tartagliando, gli fai perdere tutto il pomeriggio e lui non rompe i coglioni a me...» concluse ridendo.

«Tu sfotti sempre con 'sta storia!» replicò Sandro, divertito.

Galasso rientrò nella stanza e riempì due pagine di verbale. Poi, congedò il farmacista con un cenno del capo. Sembrava rasserenato e aveva ritrovato un contegno. Forse sarebbe tornato ai suoi proverbiali abbinamenti di colori.

Era incredibile, considerò Galasso: quei pochi minuti avevano dato il giro di chiave a un caso archiviato in fretta e furia.

In attesa che Sandrino tornasse con la testimone, l'ispettore approfittò per telefonare a Sabina, solo per dirle che era ancora vivo e vegeto.

11

Un'ora dopo, Sandro era davanti alla porta della stanza 61 insieme a due donne. Una era sulla cinquantina, bassetta e corpulenta ma con un bel viso colorito, l'altra, più avanti con gli anni e vestita per intero di grigio scuro, stava in disparte, addossata alla parete del corridoio.

«Buongiorno» le accolse Galasso.

«Giova', ti lascio co... co... cioè con la signora Larisa. Accompagno in sala d'attesa la signora Teresa e vado di là a sbrigare altre i... i... cioè incombenze!» disse Sandro strizzando l'occhio destro.

«D'accordo, ci vediamo più tardi. Prego, si accomodi signora La...?»

«Larisa» si affrettò a completare lei, precisando subito, «è un nome romeno, ispettore.»

«Ecco, signora Larisa... le chiedo di aspettarmi due minuti. Resti pure qui seduta. Torno subito.»

Galasso sgattaiolò via dall'ufficio e si infilò in quello accanto, dove lo stava attendendo la dottoressa Monti.

Il Tartaglia l'aveva già aggiornata su tutto e lei aveva deciso di acquisire personalmente la deposizione testimoniale della donna.

Ma Galasso aveva un'idea. «Cara dottoressa, che ne dice di fare una cosa sbirresca? La signora del grido è qui con un'amica, e noi potremmo sfruttare questa situazione a nostro vantaggio: nascondiamo una bella microspia e pure una microcamera in modo da vedere e sentire tutto quello che succede in sala d'attesa. Se la testimone non ci racconta subito ciò che sa, sospendiamo la deposizione e le suggeriamo di andare a riflettere qualche minuto in quella stanza. Là troverà la sua amica e noi potremo sentire se si confida almeno con lei... L'interrogatorio di un magistrato, soprattutto se condotto con un po' di durezza, potrebbe provocare una sua reazione...»

«Mi piace il programmino, ispettore. Se sospendo la deposizione, consideri già autorizzata l'intercettazione ambientale. Scrivo un provvedimento d'urgenza in due minuti... Ma mi rimane un dubbio: per quale reato procediamo?»

«Per omicidio, naturalmente» rispose con un largo sorriso Galasso. E la Monti, che già immaginava la risposta, scrollò il capo come la mamma davanti a una bravata del figlio.

Il magistrato a una prima impressione poteva parere una sprovveduta, alle prese con cose più grandi di lei e capitata quasi per caso in quel mondo. Ma non era assolutamente così. Era una persona perspicace e raffinata, colta e intuitiva. Sapeva esattamente ciò che voleva e come ottenerlo, ma giocava a farsi condurre per mano. Alla fine decideva solo lei, ma le piaceva dare agli altri – soprattutto ai poliziotti di fiducia – la sensazione di pendere dalle loro labbra.

Avrebbe dovuto affrontare ben più di un problemino giuridico in quella situazione, dopo la difficoltà di iscrizione del procedimento penale nell'apposito registro e altre cosette tutt'altro che trascurabili, eppure non se ne curava. Avrebbe fronteggiato tutto il necessario.

Galasso aveva capito bene il personaggio e l'apprezzava. Era contento di lavorare con lei e, in quel frangente, onorato di entrare al suo fianco nella stanza 61.

«Signora Larisa, le presento il magistrato che la interrogherà, la dottoressa Patrizia Monti. Io mi metto al computer a scrivere» disse Giovanni.

Larisa scattò in piedi allarmata. «Dio mio, il magistrato! Ma io non ho fatto niente, signore! Sono cittadina italiana, è più di dieci anni che vivo qui, ho sposato un italiano che è morto, poveretto, e ho un bambino che va a scuola...»

«Si metta tranquilla, si sieda e non si preoccupi...» la tranquillizzò la Monti.

Dopo l'introduzione di rito e il riferimento alla sera della morte di Laura Mantini, la dottoressa le chiese quale ricordo conservasse di quella vicenda.

La donna prese un respiro profondo e cominciò a parlare. «Ricordo voci dalla strada, tante voci... Io ero in casa da sola perché mio figlio era a giocare da un amichetto al piano di sopra. Sono uscita in terrazza e ho visto che c'erano tante persone intorno a un corpo per terra. Ho pensato a un incidente stradale, non a un omicidio...»

«Perché parla di omicidio? Nessuno ha mai detto che la signora Mantini sia stata uccisa. Mi sembra, anzi, che tutti abbiano sempre parlato di suicidio...»

«Sì, certo. Sa, io non parlo così bene l'italiano...»

Larisa raccontò altri dettagli, insignificanti in verità, sulla vicenda. Parlò del ritardo dell'ambulanza e della pioggia, dello spavento e della curiosità dei passanti, delle persone che accorrevano sul posto. Ogni tanto la donna si fermava, come per prendere fiato, e scrutava Galasso, quasi volesse controllare le sue reazioni di fronte a ogni parola. Ma l'ispettore sembrava imperturbabile, e così la Monti.

«Perché dice solo una parte della verità, signora? Che cosa nasconde? Chi vuole proteggere? Perché oggi sta rovinando la sua vita e quella di suo figlio, eh? In nome di cosa?»

L'entrata a gamba tesa della dottoressa arrivò come una sferzata di vento gelido sul viso della romena. E quello che più destabilizzava la teste era il fatto che la Monti manteneva un tono pacato, un'espressione serena: appariva così ancora più diretta e incisiva.

«Perché mi dice così? Che ho fatto di male? Io non ricordo nient'altro, il mio bambino era malato e non potevo pensare anche a quello che accadeva in strada...» tentò di giustificarsi la donna, non riuscendo a trattenere le lacrime.

«Abbiamo lasciato suo figlio a giocare con un amico al piano superiore e ora me lo dà malato... Ora inizia anche a mentire?»

«No... lui stava giocando, però era anche un po' malato...»

«Ora la smetta di prendermi in giro» la interruppe il magistrato con durezza. «Adesso basta. Lei ha visto tutto e, se non ci racconta la verità per filo e per segno, se ne va in prigione già questa sera, mentre suo figlio sarà affidato a qualcuno.»

«No! No! Voi non potete farlo! Io sono cittadina italiana... Lo so che molti pensano che i romeni sono delinquenti, che fanno tante brutte cose, ma io non ho niente a che fare con quella gente...»

«Le lascio un quarto d'ora di tempo, signora. Vada a riflettere. L'ispettore l'accompagna di là, in una stanza dove può riordinare le idee. Poi la farò tornare e metterò a verbale ciò che vorrà dirmi. Da quel momento, la sua versione sarà riportata in un documento ufficiale e, se scopriamo che ha mentito alla giustizia, allora...»

«Ma guardi che io...»

«Vada pure.» La Monti troncò sul nascere l'ultima obiezione e iniziò a sfogliare un fascicolo che era sulla scrivania.

Il viso rubicondo di Larisa era diventato pallido per l'angoscia, la vergogna, l'emozione. Il maestro, nel paesino a pochi chilometri da Bucarest dove era nata, diceva ai bambini che non avevano studiato: «Vai fuori con il libro, ripeti a voce alta e, quando avrai imparato la lezione, potrai chiedere di rientrare in classe». Gli scolari, allora, si incamminavano mogi lungo il corridoio malandato dell'istituto e si sedevano su una panca, cercando di memorizzare tutto nel minor tempo possibile. E chiunque li vedesse rideva dei compagni in punizione.

Ricordava quelle scene, mentre seguiva l'ispettore in sala d'attesa, e oggi come allora le sembrava di essere protagonista in negativo.

«Ecco, si sieda qui» le disse Galasso. «Come vede non la lascio da sola, c'è pure la sua amica a farle compagnia. La dottoressa Monti, be', è un po' nervosa, e quando è così diventa terribile... Mi dispiace, non invidio proprio chi deve avere a che fare con lei. La dottoressa è come un cane da punta. Ora purtroppo ha puntato lei.»

Larisa lo fissò con il terrore dipinto negli occhi.

«Si dice così per dire... però non vorrei che uscisse da qui con un paio di manette ai polsi e con il figlioletto in un istituto... Comunque, io sono nella stanza accanto. Le chiudo la porta, così può riflettere tranquilla e pregherei anche la signora qui presente di non disturbarla. Io sarò di ritorno tra un quarto d'ora esatto...»

Galasso salutò con un cenno del capo e socchiuse la porta. Quindi raggiunse Bruno e Sandro, già pronti alle loro postazioni. Nel monitor era inquadrato il divanetto in similpelle su cui sedevano le donne, mentre la cimice dava voce anche ai bisbigli.

Dopo due minuti di silenzio, Larisa si accostò all'amica piagnucolando e sussurrò: «Loro lo sanno... io credo che loro sanno tutto... Non hai idea di come mi guarda quella, il magistrato, ha gli occhi cattivi... Anche lui è cattivo, anche se fa il gentile... Cosa faccio? Ho paura... Ora dico che mi sento male e che voglio andare in ospedale. Loro mi devono far andare in ospedale, sono cittadina italiana e... io...»

«Comincia a stare calma!» alzò leggermente la voce l'amica, guadagnandosi l'apprezzamento dei poliziotti della stanza accanto, che faticavano a sentire quello che diceva.

Bruno, Sandro e Giovanni sembravano quasi una persona sola, talmente erano vicini tra cuffie, monitor, cavi e apparecchiature. Le prime parole scambiate dalle amiche sembravano avvalorare l'intuizione dell'ispettore: avevano trovato lo strumento investigativo giusto, a quanto pareva.

«Stai calma» ribadì Teresa, «tu in fondo non hai fatto proprio niente di male! Di' tutto quello che sai e scusati per aver aspettato finora. Finiamola qui, salutiamo e ce ne torniamo a casa: la vita continua.»

«Ma come faccio?! Diranno che sono una che inventa le cose! Poi inizieranno le domande, gli interrogatori, e io sarò per sempre prigioniera di questa storia!»

«Tu sarai prigioniera davvero, in una cella però, se non racconti i fatti come stanno.»

«Io non posso, non posso... Io voglio stare con mio figlio... Senti al telefono come sta Andrea... Lui non sa niente, vero?»

«Non agitarti Larisa, andrà tutto bene...» E, dicendole così, Teresa l'abbracciò e continuò a rassicurarla, a voce talmente bassa da sfuggire persino all'intercettazione della microspia.

Larisa reclinò il capo e si mise le mani tra i capelli, come per proteggersi.

Fu solo silenzio, poi, e il quarto d'ora se ne andò in un lampo: era ormai scaduto il tempo concesso dalla Monti.

Con passo deciso, Galasso tornò nella stanza e pregò la testimone di seguirlo dal magistrato. La donna aveva gli occhi pieni di lacrime.

Quella scena Giovanni l'aveva vista in mille occasioni, ma ogni volta sembrava la prima. Le lacrime e il dolore di un essere umano di fronte ad avvenimenti che lo travolgono spazzano via in un battito di ciglia qualunque forma di dignità. Se cogli la disperazione in uno sguardo, percepisci subito l'impossibilità di poterla alleviare. E da quella sensazione non si torna indietro, Galasso lo sapeva bene. Perciò lui aveva sempre cercato di spingere la testa oltre il cuore, di tirare fuori l'asprezza che aveva dentro di sé per vincere l'emozione, perché solo l'asprezza in certi momenti può proteggere dal dolore.

«Io non ho fatto niente...» ripeteva Larisa come fosse una litania, camminando a capo chino lungo il corridoio. Galasso taceva. Il cuore gli diceva di metterle una mano sulla spalla per tranquillizzarla, la ragione cinica del poliziotto gli imponeva il distacco.

La teste reticente era cotta al punto giusto.

La Monti era stata informata del dialogo intercettato e ora sembrava assorta, in attesa di proseguire l'interrogatorio da un'indubbia posizione di forza.

«Eccola qui, bentornata, signora Larisa. Si sieda pure e proseguiamo. Anzi, per essere più precisi, *iniziamo* a sentire come sono andate veramente le cose quella sera...»

«Ma io le ho detto tutta la verità dottoressa. Io ero...»

«Basta!» tuonò il magistrato. «Ora basta! Essere presa in giro mi dà fastidio, lo capisce?!» E la Monti sembrava molto, molto sincera. «A questo punto scrivo le due sciocchezze che vuole propinarmi, sospendo il verbale, la iscrivo nel registro degli indagati, e le chiedo di nominare un avvocato e, se continua a mentirmi, l'arresto per false dichiarazioni al pubblico ministero! Mi ha capito?» La dottoressa aveva ormai ingranato la quarta e perso ogni compostezza. Urlava di rabbia mentre la giugulare iniziava a gonfiarsi.

Larisa capì che non era più tempo di scherzare. Toccando l'anello che portava all'anulare, forse l'unica cosa che le era rimasta del marito insieme ad Andrea, trasse due respiri profondi e cominciò a parlare. «Davvero non ho fatto niente» esordì con voce flebile. «Voi mi dovete credere, mi dovete...» Un singhiozzo che veniva dal profondo la interruppe. «Io quella sera ero in balcone. Ero uscita a prendere una cassetta di mandarini che avevo messo fuori al fresco. La donna è comparsa all'improvviso sulla terrazza del palazzo di fronte al mio. Aveva l'aria molto arrabbiata. E c'era un uomo con lei...»

Galasso si mise a sedere: era uno dei momenti che preferiva delle indagini. È come trovare all'improvviso il bandolo della matassa. Fino a un attimo prima è tutto un groviglio, non sai da che parte cominciare, temi che gli sforzi possano rivelarsi inutili. Poi, all'improvviso, imbocchi la strada giusta e le cose filano lisce, da quel punto in avanti è solo discesa.

L'ispettore allora si intromise nel discorso tra la dottoressa e Larisa. «C'era un uomo con la vittima? Che intende dire?»

«Lei era arrivata di corsa sulla grande terrazza, e si era aggrappata alla ringhiera... Allora è comparso anche quell'uomo e l'ha afferrata, mi è sembrato che la stava soffocando. Io ho gridato fortissimo, poi non ho avuto più il coraggio di guardare... E ho sentito un tonfo. Forse l'aveva buttata giù, anzi l'aveva fatto di sicuro: arrivava gente, si fermavano le macchine... Io avevo paura. Allora sono uscita sul pianerottolo e sono andata a prendere mio figlio. Gli ho detto che non mi sentivo bene e l'ho portato a casa, poi mi sono chiusa dentro. Ho spento la luce, abbiamo recitato le preghiere e poi siamo andati a letto...»

La dottoressa Monti prese fiato. L'aveva trattenuto per tutto il tempo del racconto, quasi avesse il timore di interrompere il fluire della storia. «L'uomo... lei lo conosceva? Voglio dire: lo conosce? Sa chi è?»

«Dottoressa, ho paura... Non voglio avere problemi, ho un figlio piccolo e...»

«Mi faccia quel maledetto nome!» urlò la Monti, alzandosi in piedi.

«Non volevo essere cattiva con lui, solo per questo non l'ho raccontato finora! Ha curato il tumore di mio marito come fosse suo figlio. È il professor Lombardo, ok? Ma, anche se ha sbagliato, non voglio essere proprio io a farlo andare in prigione. Io gli voglio bene... Sì, era Lombardo l'uomo che ha spinto la signora giù dal balcone. E io lo sto mettendo nei guai!» Larisa scoppiò a piangere.

Per un istante, calò il gelo di un silenzio surreale.

«Finalmente! Ora si calmi. Prenda, beva un bicchiere d'acqua e respiri a fondo...»

«Sono due anni che non vivo più, dottoressa. Ogni sera, quando vado a letto e spengo la luce, rivedo quella scena. E ogni sera penso a quanto fa schifo sapere chi ha ucciso una povera donna e non dirlo alla polizia... Da adesso, però, penserò per sempre all'uomo che ha fatto così tanto bene a me e alla mia famiglia, e quell'uomo sarà in prigione per colpa mia...»

«Lei ha fatto ciò che è giusto» si inserì Galasso, alzandosi dalla sedia e avvicinandosi alla donna con aria bonaria. «Semmai ha aspettato troppo tempo! È stata testimone di un omicidio, o no?! Piuttosto, che altro ci sa dire del professore? L'ha incontrato insieme alla vittima qualche volta?»

«Su questo davvero non so dirvi molto. Li ho visti insieme in tante occasioni, ma mai a casa di lei: quella sera è stata la prima volta. Io non so cosa gli è preso, è una brava persona... Quando mio marito era malato, lo ha seguito attimo per attimo, mi creda, neanche un padre...»

La Monti fece ancora alcune domande, più per completare il rito processuale che per effettiva necessità di acquisire ulteriori dati.

Poi la congedò, pregandola di non parlare a nessuno del loro colloquio. Galasso accompagnò le due donne all'uscita della questura e ribadì la raccomandazione, rinforzandola con qualche appropriata citazione del codice penale.

La squadra di Galasso era riunita come nelle grandi occasioni nella stanza accanto alla 61, ancora occupata dal magistrato. Non rimanevano dubbi: il professor Lombardo era l'assassino di Laura Mantini, amica della De Caprariis, e aveva avuto con entrambe una relazione. Conclusioni non se ne potevano ancora trarre, ma certamente non sembrava più azzardata l'ipotesi di un collegamento tra i due delitti.

Come sempre quando parlavano tra colleghi, qualcuno correva troppo con l'immaginazione, qualcuno frenava e faceva l'avvocato del diavolo. In ogni caso, c'erano elementi validi per arrestare fin da subito Lombardo. Bisognava fermarlo, prima che potesse fare altre sciocchezze.

Le voci dell'esistenza di un supertestimone, si sa, fuggono via dai corridoi degli inquirenti come fulmini. I segreti non resistono a lungo nelle stanze della polizia, né in quelle delle procure. Quando una notizia scappa dal luogo che avrebbe dovuto custodirla in gran segreto e si infila nelle pagine dei giornali, inizia il festival dell'ipocrisia. Ci si scandalizza, si grida alla vergogna, si dà la caccia alla talpa. Il balletto dura lo spazio di pochi giorni, poi l'inchiesta si arena e la memoria corta aiuta a superare l'indignazione.

Al di là delle chiacchiere, una sola decisione contava davvero: bisognava arrestare il professor Lombardo, fermarlo immediatamente; ecco su cosa concordavano tutti, Giovanni, Bruno, il Tartaglia e gli altri.

«Dobbiamo mettere in carcere quell'uomo! Subito!» comunicò a tutti con determinazione Patrizia Monti, entrando senza bussare nella stanza. Anche lei aveva avuto la stessa idea. «Dobbiamo agire, senza perderci in troppe elucubrazioni...» ribadì. Poi, come se avesse un attimo di titubanza, aggiunse rivolgendosi a Galasso: «Lei cosa dice?».

L'ispettore era assorto nei suoi pensieri da qualche minuto. Si guardava intorno e sentiva la forza della squadra. Quanti casi avevano risolto tutti insieme. E lui era sempre motivato e in tensione, come quella mattina, molto tempo prima. Erano passati così tanti anni dal primo giorno di servizio, eppure aveva conservato l'entusiasmo del poliziotto in erba. Non l'avrebbe perso, perché aveva deciso di vivere come l'albero.

L'uomo fiorisce una sola volta. La bellezza, l'agilità, la forma fisica, la prontezza di riflessi, l'euforia e la goliardia sono propri della gioventù. Poi inizia il declino, fisico e mentale, e appassisce lentamente.

L'albero no. L'albero fiorisce a cicli continui. Quando sembra decrepito e stanco, in una sola primavera rinasce e torna più bello e rigoglioso di prima.

E Galasso aveva scelto di vivere come l'albero.

«Siamo tutti d'accordo, dottoressa. Partiamo subito?» Le rivolse un sorriso d'intesa. «L'intercettazione telefonica in corso non ci sta dando niente di utile. La perquisizione l'abbiamo già fatta. Il pericolo che venga a sapere della testimone è minimo, ma non è escluso. Gli elementi a suo carico per l'omicidio di Laura Mantini sono pesanti e forse torchiandolo ora possiamo raccogliere qualcosa anche su quello della baronessa. Tirando le somme, non credo ci siano dubbi...»

«È proprio quello che sostengo io, ed è con me pure il procuratore. Gli ho telefonato poco fa per aggiornarlo sugli sviluppi e mi ha accordato il fermo di polizia giudiziaria. Anzi, mi ha ufficialmente affidato il caso del suicidio che sta diventando omicidio, anche perché il collega che se ne occupava è stato trasferito. Riepilogando: un testimone vede Lombardo lottare con la Mantini sul terrazzo, e il farmacista lo nota uscire di fretta dal palazzo dopo il tonfo. A questo si aggiunge la relazione sentimentale con la vittima e la personalità complessa dell'oncologo. Mi pare non manchi nulla per preparare un provvedimento di custodia mentre andate a prenderlo.» La Monti sorrise, sicura di sé. «Mi serve solo un codice e qualcuno che scriva, ispettore. Vado nella sua stanza e preparo tutte le scartoffie.»

«Le mando subito uno "scrivano", dottoressa. Noi localizziamo il professore – tra una mezz'oretta dovrebbe uscire dall'ospedale per andare a un convegno – e lo portiamo qui. Sarà una lunga serata, ma non è di certo un problema. E tantomeno una novità...» Poi si rivolse agli agenti: «Prepariamo due equipaggi da tre, non si sa mai. Aspettatemi solo cinque minuti, arrivo subito. Vado dal capo, lo aggiorno e mi faccio dare anche qualche istruzione, hai visto mai che andiamo a fare un arresto e non ci dice lui come dobbiamo agire...» concluse poi con ironia.

I rapporti tra Galasso e il dottor Fedeli non erano mai stati idilliaci, ma neanche insidiati da crepe insanabili. Il capo era vanitoso, narcisista e viveva per le apparenze e i rapporti formali. Galasso era l'opposto: badava al sodo, era un uomo concreto. Un po' vanitoso pure lui, ma sapeva fare il suo lavoro – nessuno poteva metterlo in dubbio – e pretendeva che glielo si riconoscesse.

Le "istruzioni" durarono esattamente i cinque minuti previsti, chiusi con un ampio sorriso del commissario che già pregustava la luce dei riflettori, lo scalpitare dei giornalisti sulle scale della questura, i microfoni sotto il naso e il proprio nome sulle pagine di cronaca dei quotidiani.

Sbrigate le formalità, non bisognava più attendere. Era tempo di agire.

Le due auto partirono verso l'ospedale, dove la squadra avrebbe aspettato l'uscita di Lombardo e il momento giusto per intervenire senza sollevare un pandemonio.

L'operazione fu fulminea. Galasso si era avvicinato all'oncologo con discrezione, mentre i colleghi erano immobili nelle volanti, e gli aveva chiesto di seguirlo.

Il professor Lombardo non aveva fatto una piega e la cosa aveva sorpreso i poliziotti, abituati a pressanti richieste di chiarimenti e pronti alle risposte di rito. Durante il tragitto, il silenzio era continuato.

Al loro ritorno in questura, la Monti era ancora intenta a confezionare l'atto giudiziario che prometteva di dare la spinta definitiva alle indagini sui due delitti.

Galasso portò Lombardo in un ufficio vuoto.

«Un caffè, professore? Posso ricambiare quello che mi ha offerto nella sua bella casa? Anche qui lo facciamo bene!»

L'oncologo rispose di no con una garbata scrollata del capo.

«Un sigaro, allora? Fumiamo insieme?» lo incalzò l'ispettore, porgendogli la scatola di legno.

«Grazie comunque, ispettore. Io non so cosa posso aver fatto per meritare questo trattamento, perquisizione all'alba, interrogatorio in procura, polizia all'uscita dall'ospedale» disse con una faccia che ostentava disprezzo. «Evidentemente ritenete che sia stato io a uccidere Anna, ma sappiate che era una delle mie migliori amiche, una persona che amavo dal profondo del cuore. Siete fuori strada, ispettore! Non perdete tempo con me e cercate il vero colpevole! Non sono certo io l'assassino!»

«Di Anna forse no, ma magari lo è di un'altra donna.»

«Ma cosa dice? Sta scherzando, vero?»

«Professore, di là c'è il magistrato, questi sono gli uffici della Squadra Mobile e tra un po' è notte. Stiamo lavorando da tante ore e adesso abbiamo diversi desideri: mangiare, fare una doccia, riposare, ma non quello di scherzare! In questi casi, quando tutto è perduto, le persone per bene che hanno commesso un errore danno fondo alle loro risorse morali, confessano e chiedono perdono. Un simile atteggiamento viene sempre premiato, e non soltanto dalla società: anche dai magistrati, che riconoscono ogni possibile attenuante e riducono al minimo la pena!»

«Che dice, ispettore? Errore, pena, attenuante... lei è impazzito!»

«Io no, ma rischia di impazzire lei, se accetta di marcire in una cella negando anche a se stesso di aver sbagliato...» Così dicendo, Galasso andò verso la porta, la spalancò e ordinò a un agente, che si era messo là di guardia, di tenere d'occhio Lombardo.

«Torno subito, professore. Non ce l'ho con lei, rispetto quello che fa, ma lei deve allo stesso modo aver rispetto per il mio lavoro e per la mia intelligenza. A ogni modo, come mi ha insegnato mio padre, ciascuno è padrone di scegliersi il proprio destino... Ci vediamo tra pochi minuti.»

La dottoressa Monti aveva ormai completato la bozza del provvedimento di fermo, ma non aveva nessuna intenzione di emettere formalmente quella misura restrittiva prima di aver interrogato il professore e ascoltato la sua versione dei fatti.

L'avvocato Enrico Basso, indicato dall'oncologo come legale di fiducia, arrivò trafelato venti minuti dopo. Il magistrato lo mise al corrente delle ragioni di un interrogatorio a quella tarda ora e gli concesse di incontrare per pochi minuti il suo assistito.

Galasso, intanto, scaldava i motori e caricava la squadra. «Vedrete, stanotte l'indagine si chiude. Lombardo le ha uccise entrambe, forse pure la moglie. L'incidente fatale in auto proprio a lui doveva capitare... Mi puzza, però per quella storia dobbiamo metterci il cuore in pace...»

«Perché ci arrendiamo per la storia de... e... cioè della moglie?»

Sandro non si sarebbe mai dato per vinto su nessun caso, e la spiegazione di Giovanni non lo persuadeva del tutto. Galasso riassunse tutto in pochi secondi: le perizie e le dichiarazioni acquisite all'epoca parlavano espressamente di incidente e non sembravano suscettibili di revisione a distanza di anni, in mancanza di un elemento nuovo di carattere oggettivo. La circostanza che il marito fosse un assassino, insomma, non avrebbe mai potuto mutare la dettagliata perizia della polizia stradale, formulata in modo da non consentire repliche e depositata nel Santuario della giustizia, dove un magistrato aveva apposto la parola "amen".

«L'interrogatorio andrà per le lunghe» riprese poi Galasso, «si farà notte. E domani ci aspetta un'altra bella giornatina. Dovremo di sicuro accompagnare in carcere Lombardo sul presto, perché di notte non ce lo accettano, e poi portare avanti il solito mare di cose già programmate. Facciamo così: due restano qui con me, oltre a Bruno; gli altri vanno a dormire e tornano per le sette. Ok?»

Galasso era assai soddisfatto della piega che aveva preso l'indagine, mentre si dirigeva verso il proprio ufficio, dove la dottoressa Patrizia Monti, fresca come una rosa nonostante l'ora, stava per iniziare l'interrogatorio.

Tirò fuori dalla tasca un sigaro, ma lo ripose un attimo dopo aver incrociato l'ennesimo cartello VIETATO FUMARE affisso alla parete.

Avrebbe rimandato il suo vizio fino a un momento più opportuno. Ora era prontissimo per l'interrogatorio, benché un nodo d'ansia gli stringesse la gola: sapeva di trovarsi nel momento cruciale dell'indagine.

12

Un sismografo. Galasso era pronto a registrare le scosse della nottata, anche i sussulti più impercettibili, come un sismografo.

Lombardo avrebbe reagito in tutti i modi possibili alle loro accuse, prima negando con fermezza, poi disorientandosi e infine contraddicendosi. Galasso, dal canto suo, era pronto a tenere sotto controllo ogni minimo movimento del corpo del professore, ogni gesto delle mani, ogni espressione degli occhi. Perché la più piccola variazione involontaria gli avrebbe raccontato una verità diversa, incontrovertibile, più autentica di mille parole.

Camminando lungo il corridoio, Giovanni si accorse di una finestra aperta. La chiuse e si fermò a guardare la strada attraverso i vetri.

Era quasi mezzanotte. Sabina dormiva di sicuro. Anche quell'anno le aveva promesso una vacanza tra Natale e Capodanno, e anche quell'anno le aveva dato buca. Il lavoro del poliziotto non conosce orologio né calendario, ormai lo sapeva bene anche lei.

Se Lombardo si fosse deciso a confessare subito, il caso si sarebbe potuto chiedere prima di Capodanno e

Galasso avrebbe avuto il tempo di proporre qualcosa di carino alla moglie. Non il veglione in un locale – la sola idea di una folla di gente urlante lo terrorizzava, dopo settimane di lavoro così intenso –, piuttosto una cenetta in un bel ristorante o una serata in allegria con gli amici veri. Lo intristivano le occasioni organizzate per il divertimento forzato, quelle in cui hai il dovere di stare bene, ridere e sperare in qualcosa di indimenticabile.

Una nebbiolina frizzante e gelatinosa aveva invaso la strada. Chissà dove andavano tutte quelle auto, che illuminavano la via di rosso da un lato e di bianco nella direzione opposta. E chissà cosa stava pensando Lombardo, mentre il plotone di esecuzione si disponeva per l'attacco.

Prima dell'interrogatorio, Galasso fece un salto in bagno per rinfrescarsi il viso e le idee. Ancora una volta lo specchio era impietoso: ogni ruga del volto raccontava il disordine delle sue giornate, le amarezze e l'alcol ingoiati. Mentre si asciugava le mani, sorrideva di fronte alle proprie smorfiette da Casanova: si diede una sistematina ai capelli – Dio, quanti ne erano caduti – e si avviò.

Lombardo sedeva impettito in un elegante gessato, camicia azzurra e cravatta di seta grigio chiaro. La pochette nel taschino magari avrebbe potuto evitarla, pensava l'ispettore, visto che il camice bianco l'aveva tenuta nascosta e mortificata tutto il giorno sotto la targhetta dell'ospedale. O forse il professore sistemava il fazzoletto appena uscito dal lavoro, nella speranza di un appuntamento galante.

La Monti era già al suo posto, schierata a fianco dell'avvocato Basso, occhialini dorati e baffi spioventi, e del dattilografo, chinato sulla tastiera del computer come Ray Charles su quella del pianoforte. L'ultima sedia, ancora vuota, spettava di diritto a Galasso.

L'interrogatorio iniziò con la ricostruzione fedele di ciò che l'indagine aveva consentito di raccogliere a carico dell'oncologo. L'accusa gli fu rivolta, perciò, in modo diretto, frontale. Era la tecnica più corretta a livello procedurale.

Una testimone l'aveva visto il giorno del delitto. Aveva raccontato per filo e per segno come erano andate le cose, aveva riconosciuto l'aggressore perché lo conosceva già. Si era decisa a dire tutto solo quando, a sua volta, un altro teste aveva riferito di averla notata assistere alla scena. Punto. Un impianto probatorio solido, non costruito con forzature, non arricchito da suggestioni.

Il professore incassò il colpo in apparenza senza batter ciglio, ma le mani si tormentavano, intrecciandosi con tanta energia da sbiancare sulle nocche.

Cercò rifugio nello sguardo del legale di fiducia, che gli suggerì il silenzio socchiudendo gli occhi. Lombardo incrociò allora lo sguardo di Galasso e sembrò chiedergli soccorso. L'ispettore annuì lievemente, per incoraggiarlo a parlare.

L'oncologo chinò il capo, si ravviò i capelli e restò immobile per alcuni, lunghissimi secondi. Un tempo che parve interminabile. Poi si ricompose, tossì come per schiarirsi la voce e controllò con un gesto automatico il nodo della cravatta.

«Il mio cliente desidera consultarsi cinque minuti con me» ruppe il silenzio l'avvocato. «Dottoressa, ce lo può consentire, vero?»

«Lascia perdere, Enrico. Grazie davvero, ma preferisco parlare. Basta tormenti, basta rimorsi... Non c'è notte in cui, quando spengo la luce nel silenzio della mia casa vuota, non riveda la stessa scena. Se mi addormento, le immagini mi tornano in sogno e mi sveglio di soprassalto. Non vivo più, dottoressa. Mica è vita, lavorare tutto il giorno prescrivendo farmaci a chi spesso è già destinato a morire, e la sera guardare gli altri che si amano, cercando di sentirsi felici per un attimo solo della *loro* felicità...» E a quel "loro" accostò un movimento stizzito della mano. «Ti affezioni ai malati, io sono oncologo e spesso lavoro anche con i bambini, dottoressa... Loro ti guardano e tu ti senti in colpa perché non riesci a farli giocare con gli altri, ti chiedono dove sia andato a finire il loro amichetto, quello della stanza a fianco a cui erano caduti tutti i capelli, e tu non puoi dire che non c'è più, che è morto nonostante i farmaci che in quel momento stai propinando anche a lui... Hanno occhi che ti entrano nell'anima, questi bambini. E la sera li rivedo e mi risuonano nella testa i loro pianti. Poi osservo le coppie che si amano: sono corpi perfetti, magri, grassi, medi, ma così sani... Gli altri muoiono, loro vivono e si esaltano: per me sono il riscatto, la vita che vince! Registro la gioia delle unioni e la risento più volte durante le mie notti insonni: mi ripaga del dolore, compensa il mio fallimento...»

Era calato un silenzio spettrale. La Monti aveva il volto contratto per la tensione. L'avvocato assisteva impassibile e il dattilografo era impietrito. Galasso non aveva perso un solo movimento del corpo del professore.

«Io ho voluto bene a Laura. Poi il rapporto si è rotto, sono subentrate ostilità e rivendicazioni... Non saprei dire perché. Sono cose che purtroppo capitano nelle storie d'amore. Dolcezza, tenerezza, stima, generosità, quanto di bello caratterizza una passione diventa, come per un sortilegio improvviso, rancore, ripicca... Potrei avere qualcosa da bere? Un bicchiere d'acqua, non so...»

«Certo. Ci penso io se ci fermiamo un attimo!» si lanciò il dattilografo, fiero di uscire dall'anonimato per un momento.

La mezzanotte era passata, ormai.

Dopo la pausa accordata, l'uomo tornò con una bottiglia di minerale da mezzo litro sottobraccio, un bicchiere di plastica capovolto e un caffè. Lombardo bevve subito entrambi.

«Perché l'ha uccisa, professore?» sussurrò morbidamente la dottoressa Monti.

«Certo non perché sono un killer! Ancora non mi sembra vero di aver assassinato una persona... Io ho studiato per buona parte della mia vita, dottoressa, e l'altra parte l'ho donata ai miei pazienti e a coloro che hanno bisogno di me. Ho conosciuto Laura proprio in uno di quegli incontri di beneficenza che organizzavo insieme alla baronessa De Caprariis... Lei sì che è stata uccisa in modo atroce e premeditato, poveretta...»

«Com'è successo, professore?» continuò il magistrato con lo stesso tono conciliante.

«Era arrivato il periodo delle vendette, come dicevo, quello in cui si scende in basso, dove mai avresti immaginato di precipitare con la rabbia e col rancore nei confronti di una persona. Anna mi disse che...»

«Ha detto Anna?» interruppe sorpreso Galasso.

«Laura, sto parlando di Laura, naturalmente. Perdonatemi. Mi disse che mi avrebbe rovinato, che avrebbe fatto ascoltare a tutti le mie cassette. Era fuori di sé e sapevo che sarebbe stata capace di farlo. Non riuscivo a parlarle al telefono. Non mi rispondeva, oppure riattaccava subito quando la chiamavo da un numero sconosciuto...» Il professore si fermò per bere ancora un po' d'acqua. «Quel pomeriggio la vidi per caso entrare in farmacia e immaginai che stesse per tornare a casa. L'aspettai, allora, davanti al portone. Volevo solo parlarle! Lei urlò che non aveva niente da dirmi, entrò in ascensore e io la seguii. Mi consentì di entrare nell'appartamento, ma solo per continuare a insultarmi. Era tornata la donna aggressiva, quella con l'eskimo e i giornali rivoluzionari sottobraccio, che mi descriveva chi l'aveva conosciuta negli anni della contestazione. Mi disse brutte cose, frasi cattive, che solo in parte meritavo. Le domandai qualcosa da bere e, senza aspettare la risposta, mi servii un po' di grappa dal mobiletto bar. Lei era in piedi e continuava a sfogare la rabbia accumulata. Le chiesi di calmarsi, anche perché le sue urla si sarebbero potute sentire negli altri appartamenti del palazzo, ma lei rincarò la dose gridando che ne sarebbe stata felice perché quello era il momento di sputtanarmi agli occhi di tutti. Io mi alzai di scatto. Prima presi un bicchiere per invitarla a bere con me e ad abbassare la voce. Lei rifiutò e strillò ancora di più. Io persi la testa e, per zittirla, le strinsi la mandibola e le versai in bocca con forza il bicchiere di grappa, in modo che la smettesse di parlare. Fu un gesto stupido, irrazionale, che la fece imbestialire. Si liberò, uscì in terrazza per urlare che la stavo aggredendo. Io capii che in quel momento la mia vita, non solo professionale, sarebbe esplosa come un palloncino punto da uno spillo. Immaginai in un attimo l'arrivo delle auto della polizia, i commenti dei vicini per le scale, i titoli dei giornali, i volti dei colleghi il giorno dopo... Tentai di fermarla ma non ci riuscii e lei si sporse sulla ringhiera. Io le stavo dietro e, prima che potesse gridare, la voltai verso di me e le tappai la bocca con la mano. Lei cercò di divincolarsi ma, così facendo, si spinse all'indietro sempre di più fino a perdere l'equilibrio. Io non vidi più nulla, dopo. Non volevo vedere. Scappai via per le scale. La strada era già piena di gente. Io corsi a casa. Ero disperato. Da allora, la mia vita è tutta una finzione, mi creda, dottoressa... Fingo sul posto di lavoro, fingo con amici e parenti, sorrido e fingo, dottoressa, sorrido e fingo...»

L'avvocato guardava Lombardo, e Galasso fissava l'avvocato per cogliere tracce di un'eventuale, pregressa intesa. Ma il legale sembrava inebetito: non si aspettava la confessione e pareva davvero spiazzato da quel discorso.

Il professore crollò in un pianto liberatorio a cui tutti reagirono con un silenzio pieno di rispetto, come l'onore delle armi che si rende allo sconfitto.

In piedi, accanto alla finestra, Galasso cercò nella tranquillità della strada la concentrazione per mettere ordine nei pensieri. I lampioni rilucevano nel bel mezzo del nulla, come fiammelle che si rincorrono nella nebbia. Laura era stata uccisa, dunque. Ed era stata uccisa proprio da quello che lui sospettava potesse essere anche l'assassino di un'altra donna. Amica di Laura, peraltro.

Un uomo laido, perverso, violento, eppure capace di esprimere sentimenti forti che, se autentici, gli restituivano in qualche modo dignità.

"Se autentici", appunto. L'uditorio, a partire dalla dottoressa Monti, non aveva mostrato alcuna diffidenza, mentre Galasso qualche dubbio ce l'aveva. Lui, abituato agli schemi rigidi dell'investigatore, si trovava di nuovo a fare i conti con la complessità dell'animo umano.

Erano quasi le due di notte e l'interrogatorio era terminato. Il dattilografo non si muoveva, Galasso sembrava volersi chiudere in se stesso. L'avvocato e il magistrato fumavano una sigaretta proibita sulla soglia della stanza, e il primo disquisiva a voce bassa sull'accidentalità dell'accaduto.

Più in là, nel corridoio, due agenti aspettavano disposizioni e scrutavano incuriositi verso l'unica stanza illuminata della questura. Galasso li raggiunse per fornire le istruzioni necessarie: Lombardo sarebbe stato accompagnato in camera di sicurezza per riposare mentre venivano preparati i documenti necessari per il carcere. Nelle prime ore del mattino lo avrebbero portato al vicino istituto penitenziario, dopo i consueti rilievi fotografici e dattiloscopici. Impronte e foto, di fronte e di profilo. Come sempre, come da trent'anni ogni giorno Galasso faceva e vedeva fare.

«Buonanotte, dottoressa», «Buonanotte, avvocato», «Buonanotte, ispettore».

Chi andava a casa. Chi a casa non ci sarebbe tornato per un po'. E altro che buonanotte: la notte stava ormai lasciando il posto al mattino.

Galasso si fermò in piedi accanto a Lombardo. Sapeva bene che l'interrogatorio sarebbe probabilmente ripreso il giorno dopo: c'erano ancora tanti dettagli da chiarire. Per la verità su Anna, invece, Giovanni avrebbe dovuto avere pazienza.

«Forza, professore, era un peso di cui si doveva liberare. Vedrà che domani starà meglio. Io vado via, i miei ragazzi l'accompagneranno a riposare qualche ora... So che le parole in questi casi non servono, ma vorrei dirle che mi ha colpito la sua ricostruzione della morte di quella povera donna: è stata una tragedia che ha cancellato una vita umana e ne ha rovinata un'altra... A volte il destino presenta un conto troppo severo.»

«Grazie, ispettore. Grazie davvero» rispose con un filo di voce Lombardo senza nemmeno voltarsi.

Galasso uscì dalla questura, domandandosi perché avesse detto quelle parole a un uomo che poteva aver mentito su molte cose. Quindi cominciò, come gli capitava sempre più spesso negli ultimi tempi, a camminare da solo per le vie deserte.

Era una sensazione che adorava, in quei momenti gli sembrava che la città fosse tutta sua, immersa tra segreti e silenzi. Un quarto d'ora a passo veloce e sarebbe arrivato a casa.

Elvira la barbona dormiva al solito posto. Aveva ragione quando sosteneva di sentirsi padrona di un mondo senza padroni, accartocciata all'angolo della strada, sotto il porticato della banca, nel fagotto delle coperte pesanti.

Quante serate aveva passato a chiacchierare con lei... Lo aveva conquistato la leggerezza con la quale riusciva a trattare le cose della vita, e il buon senso con cui semplificava le difficoltà dell'esistenza. Aveva una buona cultura, Elvira. Leggeva il giornale tutti i giorni: a quell'acquisto destinava il primo euro che le veniva donato dai passanti. Chissà quale era stato il suo passato; lei amava favoleggiarne, raccontando di principi e principati. E chissà che cosa l'aveva ridotta a vivere di espedienti in strada, al freddo, da sola.

La nebbia si era trasformata in pioggerellina insistente e si faceva di minuto in minuto più fitta, rendendo il freddo sempre più pungente. Galasso si fermò ad accendere un sigaro ma il vento glielo impedì. Si sollevò il bavero della giacca, fece fare alla sciarpa un altro giro intorno al collo e si avvicinò a un portone per riprovarci. Il fiammifero questa volta compì il suo dovere.

L'odore aspro e forte ogni volta gli riportava alla mente la figura imponente del nonno, veterinario condotto in un paesino dell'entroterra potentino. Un uomo davvero d'altri tempi, di poche parole, leale fino all'osso e capace di badare al sodo in qualunque situazione. Giovanni ne aveva soltanto un ricordo lontano – era morto quando lui aveva solo dieci anni – ma quell'odore lo riconduceva sempre a lui, alla sua figura imponente che, dopo aver leccato l'estremità del sigaro e masticato il tabacco, accendeva un fiammifero e cominciava a rilassarsi.

Anche Galasso si distese un poco: tirò un'ampia boccata e si arrestò per un attimo davanti al Sogno d'estate ancora aperto nonostante l'ora. Quante serate aveva passato in quel night club, prima di essere trasferito a Palermo! Le donne, quasi all'alba, gli raccontavano la vita, quella reale, con la quale facevano i conti tutti i giorni dopo le promesse false della nottata, quando le luci del locale si spegnevano e i sogni svanivano. In quei momenti si mostravano con i visi ripuliti dal trucco, senza veli e senza paillette, e chiacchieravano volentieri sui divani di velluto amaranto che alla luce del giorno rivelavano passati migliori.

I camerieri, poi, erano stati per lui fonte inesauribile di notizie, soprattutto quando gli aspirapolvere prendevano il posto di cristalli e vassoi argentati e loro, in maniche di camicia, si lasciavano andare a confessioni e aneddoti impensabili, in grado di dipingere davanti agli occhi di Galasso un mondo sommerso che non credeva potesse esistere.

Ogni categoria di essere umano passava per il night club nei primi anni '80, banditi e professionisti, industriali e impiegati, ricchi sfondati e poveri in canna, timidi e sfrontati. E ciascuno di loro aveva una storia da raccontare.

Da quei discorsi Galasso ricavava uno spaccato molto attendibile della vita notturna che, all'epoca, era anche lo specchio fedele della malavita, dello spaccio di droga, del riciclaggio o di qualsiasi altro genere di traffici. Così era diventato amico di tutti, dall'inserviente alle "attrazioni" del locale, e non esitava a dispensare cortesie di ogni sorta, come l'accelerazione della pratica di permesso di soggiorno per una barista straniera o di quella per la denuncia del fucile da caccia del cameriere.

Erano stati anni straordinari, pensava Galasso, mentre attraversava isolati deserti. Anni di grande lavoro, di eccezionali successi investigativi, suoi e della squadra di cui faceva parte, di rapporti più semplici, spontanei. C'era meno malizia, allora, meno ipocrisia, meno automatismo.

Giovanni diede un calcio quasi rabbioso a un piccolo giocattolo di plastica lasciato sul marciapiede – forse la sorpresa di qualche merendina per bambini – e ripartì a passo spedito.

Anche se ormai sembrava tutto più complicato, le soddisfazioni si ottenevano comunque, bastava conservare intatta l'energia di un tempo. Imboccò lo stradone che portava a casa sua: vedeva finalmente il traguardo.

Ma non si può mai dire "è finita" se fai il poliziotto: il cellulare vibrò nella tasca dei pantaloni proprio quando stava entrando in ascensore. Galasso mosse un passo all'indietro e lasciò che le porte si richiudessero sulla cabina vuota.

«Immagino che stia dormendo, ispettore, ma dovrei parlarle. Subito...»

La voce di Jimmy l'Americano, inconfondibile, fredda, distaccata, ebbe l'effetto di una scarica di adrenalina.

«Ok, Jimmy. Sono ancora in piedi, già pronto a passare la seconda parte della notte come ho passato la prima: una merda. Dimmi dove ci vediamo, ma tieni conto che la mia macchina è in garage, quella di servizio non ce l'ho e a casa non voglio nessuno a quest'ora, perché mia moglie dorme. Beata lei, cazzo.»

«Cinque minuti e arrivo lì. Possiamo parlare nella mia auto.»

Cos'aveva da dirgli a quell'ora? Notizie sul collier? Si era infilato in uno dei suoi soliti casini e non sapeva come uscirne? Al telefono con lui, forse anche per il timore delle intercettazioni, non si capiva mai se un'informazione potesse essere positiva o meno, e il tono della voce monocorde certo non aiutava nelle previsioni...

Galasso sospirò rassegnato, alzò gli occhi al cielo e fece dietrofront con un devoto pensiero agli involtini di carne al sugo che lo stavano aspettando sui fornelli. E che svanivano come un miraggio. Sabina glieli aveva lasciati nel tegame e lui li avrebbe mangiati persino freddi, che a un certo punto chi se ne frega, accompagnandoli con un Dolcetto d'Alba.

Jimmy arrivò poco dopo a bordo di una Maserati nera di cui l'ispettore non volle chiedersi la provenienza.

«Ho fatto Bingo, ispettore» esordì l'Americano, scendendo dall'auto e tendendogli la mano. «Ogni suo desiderio è un ordine: lei mi aveva chiesto di ritrovarle il collier e io gliel'ho ritrovato! O quasi...»

«Quasi?» L'espressione di Galasso passò dall'eccitazione, alla sorpresa, alla preoccupazione nel giro di un secondo. «Che cazzo vuol dire "quasi"? Mettiamoci in macchina, dài, così mi spieghi...»

Jimmy salì e guardò fuori dai finestrini circospetto, poi cominciò a parlare, sottovoce. «Tony, quello del pub L'incontro, il pub sotto i portici... Ce l'ha lui!»

«Il calabrese? Quello che sta al bancone... il proprietario?»

«Proprio lui, ispettore. Adesso le racconto bene, ma la cosa è sicura, e ora lei deve muoversi senza fare errori, se no...»

«Parla, Jimmy.»

«Nei giorni scorsi Tony aveva sicuramente quel gioiello. Ha cercato di venderlo a uno dei "miei", e mezz'ora fa me ne ha parlato. Più o meno quando le ho telefonato. Il calabrese ha chiesto cinquemila euro, assicurandogli che vale dieci volte tanto, ma al mio amico la mercanzia di quel tipo non interessa...»

«E come fai a dire che il collier è proprio lo stesso che sto cercando io?»

«Tony gli ha spiegato di averlo da qualche giorno e ha parlato di merce che scotta... E poi, dài, quante collane rubate, con margherite e brillanti e tutto il resto, ci staranno sulla piazza in questo momento?»

Galasso non aprì bocca.

«No, ispettore, il collier è proprio quello! Ora bisogna solo recuperarlo...»

«Allora spiegami meglio! So che Tony presta soldi a usura e tratta roba rubata di tanto in tanto... Ma non ho capito come arrivare al tuo uomo e come lui comunica con te...»

«Tony conosce il mio amico – chiamiamolo Riccardo, ispetto', ma non si chiama così –, lo conosce da tanto tempo... fanno qualche "impiccio" insieme. Qualcuno ha dato al calabrese questo gioiello da piazzare, o almeno così lui ha detto a Riccardo. Tutto qui. Io, intanto, stavo lavorando come eravamo d'accordo: mettendo in giro la voce tra persone fidatissime. Non vedevo Riccardo da un paio di mesi e quando stasera ci siamo incontrati al Gabbiano lui mi ha dato la soluzione. Ispetto', non mi pare convinto... Insomma, il suo collier ce l'ha Tony il calabrese!»

In realtà, Galasso era convintissimo che Jimmy avesse centrato il bersaglio. Dietro quell'apparente assenza di emozioni si nascondeva una mente che lavorava già a pieno regime, con la fantasia investigativa che faceva salti in avanti verso i possibili sviluppi della vicenda.

«Bingo, America'! La pista è quella giusta, me lo sento! Ora però Riccardo dovrebbe presentare a Tony una persona interessata all'acquisto. La persona te la trovo e organizzo io ogni cosa...»

Aveva già pensato a tutto: avrebbe chiamato da Milano un collega specialista nelle attività sotto copertura e lo avrebbe fatto "garantire" da Riccardo a Tony come uomo di fiducia. Durante l'esame del collier, a un segnale convenuto, la polizia sarebbe intervenuta e l'agente sotto copertura sarebbe riuscito a dileguarsi. Una tecnica vecchia come il mestiere del poliziotto, che però dava sempre i suoi frutti.

Stava già per illustrargli il piano, quando Jimmy lo frenò in modo deciso. «Non se ne parla proprio, ispettore... Deve pensare a qualcos'altro. Forse Tony non sospetterebbe di Riccardo, ma Riccardo sospetterebbe di me... Dovrei essere io a portargli l'agente e poi... Insomma, no. La prego, ispettore, non mi costringa a questo: il collier gliel'ho trovato, il resto se lo veda lei.»

Galasso sapeva che sarebbe stato inutile insistere e, tutto sommato, Jimmy aveva ragione. Non voleva compromettere il rapporto confidenziale con lui: avrebbe dovuto trovare una strada diversa per arrivare a Tony e al collier.

Jimmy aspettava la reazione dell'ispettore al suo rifiuto guardandolo con la coda dell'occhio.

E Galasso gli sorrise, comprensivo, poggiandogli una mano sulla spalla. «Hai ragione, America'. Grazie per la notizia e, ricordati, quando hai bisogno di qualcosa... io sono qua!» Così dicendo, lasciò il lussuoso abitacolo e si infilò nel portone di casa.

Era il momento di farsi venire un'idea. O forse era solo il momento del riposo, della doccia calda e degli involtini freddi. O meglio, seguendo le priorità, era il momento degli involtini, di due-tre ore di riposo e, infine, di una doccia ristoratrice. Poi ci sarebbe stato tempo per l'ideuzza.

Sabina e Bossolo dormivano profondamente. E chissà da quanto... Galasso si muoveva per la casa quasi in punta di piedi, tentando di evitare qualsiasi rumore.

Giunse in cucina, accostò la porta e si preparò al ritorno alla vita: ecco il tegame pieno. Il vino era già sul tavolo e così il pane, il piatto, il tovagliolo, le posate. Sabina era stata impeccabile. Come sempre.

Cominciò a mangiare e la mente non poté che tornare lì, alla sua indagine.

Tony non sembrava un osso duro. Forse bisognava solo strapazzarlo un po': in fondo non pareva l'affare della vita, aveva parlato di cinquemila euro... Galasso l'aveva conosciuto un po' di tempo prima, una sera in cui una retata aveva portato in questura una decina di persone. Tony era accusato di ricettazione di robaccia da quattro soldi, catenine d'oro e altre cazzate. Gli aveva dato l'impressione di un uomo di mondo, educato e cordiale, e in qualche modo si erano piaciuti.

«Ispettore» gli aveva detto Tony, «quando passa nel mio locale sarei onorato di poterle offrire da bere. Un po' di riposo ci vuole anche per voi, che lavorate dalla mattina alla sera per difendere noi cittadini onesti che paghiamo le tasse...» Il tutto accompagnato da un'espressione da finto innocente e un sorriso a trentadue denti.

A breve quella visita gliel'avrebbe fatta davvero, ma chissà quanto l'avrebbe gradita.

Galasso udì un raschio quasi impercettibile contro la porta che anticipò di un secondo l'ingresso in cucina di Bossolo. Gli occhioni del pastore tedesco, con l'espressione perplessa, tradivano un sonno pesante interrotto per dovere di DNA.

Giovanni non gli badò, già impegnato con le fettine di manzo, arrotolate con cura sul ripieno di prosciutto crudo, parmigiano, pan grattato, uvetta, pinoli e prezzemolo, che profumavano l'aria della cucina.

Bossolo ne andava pazzo. E ora, seduto e impettito come per un ordine ricevuto, ne reclamava una porzione con un atteggiamento supplichevole e la coda in subbuglio. Galasso lo accontentò, anche se solo con un pezzetto, prima di tornare ai suoi pensieri.

Tony era calabrese come Bellicapelli. Solo una coincidenza, forse, all'interno di una scena con tanti attori, molti dei quali probabilmente non erano coinvolti nella trama principale.

Come poteva procedere? Una perquisizione? Una contestazione esplicita? Magari bisognava affrontarlo con maggiore cautela per evitare un testa a testa che avrebbe potuto irrigidirlo, spingendolo a mantenere una posizione non collaborativa? Forse sarebbe stato meglio procedere in maniera informale e fargli un discorsetto da uomini di mondo? Chissà... Giovanni sapeva che, quando l'investigatore arriva a un bivio simile, ogni possibile soluzione è allo stesso tempo giusta e sbagliata, fatta di pro e contro.

Adesso desiderava soltanto un po' di riposo: l'orologio segnava le quattro in punto. Il letto meritava almeno le quattro ore successive. Al risveglio, avrebbe avuto le idee più chiare. E il resto sarebbe venuto da sé.

13

Quando la sveglia suonò, Galasso ebbe un sussulto. Non ci poteva credere. Verificò sull'orologio da polso: sì, erano davvero passate quattro ore e non solo una decina di minuti, come gli suggeriva la stanchezza del corpo.

Di contro Sabina, che aveva dormito *davvero*, era vivace come un grillo. «Ma a che ora sei rientrato stanotte? Non ti ho sentito... Hai finito così tardi?»

«...»

«È per l'indagine sulla baronessa, vero?»

«...»

«Come procede? E tu come stai? Cosa hai dovuto fare fino a notte fonda?»

Quella raffica di domande, seppur sussurrate con la consueta dolcezza della moglie, lo colse impreparato. Non riusciva ancora a decifrare il suono di una voce umana, figuriamoci a intraprendere una conversazione...

Sabina capì che non era il momento giusto e si avviò verso la cucina dopo avergli dato un buffetto sulla testa. Galasso trovò dentro di sé la forza di seguirla, ma l'espressione del viso non lasciava spazio alla speranza: era ancora in piena fase REM.

La moglie lo osservava di sottecchi, e l'aspetto di Giovanni rivelava squarci di fragilità: i capelli in disordine, i pantaloni del pigiama cadenti e la giacca scomposta, con i bottoni infilati nelle asole completamente a caso.

Era inutile azzardare un dialogo, per cui ripiegò su un più morbido: «Giovanni, mettiti a sedere che ti preparo un bel caffè...».

Come un automa, Galasso affondò nella comoda sedia accanto ai fornelli, intraprese la spartizione dei biscotti con Bossolo, già in posizione di attesa, e bevve d'un fiato un caffè bollente e amaro. Poi si sollevò di scatto, riconoscente, sorrise a Sabina e, come se una sferzata di energia lo avesse finalmente pervaso, si diresse a passo svelto verso la doccia.

Grazie all'acqua che gli scorreva sul corpo ritrovò la vita e, dopo aver canticchiato qualcosa, urlò alla moglie: «Ehi! Ma qui... niente di nuovo?».

Lei entrò in bagno e gli rispose intenerita un semplice: «Tutto a posto, tutto bene!».

«Tua madre?»

«Meglio di noi due messi insieme, ci seppellirà lei un giorno!»

Entrambi scoppiarono a ridere.

Giovanni era un bravo marito, in fondo. Bisognava solo saperlo prendere, accettarlo con pregi e difetti. Ma Sabina sapeva bene che sposare un poliziotto era una scelta precisa, e tutte le scelte comportano delle conseguenze.

Non erano ancora le nove quando Bruno lo chiamò per dirgli che lo stava aspettando sotto casa. Galasso si catapultò giù e si infilò nella macchina di servizio.

«Ciao, Bru'.»

«Ciao, Giova'. Bella dormita, eh?» chiese l'amico sbadigliando.

«Eh, molto» e Galasso lo imitò, rischiando di slogarsi le mandibole.

«Novità?»

«Non molte, ma oggi sento che svoltiamo. Intanto andiamo a riprenderci il collier della signora Anna.»

«Ah, cazzo! Veramente? Ma c'è qualcosa che dovrei sapere?»

«Guida, Bru', e non rompere i coglioni che non è giornata...» bofonchiò sorridendo Galasso.

«Uno dei tuoi informatori?»

«Eh eh, con loro non si sbaglia mai. Filiamo in questura che ti spiego.»

Appena entrarono, Galasso gli diede disposizioni. Era di poche parole, ma molto determinato quella mattina. «Bru', fammi un favore: vai in archivio e piglia il fascicolo del pub L'incontro, il locale di merda che sta sotto ai portici. Anzi, vedi come si chiama il proprietario, dovrebbe essere un certo Tony, e prendi pure i faldoni intestati a lui... amministrativa... stranieri... giudiziaria... tutto quello che trovi, insomma.»

Giovanni entrò nel suo ufficio e telefonò subito anche a Sandro il Tartaglia. «Sandri', vieni da me che c'è da ridere, ti aspetto.»

Dopo una decina di minuti, i due poliziotti erano in piedi davanti alla scrivania di Galasso, che li rese partecipi delle nuove informazioni di cui disponeva, naturalmente senza rivelare il nome della fonte confidenziale.

I tre colleghi iniziarono subito a sfogliare i fascicoli che Bruno aveva recuperato in archivio. I documenti erano intestati a Piromalli Rocco Antonio, quarantottenne di Gioia Tauro, non imparentato con i Piromalli "veri" – come gli sbirri definiscono la famiglia che ha scritto una parte della storia della 'ndrangheta –, formalmente incensurato, qualche problemino di ricettazione e spaccio di droga senza esiti processuali di sostanza.

Nessun apparente legame con Bellicapelli, né con gli altri soggetti implicati nell'indagine. Quindi la domanda che ronzava in testa a Galasso dalla notte precedente era sacrosanta: come era finito nelle sue mani il collier della De Caprariis?

Secondo le notizie di Jimmy, non era Tony il terminale della ricettazione, ma solo un anello di passaggio, un "amico" di qualcuno che si stava dando da fare per piazzare il gioiello, un intermediario, insomma.

«Giova', chiedia... chiedia... cioè chiediamoglielo a lui!» affondò il piede sull'acceleratore il Tartaglia.

E forse aveva ragione. Galasso spesso si lasciava prendere da dubbi, voleva mettere in campo tecniche magari eccessive, dovute a un surplus di prudenza o altro ancora. Ma in certe situazioni un bel faccia a faccia è proprio quello che ci vuole.

«E c'hai ragione! Ci metti mezz'ora per dire una cosa, però non dici solo minghiate... ogni tanto qualcosa di sensato la tiri fuori. Bru', che dici?»

Ma il collega sapeva che sarebbe stato inutile rispondere: Giovanni aveva già deciso, e non tornava mai indietro.

«Be', lo prendo per un sì... Io vado un po' a vedere com'è fatto questo pub. Facciamo così: Bru', tu vieni con me. Ci facciamo una bella chiacchierata col signor Tony sui misteri della vita... Hai visto mai che si fa scappare chi gli ha dato il collier... Se partiamo subito, troviamo il locale appena aperto e ancora vuoto...»

I due poliziotti entrarono in macchina senza parlare e non spezzarono quel silenzio fino a quando non furono arrivati nei pressi del bar, neanche dieci minuti dopo.

Poi la curiosità di Bruno ebbe il sopravvento. «Giova', che piano hai? Lo prendiamo e ce lo portiamo in ufficio o ce lo facciamo amico e basta? Non ci sono troppi dubbi: lui ha solo da perderci in questa storia, gestisce un bel posto e lo sa che, se non diventa alleato della polizia fin da subito, non camperà più per colpa nostra...»

«Hai ragione, però ci vuole cautela. Intanto vediamo che cosa combina quando ci incontra, è inutile decidere adesso: se fa lo stronzo, ci si comporta come sappiamo; se invece non è così scemo, ci muoviamo diversamente.» Si bloccò un istante, prima di ordinare: «Io entro, tu aspettami qui. Già uno sbirro da solo è un problema, qua sono come gli indiani, sentono l'odore lontano un chilometro. Figuriamoci se entriamo in due...».

Bruno non reagì in alcun modo: gli spiaceva non seguire il collega, ma sapeva che era giusto così. Lo lasciò scendere e si spostò con la macchina in una via secondaria per dare meno nell'occhio.

Galasso fece pochi passi prima di trovarsi davanti al locale. Vari oggetti gli diedero il benvenuto: due lanterne di vetro molato giallo all'esterno, la grande scritta

L'INCONTRO in ferro battuto, la porta d'ingresso in legno di castagno con qualche decalcomania pubblicitaria, la lavagnetta con l'indicazione di un invitante happy hour, tutti i giorni dalle 19 alle 21. Domenica inclusa.

Dietro il bancone, Tony stava mettendo in ordine i bicchieri. La grande sala, tutta in legno, era stipata di séparé con tavolini, panche, cuscini di velluto scuro e piccoli lumi colorati. Sul parquet qualche tappeto arabeggiante, mentre le pareti erano rivestite di stoffa damascata.

L'ispettore non poteva crederci. Presi singolarmente, forse gli arredi avevano anche un loro pregio. Visti tutti insieme, invece, apparivano un'accozzaglia casuale, frutto di un cattivo gusto senza confini.

Tony era un bell'uomo, a cui Lombroso avrebbe però attribuito un destino perfido. Alto, mascelle larghe, fronte spaziosa, evidente stempiatura, fisico asciutto e muscoloso.

Quando vide la porta spalancarsi, non sembrò entusiasta. «Scusi, non vede che è chiuso? Stiamo mettendo in ordine, si apre a mezzogiorno qui.»

Giovanni preferì far finta di non averlo sentito. Tirò fuori dalla tasca un mezzo sigaro e si mise a sedere tranquillo, guardandosi intorno.

«Ehi, non ha sentito? Le ho detto che è chiuso! Le dispiace uscire?»

Galasso sfoggiò la faccia impertinente delle migliori occasioni, corredata da un mezzo sorriso di sfida. «No, non fumerò, so che è vietato... Tengo il sigaro solo per masticarlo. Lei fuma?»

«Vuole litigare? Vuole essere buttato fuori a calci nel culo?»

L'ispettore sorrise di nuovo. «Non si arrabbi, si accomodi anche lei. Se comincia a lavorare sodo già a quest'ora e si agita pure, arriverà a sera stremato... Venga qui con me, magari poi si ricorda dove ci siamo incontrati e in quale occasione...»

Tony si avvicinò, lo scrutò dalla testa ai piedi e si mise a sedere. Aveva una T-shirt bianca a maniche corte, nonostante il freddo, e dei jeans neri un po' troppo larghi. «E allora?» lo provocò quindi, con fare tutt'altro che amichevole.

Galasso passò in un secondo esatto da un sorriso smagliante a uno sguardo duro, quasi minaccioso: «Ci siamo conosciuti alla Squadra Mobile, caro signor Tony» sussurrò. «Sono l'ispettore Galasso, ricorda? È passato solo qualche anno.»

Tony arrossì ma cercò di nascondere la sua reazione. «Che posso fare per lei, ispettore? Scusi, non l'avevo riconosciuta...»

Galasso leccò l'estremità del sigaro, con il quale stava giochicchiando in maniera volutamente irritante.

«Senta, non ho voglia di prenderla alla lontana. Vado subito al sodo: qui dobbiamo decidere se vogliamo essere alleati o nemici. Forse, senza neanche accorgersene, si è cacciato in un gran casino. Uno di quelli da cui si esce con le ossa rotte, perché...»

«Non capisco...» lo interruppe il barista.

«Ma può anche venirne fuori solo ammaccato, se capiamo che non è stata nulla più che una leggerezza.»

«Io sono un uomo onesto, un lavoratore, non ho fatto niente di male. Che cosa vuole da me?»

«Ah, no! Non parta col piede sbagliato, Tony. Ora le do un aiutino, così mettiamo subito il discorso sul binario giusto... Un caffè ce l'ha? Anzi, no, lasci perdere, ne ho già bevuto uno ed è solo mattina. Dicevo: lei ha un gioiello che mi interessa molto. A me basta riaverlo e sapere chi glielo ha dato. Tutto qui.»

«Ma quale gioiello? Che dice?» urlò l'uomo balzando in piedi. Ma, incrociando lo sguardo dell'ispettore, comprese che non si trattava della strategia migliore, per cui decise di darsi una calmata.

Galasso si alzò a sua volta, borbottò qualcosa e si sgranchì le gambe camminando a saltelli fino alla porta d'ingresso.

L'accostò in modo che il locale sembrasse davvero chiuso. «Sto parlando del collier con le margherite che ha messo in vendita. È roba che scotta, Tony, non è un oggettino qualsiasi su cui guadagnare qualche migliaio di euro per il disturbo...»

«Io non ho nessun collier, ispettore!» rispose il barista in tono perentorio. «E poi, se anche ce l'avessi, perché dovrei venire a dirlo a lei?»

Galasso sbuffò e tornò a sedersi. «Glielo spiego subito. Qualcuno ha ucciso una persona e le ha rubato quel gioiello. Se io lo trovo in suo possesso, o se comunque dimostro che è passato per le sue mani, per me è lei l'assassino. Poi ci vorrà una gita in questura, un avvocato e tutte quelle cose simpatiche. Vuole che le spieghi meglio o le basta così?»

Tony sudava freddo. Strinse una mano sul ginocchio per contenere l'ansia.

«Io sono venuto da solo, come vede» riprese l'ispettore. «Non voglio fare scandali, non è mia intenzione che il locale subisca danni per questa storia... Desidero solo riprendere il gioiello, sapere chi glielo ha dato e mettere quattro righe a verbale, nelle quali magari mi spiegherà che non ne sapeva un cazzo e che è stato solo troppo ingenuo ad accettare di fare da intermediario. Si fidi di me: ho tutte le prove che mi servono, so che il gioiello è in mano sua. Può averlo nascosto dove vuole, ma io so che ce l'ha lei. Si fidi...»

«Io voglio rimanere fuori da questa storiaccia! Tiro a campare col mio locale e non sono ricco... A volte sistemo qualche cazzatina per arrotondare un po'...»

«E anche stavolta è andata così, vero?»

Tony indugiò soltanto un attimo. Si sentiva messo alle corde e Galasso non aveva neanche più bisogno di colpire. «Sì... Ma lei, se lo ricordi, mi ha fatto una promessa: mi deve tirare fuori dai guai!»

L'ispettore chinò il capo e accennò un sorriso.

Tony allora scomparve nel retrobottega, mentre Giovanni controllava la corretta simmetria dei quadretti appesi alla parete: la solita, irrimediabile vocazione al perfezionismo di un uomo consapevolmente imperfetto.

L'uomo tornò dopo una manciata di secondi con un cartoccio nella mano destra: erano fogli di giornale arrotolati. Li spiegò sul tavolino accanto al quale era seduto Galasso e, come per magia, spuntò il collier, con le magnifiche margherite di diamanti che brillavano.

Ecco i fiori bianchi, dunque, con la loro luce preziosa. I petali di quei fiori nascondevano la risoluzione del delitto.

«È questo, ispettore?»

La voce del barista ora era strozzata. Niente a che vedere con il tale che, solo un quarto d'ora prima, l'aveva minacciato di prenderlo a calci nel culo...

«Chi gliel'ha dato, Tony?» incalzò Galasso senza distogliere lo sguardo dal gioiello, posato sul palmo della mano.

«Lei ora non mi crederà, ma le giuro che è così... Qualche giorno fa è venuto un mio compaesano, uno del reggino, insomma. Io so solo che si chiama Pino, Pino "'u pacciu". Vive al Nord, ma non so dove, e non conosco il suo nome per intero. È uno che per stare a galla si arrangia, ogni tanto un affaruccio... roba pulita o quasi. Compra oro, lo rivende, un tempo trattava ricevute del Monte di Pietà di Firenze, oggi presta un po' di soldi... Vabbe', ha capito, uno che vive alla giornata. Qualche piccolo affare lo ha fatto pure con me, ma mica cose grosse! Mi ha detto che la collana con le margherite era di un amico pieno di debiti e che doveva venderla. Me l'ha consegnata spiegandomi che se riuscivo a piazzarla io, e a piazzarla bene, c'era pure qualcosina per me... Tutto qui.» Davanti allo sguardo interrogativo dell'ispettore, aggiunse: «Questa è la verità, lo giuro!».

Giovanni andò a prendere una ciotola stracolma di noccioline dal bancone del bar e la posò sul "suo" tavolino. Ne mangiò un paio, poi una terza, quindi una quarta, senza dire una parola né degnare Tony di uno sguardo.

Il barista lo fissava, ansioso di scoprire la reazione al suo racconto, ma l'ispettore sembrava assorto in altri pensieri. E troppo impegnato a masticare.

Dopo un tempo che reputò lungo a sufficienza, Galasso lanciò l'attacco finale. «Mi ascolti, Tony. Per quanto ne posso capire io, questo gioiellino vale sui cinquantamila euro. Lei mi sta raccontando che glielo ha affidato una persona che praticamente neanche conosce, qualcuno che vive lontano da qui e che ha preteso che a venderlo fosse lei, che di mestiere gestisce un pub! Ma Tony, e che cazzo?! Lei ci crederebbe al posto mio?»

«Forse no, ma i fatti sono questi. Nel mio locale gira tanta gente e Pino sapeva che qui dentro si poteva trovare qualcuno interessato...»

«Be', avrà il numero di questo "conoscente"...»

«Sta scherzando, ispettore? Il numero? Pino 'u pacciu non lo darebbe neanche a sua madre! Lui arriva, scompare, ritorna e scompare di nuovo... Io non so dove abita né come si chiama davvero, ma so che il gioiello ce l'ho io e che lui verrà a recuperarlo domani pomeriggio... Le basta?»

«Domani?»

«Me l'ha lasciato per qualche giorno e mi ha detto che avevo tempo fino alla fine dell'anno per venderlo: il 31, nel pomeriggio, sarebbe tornato a pigliarsi i soldi o riprendersi il gioiello. A questo punto le basta aver pazienza, o sbaglio? Ma io di questa storia non voglio saperne più niente...»

L'ispettore si estraniò per qualche istante. Poteva credergli? E chi era quel ricettatore? Un calabrese del reggino, proprio come Bellicapelli. Tutto iniziava a combaciare: ecco la spiegazione dell'incontro di Gaetano al cimitero e della consegna del pacchetto...

Tante ipotesi si rincorrevano nella testa di Galasso, ma non aveva scelta: non poteva che credere alla versione del barista. Denunciarlo per ricettazione, ottenere dal magistrato un'ordinanza di custodia cautelare in carcere e fare rumore attorno alla vicenda avrebbe dato migliori risultati? Magari Tony avrebbe tirato fuori un'altra verità, prima o poi, ma se non l'avesse fatto? La pista investigativa a quel punto si sarebbe definitivamente arenata.

In fin dei conti bisognava aver pazienza per appena ventiquattr'ore: nell'attesa poteva essere sufficiente controllare le mosse del barista per evitare eventuali colpi di testa. Telefono sotto controllo, sorveglianza discreta del locale e degli spostamenti dell'uomo.

«Voglio darle fiducia. Forse se la merita. Il collier, però, lo prendo io, e noi due ci vediamo domani. Questo è il numero del mio cellulare» disse allungandogli un biglietto da visita. «Se qualcuno venisse prima a reclamare il gioiello o il ricavato della vendita, risponda che lo ha già venduto e mi chiami subito, così io corro e porto i soldi al cornuto. Siamo intesi?»

Tony annuì e l'ispettore uscì dal locale. Due passi soltanto ed era da Bruno.

«Giova', com'è andata? Fa affari d'oro quel posto, manco un cliente è entrato...» lo accolse il collega mentre Galasso saliva a bordo.

«Era chiuso, stava facendo le pulizie... Ma un po' di cose me le ha dette, lo stronzo. Anche se non basta...»

«Ok» rispose l'amico, restando in attesa di altre spiegazioni.

«Bru', ti racconto tutto dopo. Così se qualcuno ci sta tenendo sotto controllo lo fottiamo. Ora vai a pigliare Sandrino e lo porti qui, magari ti piazzi dietro quel furgone...»

Bruno si girò a guardare nella direzione indicata da Giovanni. «Ok» si limitò di nuovo a rispondere, forse ancora amareggiato per essere stato escluso dall'operazione. O magari perché aveva già capito dopo voleva andare a parare il collega.

«Quando siete di ritorno chiamatemi. A me bastano venti minuti, pure meno» e scese di nuovo dall'auto.

Bruno si mosse all'istante con il cellulare in mano. Stava avvertendo il Tartaglia di farsi trovare pronto.

Galasso non aveva un motivo particolare per restare lì. Voleva soltanto conoscere meglio la zona, impadronirsi dei luoghi, fissare nella memoria tutte le stradine laterali, l'esatta collocazione dell'uscita di sicurezza del bar, dare un'occhiata a che tipo di persone giravano da quelle parti. Nel frattempo fumava il suo inseparabile sigaro. Passeggiò a lungo per il quartiere con aria disinvolta.

Quando Bruno e Sandro tornarono a dargli man forte non erano ancora trascorsi venti minuti, ma l'ispettore non aveva bisogno di altro tempo. L'auto dei colleghi accostò e Galasso, affacciandosi al finestrino, disse: «Prendiamoci una cosa in quel bar, così vi spiego tutto».

Si infilarono in un locale angusto, buio e squallido come pochi altri, con una carta da parati marroncina che li fece sentire in un film di Hitchcock. Ordinarono due caffè e un tè per il Tartaglia – «Ne ho già bevuti tre oggi» si era giustificato –, e si accomodarono a un tavolino. Sopra di loro un televisore, senza volume, trasmetteva una televendita di gioielli. Al centro del tavolo un piccolo vaso blu con tre fiori finti. Bianchi. A Galasso scappò un sorriso. Poi ragguagliò gli altri due sulla conversazione con Tony, sul suo piano e su quello che avrebbero dovuto fare nelle prossime ore.

Bruno annuì senza aggiungere nulla.

Sandro invece, eccitato per l'operazione, volle metterci del suo. «Giova', stai tranquillo, che se... se... se... cioè se arriva qualcuno di sospetto o il co... co... co... cioè il cornutone esce dal pub so cosa fare...»

Bruno lo guardò manco fosse in visita al Cottolengo. «Che stratega, Sandri'!»

Galasso fu più bonario. «Ok, occhio che ogni mossa che facciamo in più rischia di fottere tutto. Tu, Sandri', chiama gli altri del servizio di sorveglianza soltanto dopo che ve ne siete andati, che se ci vedono qui in troppi salta tutto. Segnatevi tutte le targhe e comunicatele all'ufficio. Se invece Tony esce dal locale lo seguite, ok? Siamo in una situazione di merda, non è che abbiamo molto in mano: dobbiamo navigare a vista e affidarci al tizio del bar e a quel che ha raccontato. In effetti non credo che gli convenga inventare minghiate, ma chi lo sa.» Giovanni si fermò, pareva aver avuto un ripensamento. «Anzi, tu, Bru', torni con me in questura, ok?»

Un brindisi fatto con lo scherzoso tintinnio delle due tazzine e della tazza concluse l'improvvisato briefing.

Galasso e Bruno risalirono in auto e si avviarono di

nuovo verso il palazzo della Sbirreria. Era volata tutta la mattina, tra una cosa e l'altra. L'orologio segnava cinque minuti all'una e stava cominciando a piovere.

Giovanni chiuse il collier nella cassaforte dell'ufficio e aggiornò anche Fedeli sulle ultime novità, fingendosi come sempre interessato ai suoi suggerimenti operativi per la fase successiva dell'indagine. Poi preparò le carte in vista dell'interrogatorio in carcere di Lombardo, previsto per il primo pomeriggio, e si avventò vorace sul panino con formaggio e prosciutto che qualche collega caritatevole gli aveva lasciato sul tavolo, avvolto nella carta argentata, insieme a una bottiglietta di acqua minerale.

Come ogni giorno, si avvicinò alla finestra e cominciò a osservare la strada: i passanti sarebbero stati i suoi commensali, visto che non poteva concedersi un pranzo tranquillo in compagnia. C'era di tutto là fuori: i due adolescenti innamorati che camminavano vicini sotto un solo ombrello; la bella ragazza con giacca a vento attillata rosso fuoco e stivali con tacchi vertiginosi che sfrecciava veloce per evitare di bagnarsi troppo; gli impiegati della banca vicina in pausa pranzo, con i soprabiti che lasciavano intravedere camicia e cravatta, e gli ombrelli tutti uguali; il signore ben vestito con la valigetta nera di pelle.

Il tempo di una telefonata a Sabina, un'occhiatina ai documenti su Lombardo alla ricerca di qualche ulteriore indizio, e venne l'ora di andare verso il carcere: erano quasi le quindici.

Nell'attesa che la Monti arrivasse con Lombardo – aveva qualche minuto di ritardo –, Galasso cominciò con l'avvocato del dottore ad assolvere le formalità burocratiche, in linea con lo stile medioevale del complesso in cui si trovavano. Quindi, condotti da un agente della polizia penitenziaria, presero posto in una stanza spoglia, destinata agli interrogatori, e lì rimasero in silenzio.

Non furono costretti ad aspettare più di cinque minuti: la PM arrivò a passo svelto, scusandosi, seguita a ruota dall'uomo che soltanto alcune ore prima aveva confessato un omicidio. Quest'ultimo sembrava già smagrito, con la barba non rasata, l'espressione di chi non ha chiuso occhio, il maglione blu con il collo alto e i pantaloni spiegazzati, controllato da due agenti di custodia robusti e annoiatissimi.

«Buongiorno, professore» esordì con cortesia la Monti, prima di spiegargli che lo avrebbe ora interrogato come indagato del delitto di Anna De Caprariis. Dunque, nulla a che vedere con l'omicidio per il quale si trovava in stato di fermo di polizia giudiziaria e in attesa di convalida da parte del giudice.

Sul capo di Lombardo, che guardava la PM con lo sguardo vuoto, assente, stava precipitando una seconda tegola. Nei suoi occhi nessun segnale di allarme o smarrimento.

Le due guardie lo fecero sedere di fronte al suo plotone d'esecuzione, quindi gli si misero alle spalle come due angeli della morte.

Lombardo si limitò a sussurrare un "me l'aspettavo..." e attese che il supplizio avesse inizio.

La Monti prese posto davanti al computer. Avrebbe fatto anche da dattilografa: una scelta in linea con il suo stile, semplice e concreto. Al suo fianco Galasso, il gomito posato sul tavolo a reggergli la testa. La tensione era palpabile e la tristezza della stanza non lasciava spazio a distrazioni.

Dopo le formalità di rito, registrate sul pc con una velocità che a Galasso parve incredibile, il magistrato diede inizio al vero e proprio interrogatorio. «Allora, professor Lombardo, lei ci deve ancora qualche spiegazione. Mi riferisco innanzitutto ad alcune intercettazioni telefoniche e a qualche bugia che lei ci ha raccontato ieri. Naturalmente, questa è la sede per chiarire ogni cosa e per uscirne a testa alta, ammesso che lei sia innocente. Le ricordo che è detenuto per altra causa e desidero sottolineare che nessuno vuole condannarla a priori, nessuno vuole il suo male. Ma lei si dichiara colpevole o innocente?»

Lo sguardo di Lombardo s'illuminò all'improvviso. «Innocentissimo, dottoressa! Io ero amico di Anna. Mai uno screzio, mai un motivo di rancore! Un'amicizia forte e perfino un breve periodo di amore, come le ho già detto. Io mi sono finalmente assunto le mie responsabilità e sono consapevole di dover pagare per la morte di Laura. Lo so che la mia vita finisce qui, dottoressa. Il crollo della mia immagine pubblica, il mio ruolo all'ospedale, la vita professionale in genere, quella sociale... È tutto finito.» Accompagnò la frase con un ampio movimento delle braccia. Sul viso uno strano miscuglio di tranquillità e disperazione. «Non ho altro da perdere, non trova? Sono stato un professore amato, un oncologo di alto livello, non mi è mai mancato nulla... cosa avrei dovuto chiedere di più? Ora sono un detenuto con scarpe senza lacci, pantaloni senza cintura, mi hanno sbattuto in una cella di isolamento, una di quelle che credevo esistessero solo nel film *Papillon*... Ormai per quale motivo non dovrei dire la verità? Se avessi a che fare con la morte di Anna, mi sentirei obbligato a confessarvelo, fosse solo per non avere rimorsi e liberarmi del tutto la coscienza! Ma questa volta non ho davvero niente da nascondere. Non più, grazie a Dio.»

«E del collier? Cosa ci dice del collier?» gli chiese a bruciapelo Galasso, dopo un cenno d'intesa con il magistrato.

Una delle due guardie si fece schioccare le dita attirando l'attenzione di tutti i presenti, ma solo per un istante.

«Il collier, ha detto? Quale collier?»

«Quello che aveva al collo Anna la sera in cui è stata uccisa» diede manforte all'ispettore la Monti. «Lei ha presente il gioiello con fiori bianchi di diamanti che Anna indossava ogni tanto?»

«Certo, me lo ricordo. Era uno dei suoi preferiti. Lo usava per le serate in società e poi lo faceva sparire quando camminava in strada da sola: aveva un taschino cucito all'interno dei vestiti per nasconderlo... ma voi lo sapevate? Avete controllato?»

Se Lombardo era davvero l'assassino, aveva assestato un colpo magistrale: era riuscito a spiazzare con una sola mossa tutti gli inquirenti.

La Monti glissò, ma deglutì due volte prima di riprendere a parlare. «Dunque... nel corso del suo precedente interrogatorio, ha sostenuto di aver visto la signora De Caprariis due giorni prima del delitto, a casa della vittima, a seguito di una telefonata che ha effettuato nella tarda serata. Ha aggiunto anche che era abbastanza abituale che lei la chiamasse per preannunciare una visita, persino di notte, quando vedeva la luce dell'appartamento ancora accesa. Giusto?»

Lombardo sbuffò un: «Sì, confermo», e si lasciò scivolare di qualche centimetro sulla sedia.

«Professore! Non è vero niente! Abbiamo verificato e sappiamo che non è vero!» Le guance della PM si colorarono di rabbia. «Allora, adesso mi spiega perché ha fatto quella benedetta telefonata di notte – l'unica in assoluto! – quarantott'ore prima dell'omicidio e perché poi è andato a casa della donna. Aveva qualcosa da dirle di così urgente? Se lei è innocente, non ha bisogno di raccontarci bugie...»

«Gliel'ho già detto! Sono andato a trovarla per parlare di un evento che stavamo organizzando, niente di strano, avevo la confidenza sufficiente per farlo. Ora non ricordo esattamente quante volte le ho telefonato di notte, non ho un'agenda in cui annoto cose del genere...»

«Ci piglia per il culo?» sussurrò Galasso rivolto alla Monti, che gli fece un segno inequivocabile con la mano destra, come a suggerire "stia tranquillo."

«Anna sapeva della sua, come dire... abitudine di spiare e registrare le coppiette?»

«No che non lo sapeva! Era una cosa solo mia, mica andavo in giro a parlarne... Figuriamoci, poi, con un'aristocratica all'antica come lei...»

«Anche su questo sta mentendo, professore! Basta adesso! Esistono agli atti testimonianze di segno opposto, testimonianze di persone alle quali Anna aveva confidato la sua perversione, con tanto di dettagli... Ha mai cercato di costringerla ad ascoltare quelle registrazioni?»

Lombardo si raddrizzò sulla sedia e chinò il capo: aveva accusato la stoccata.

Galasso nel frattempo si era calmato un po' e osservava i due come si guarda una partita di tennis, alternando un'occhiata da una parte all'altra della rete, per non perdersi alcuna reazione, alcuna espressione del viso.

«Lo sa che Anna si è riferita a lei definendola un "mostro", con una delle sue migliori amiche?» lo incalzò la Monti.

L'oncologo assorbì in silenzio l'ulteriore sferzata. Cominciò a far ballonzolare la gamba sinistra, ma non rispose.

«Professore, sto parlando con lei.»

«Ve l'ho già detto: io non l'ho uccisa. Di quel delitto non so nulla. Fatemi domande su qualcosa che ho davvero compiuto e io risponderò puntualmente.»

«Bene. Veniamo alla sera del delitto. Lei è l'ultima persona ad aver parlato al telefono con la baronessa, anche se per pochi secondi. La De Caprariis ha smesso di giocare e un quarto d'ora dopo la sua chiamata, molto prima del solito a quanto pare, ha lasciato la villa. Ha preso un taxi e poi la sua macchina dal garage, verosimilmente per incontrare qualcuno. Ancora un'ora ed è stata uccisa. Quale conclusione trarrebbe lei? Cosa le ha detto in quei pochi secondi?»

La Monti stava sull'orlo della sedia, come se volesse avvicinare di più il viso al sospettato. L'oncologo fissava invece il vuoto per sfuggire il suo sguardo, ma evitava accuratamente pure quello dell'avvocato, che dava piccoli segnali per attirare la sua attenzione. Era come assente, Lombardo, si limitava ad annuire ogni tanto come un automa.

«Mentre era in corso la perquisizione in casa sua, lei ha fatto una chiamata al suo legale per invitarlo ad assistere all'operazione di polizia. Nel corso della conversazione, le è stato raccomandato di non rivelare "quella cosa". Ok: forse è venuto il momento di riferircela, visto che aveva il telefono sotto controllo! Le bastano gli elementi a suo carico o devo andare avanti?»

«Per l'amor di Dio, come devo dirvelo, io non ho ucciso Anna! Non ne avevo alcun motivo! Era la mia amica più cara...»

Il professore scoppiò in lacrime e nella stanza piombò il silenzio. Dai corridoi del carcere riecheggiò un urlo, ma nessuno parve accorgersene.

«Quella sera sono stato a casa di Anna perché le dovevo una spiegazione. Lei era furibonda, ma era stato un equivoco, solo un equivoco... Io non avevo trafugato i fondi della nostra Fondazione... Anzi, ci ho rimesso sempre di tasca mia...» La sua voce si spezzava di continuo, intervallata dai singhiozzi. «Anna mi aveva annunciato la sua intenzione di mandare tutta la documentazione alla procura, convinta che un mio collega e io avessimo rubato! Rubato? Io?! Sentivo il bisogno di spiegarle come erano andate le cose e dovevo farlo subito, così, visto che la luce della sua stanza era ancora accesa, l'ho chiamata e poi sono salito da lei. È vero, le telefonate e gli incontri a casa sua in piena notte non erano un'abitudine.»

Galasso e la Monti scrollarono la testa all'unisono, ma né l'uno né l'altra lo vollero interrompere.

«Le ho spiegato serenamente come stavano le cose, e lei ha capito. Mi ha chiesto, però, di informare il consiglio di amministrazione della Fondazione. Tutto qui. Non c'è nulla di misterioso in ciò che è successo quella notte! Era solo un equivoco da chiarire, un equivoco che avrebbe potuto rovinare un rapporto di amicizia troppo importante...»

Nel silenzio che seguì la dichiarazione, l'avvocato di Lombardo si stiracchiò. Un neon lampeggiò un paio di volte e poi si spense.

La Monti ne approfittò per riprendere la parola. «Perché ha sentito il bisogno di telefonarle in due occasioni a distanza di poche ore il giorno del delitto?» chiese pacatamente.

«Nel tardo pomeriggio l'ho chiamata per leggerle la delibera che avevo preparato per il consiglio di amministrazione. Lei era ancora a casa e mi ha ascoltato senza dire nulla, neanche una parola. Con quel provvedimento la Fondazione formalizzava le proprie scelte, le motivava e implicitamente impediva a chiunque di sospettare ciò che Anna aveva sospettato. Il consiglio si sarebbe riunito alle venti.»

«E poi? Lei ha fatto un'ulteriore telefonata la sera stessa...»

«Poi è andata come prevedevo. Hanno approvato all'unanimità la mozione e sottoscritto il documento. Così ho chiamato subito Anna per darle la buona notizia. È stata una telefonata di pochi secondi, solo per dirle che era tutto a posto. Eravamo d'accordo di incontrarci il giorno dopo, anche perché ho sentito che era in compagnia e non volevo disturbarla.»

Galasso non aveva dubbi: la deposizione non faceva una piega. Tutto filava alla perfezione. Non restava che controllare i documenti di cui parlava Lombardo, ma sarebbe stata con molta probabilità una conferma della sua ricostruzione.

Lo sguardo dell'ispettore incrociò quello della Monti. I due si capirono al volo.

«Ci scusi, avvocato, ci scusi, professore... Cinque minuti e siamo di ritorno...» E in un attimo furono fuori dalla stanza.

Il magistrato scrisse il documento di getto: un ordine di esibizione e di acquisizione in copia, non solo della delibera, ma dell'intero fascicolo relativo alla seduta del consiglio di amministrazione di quella sera.

Poi, senza nemmeno salutare, Galasso si lanciò subito con l'auto verso la strada indicata, che distava soltanto tre isolati.

Una volta arrivato al palazzo che cercava, salì rapidamente le scale e, con il fiatone, bussò alla porta del secondo piano, su cui campeggiava la targa dorata FONDAZIONE ANNA DE CAPRARIIS.

Aprì dopo pochi secondi un distinto quarantenne, vestito grigio scuro, camicia azzurra e cravatta blu a pois gialli: si presentò come Stefano Manenti, aiuto primario di Cardiologia nell'ospedale dove lavorava il professor Lombardo.

L'ispettore ripeté la consueta pantomima prevista dal

copione. Si qualificò e mostrò l'atto scritto dal magistrato.

Manenti sembrava sbigottito. «Che significa tutto questo? Perché volete quel fascicolo? Ma è legale? Se mi rifiutassi, che cosa mi succederebbe?»

«Niente, perché lei non si rifiuterà!» lo attaccò Galasso. «E poi, come può leggere qui, anche se non me lo dovesse consegnare lei, avrei io stesso il diritto di cercarlo e portarmelo via. Su, dottor Manenti... Ho molta fretta.»

Il medico guardò Galasso negli occhi per qualche secondo, prima di capire che l'ispettore non stava affatto scherzando.

«Marta, può portarmi il fascicolo "Libia", per favore?» urlò poi a una donna che stava lavorando nella stanza accanto.

Pochi istanti dopo la documentazione era nelle mani di Galasso, che chiese alla signora di poterla fotocopiare. Non gli serviva l'originale.

A ogni modo, l'ispettore aveva già dato un'occhiata alla delibera: sembrava confermare la versione di Lombardo.

L'"affare Libia", o come diavolo l'aveva chiamato quel medico, introduceva tuttavia nuovi, inquietanti interrogativi su quali fossero i reali rapporti tra l'oncologo e Anna. Come mai la donna aveva sospettato che un suo caro amico potesse aver distratto dei fondi?

Ben presto l'ispettore uscì dal palazzo con la copia sottobraccio: non l'avrebbe esaminata subito, avrebbe trovato il momento opportuno nel corso della serata.

S'infilò rapidamente in macchina e, in due minuti, fu di nuovo in carcere, diretto alla stanza degli interrogatori. La Monti era lì e teneva ancora sotto torchio Lombardo: cercava in tutti i modi di ottenere chiarimenti sulla strana raccomandazione ricevuta al telefono dal suo avvocato. Perché il suo legale di fiducia gli aveva suggerito di tacere "quella cosa"?

«Dottoressa, il mio amico avvocato si riferiva proprio all'"affare Libia". Avendo litigato per questioni di soldi con una persona assassinata due giorni dopo, è normale che si tenda a nasconderlo... Ora è tutto diverso, ma questo non cambia la realtà dei fatti: io con la storia dell'omicidio non c'entro niente!»

«Naturalmente sentiremo questo suo amico avvocato per avere delle conferme» ribatté a voce bassa la Monti, quasi sbuffando.

Lombardo annuì e si guardò intorno, come a cercare un consenso nei presenti. Che, ovviamente, non trovò.

«Mi dice un'ultima cosa? Perché mi ha raccontato di non aver mai fatto ascoltare quelle benedette registrazioni ad Anna?»

«Ma io...» tentò di difendersi l'uomo.

«Professore!» urlò con durezza la PM. «La smette di farci perdere tempo e di prenderci per degli stupidi?!»

«Ha ragione... Ho cercato di far sentire le cassette ad Anna, ma lei non ha voluto. Mi eccitava l'idea di ascoltarle e ancor più il fatto che lei si rifiutasse in modo così deciso... Era un gioco, dottoressa, solo un gioco. Ma mi vergognavo a parlarne come mi vergogno adesso, al pensiero che Anna lo abbia confidato ad altri.»

L'interrogatorio continuò ancora per un'ora o poco più, ma non riservò ulteriori sorprese. Galasso ascoltava ogni parola, ma con la mente era già proiettato all'indomani, a Tony, al collier e a Pino 'u pacciu. E a quel cerchio che man mano si stava stringendo intorno alla soluzione del puzzle.

14

Bruno accompagnò verso casa Galasso con l'auto di servizio. Così la giornata era cominciata e così si sarebbe conclusa.

Non aveva ancora smesso di piovere, anzi: da quando era calato il buio, si era alzato anche un vento gelido che faceva assumere alle gocce traiettorie impensabili. I tergicristalli erano impostati sulla massima velocità, ma la visibilità era ugualmente scarsa.

«Ehi, Bru', mi lasci qui? Accosta un attimo, così te ne torni a casa prima pure tu...» chiese al collega Galasso, sbadigliando senza ritegno. «Ho voglia di fare due passi.»

«Giova', ma perché c'hai sempre 'sto vizio? Piove, mancherà quasi un chilometro a casa tua...»

Era una domanda retorica, Bruno sapeva bene che la sua obiezione non avrebbe portato da nessuna parte. Nel frattempo, infatti, aveva accostato di fronte a un tabaccaio per farlo scendere. In tanti anni di lavoro insieme non era mai riuscito a fargli cambiare idea.

«Grazie, Bru'!» si congedò con un sorriso smagliante Galasso. «Chissà che un po' d'acqua non riesca a rinfrescarmi la testa e a farmi venire qualche idea... A domani!»

Il freddo pungente della penultima notte dell'anno diede un sussulto a Galasso, che iniziò a passare in rassegna tutti i fili dell'indagine, gli ami gettati e le possibilità che a uno di essi abboccasse la preda.

Si strinse nel cappotto che odorava di fumo. Poi attraversò la strada e si accorse che non circolavano macchine. C'erano tre o quattro ragazzi al bar di Sam, fermi al bancone a ridere e contrastare quel tempaccio con qualche alcolico. La farmacia a fianco era aperta. All'interno, una donna molto anziana con la gobba, il cappello e il bastone discuteva animatamente con una biondina in camice bianco: Galasso vide distintamente negli occhi chiari della ragazza il desiderio di essere ovunque, in qualsiasi luogo del mondo, ma non lì a farsi ammorbare da una vecchia isterica. Lui invece si sentiva quasi felice di stare sotto la pioggia, perché era il momento di tirare le somme: la verità era alla sua portata, molto probabilmente già l'indomani sarebbe arrivato a tutte le risposte che cercava.

Eppure Giovanni aveva sempre l'impressione che, per quanto si potesse sforzare, tutti i pesci gli sgusciassero tra le mani, come se non riuscisse a stringere abbastanza forte la presa.

Negli ultimi cinquecento metri di cammino non incrociò anima viva. Era come se il mondo si fosse estinto sotto i suoi occhi. Accelerò il passo, s'infilò nell'atrio ed entrò finalmente in casa.

Sabina era dalla madre. Sapeva che l'interrogatorio

a Lombardo sarebbe potuto durare anche per tutta la notte, e allora aveva deciso di dormire da lei. Per farla sentire meno sola. "Forse anche per sentirsi meno sola" constatò tra sé Galasso, mentre accendeva la luce dell'ingresso e il tepore dell'appartamento lo aiutava a recuperare la sensibilità delle mani.

Anche Bossolo dormiva. Aprì a malapena gli occhi per verificare che fosse tutto tranquillo, riconobbe il padrone e decise di voltarsi dall'altra parte.

Giovanni filò dritto in bagno, si asciugò i capelli con un asciugamano, quindi si lanciò in cucina e addentò un pezzo di parmigiano. Si versò da bere un abbondante bicchiere di vino rosso e accese lo stereo ad alto volume: Franco Battiato avrebbe rotto quel silenzio e gli avrebbe fatto un po' di compagnia.

Restando in piedi, prese un altro pezzo di formaggio, tagliò un paio di fette di salame e scongelò il pane, poi buttò giù il vino in un sorso solo.

Il cibo gli diede una piccola sferzata di vita: ne approfittò per dedicarsi ancora un po' al caso. Spalancò sul tavolo, proprio sotto la luce del lampadario, il fascicoletto dell'"affare Libia". Lesse le prime pagine, poi si accorse che il suo stomaco faceva strani rumori: aveva ancora fame. Con una mossa decisa aprì il frigorifero e trovò il piatto che Sabina aveva come sempre lasciato per lui: lo mise subito nel microonde. Nel giro di un minuto il profumo della caponata di melanzane scaldò l'atmosfera della cucina. Era preparata con il solito trucco della moglie, un leggerissimo retrogusto di menta che lo faceva impazzire: decise che quel piatto meritava tutta la sua attenzione, quindi spostò un po' i documenti e si accomodò a tavola.

Anche Bossolo sembrava essersi risvegliato grazie al profumo del cibo, trasferendo momentaneamente in cucina il baricentro dei propri interessi.

Giovanni mangiò l'intero piatto di melanzane, accompagnandolo con una fetta enorme di pane casereccio. Una seconda fetta, impregnata dello stesso sugo, ricompensò il cane del tempo sottratto al sonno.

A pancia serena, Galasso capì che non era il momento di concentrarsi sull'"affare Libia", così si diresse verso la stanza da letto. Estrasse da un cassetto un girocollo che Sabina usava sempre da ragazza, fatto di strass e perline, bigiotteria senza valore ma molto luminosa. Strappò da un vecchio quotidiano una pagina e incartò il "gioiello". Quindi posò l'involucro sul tavolo della cucina, a fianco del dossier, e lo guardò a lungo, calamitato da quella visione. Ma nulla: nessuna ideuzza in vista.

Si versò un bicchierino di rum e si sedette, cercando di afferrare il senso del testo di Battiato, che l'ora, l'alcol e la stanchezza rendevano ancora più ermetico. Non gli restava altro che andare a letto, anche se, senza Sabina, non gli sembrava la migliore delle opzioni.

La televisione fece da colonna sonora agli ultimi minuti della sua giornata, ma i pensieri erano tutti per Anna, la nobildonna strozzata da due mani alle quali doveva associare un volto. Cercò di immaginarla, adolescente, sorridere sdraiata su un prato verde punteggiato di margherite bianche. Di sicuro era stata una vera bellezza da giovane, se aveva conservato il suo fascino così a lungo. Era ancora una donna avvenente la notte in cui era stata uccisa: elegante, determinata, piena di vita. L'immagine sfumò lentamente nel sonno, mescolata alle parole di un cronista che raccontava gli ennesimi disordini in Medioriente.

L'ultimo giorno dell'anno cominciò con lo squillo del cellulare, che infierì sul corpo ancora inerte di Galasso mentre lo specchio del bagno restituiva l'immagine di un viso rasato a metà, i capelli in disordine, gli occhi un po' gonfi.

«Auguri, Giova'! Buon 31! Hai dormito? Hai mangiato ieri sera? Sei tornato tardi? E oggi che fai? Hai tanto da lavorare? Non ti puoi prendere qualche ora di riposo, che è quasi Capodanno? Bossolo come sta? Ha mangiato? Lo porti a fare due passi?»

Il bombardamento di domande di Sabina ottenne in risposta una serie di mugugni assonnati e poco convinti, ma sufficienti a rassicurarla.

L'ispettore chiuse la conversazione dopo aver biascicato un laconico: «Ti chiamo dopo, Sabi'». Finì di radersi con cura, ma il silenzio fu subito turbato da una nuova telefonata.

«Sì» sbuffò Galasso nel ripetitore. Decisamente non era ancora pronto per il mondo là fuori.

«Giova'! Ma stavi ancora dormendo? Hai una voce che manco i morti...!»

«Sono sveglio da un pezzo, Bru'!» mentì Giovanni, mentre si sciacquava il viso da alcuni rimasugli di schiuma da barba. «Che ora è? Cos'è successo?» aggiunse senza riuscire a trattenere uno sbadiglio traditore.

«Sono quasi le otto, ed è ricomparso in città Bellicapelli! Oggi si vedono lui e Gaetano, dài che forse ci siamo. Non ti pare?»

Bruno si era svegliato carico come una molla, ma aveva bisogno di rassicurazioni dal collega.

«A che ora si devono incontrare i due cornuti? Minghia, che Capodanno coi botti si prepara...»

«"A mezzogiorno al solito posto": si sono accordati così, come l'altra volta.»

«Esco subito» disse Galasso, mentre in realtà si avviava verso la cucina per mangiare qualcosa. «Abbiamo ancora un po' di tempo, intanto riflettiamoci su...»

Sgranocchiò qualche biscotto al muesli della moglie; gli sembrò di ingerire polpette di segatura, ma non c'era altro, e secondo Sabina quello schifo faceva anche molto, molto bene. Quindi trangugiò al volo un caffè, amaro come sempre.

Nuova tappa in bagno per lavarsi i denti, quindi puntatina in camera per vestirsi: un abito Principe di Galles e una polo violacea, abbinamento discutibile, certo, ma senza la moglie a consigliarlo sarebbe potuta anche andare peggio. Infine indossò il cappotto, la sciarpa e via: Galasso ora poteva dirsi pronto per affrontare il mondo.

«Prendi il guinzaglio, Bossolo! Andiamo a passeggio...» E si incamminarono sul pianerottolo, il bipede ancora incerto sulle gambe, il quadrupede saltellante e felice.

La buona notizia era che aveva smesso di piovere. Il cielo era nuvoloso, ma il tempo sembrava reggere. In strada incontrarono, in ordine di apparizione: la portiera, il ragazzo del bar, la commessa della farmacia, l'avvocato che lavorava nel palazzo di fronte. Galasso sorrise a tutti, ma non si fermò a chiacchierare con nessuno. Fece un'eccezione soltanto per la signora Battaglini, la dirimpettaia, un donnone di mezz'età, capelli fulvi, giacca maculata, stivali al ginocchio, sulla quale giravano storie incredibili nel vicinato. C'era chi, maliziosamente, la soprannominava "Omen nomen", un po' per la corpulenza mascolina, un po' riferendosi alle numerose battaglie d'amore di cui era stata implacabile protagonista. Bossolo fu invece molto meno gentile nei confronti della sua barboncina bianca, Evelyn, agghindata con un fiocco e un cappottino rosa che la rendevano estranea all'universo canino cui pretendeva di appartenere. Ma il litigio tra i due animali si risolse con qualche mugolio minaccioso, di Bossolo a Evelyn prima e di Galasso a Bossolo poi.

La passeggiata non durò a lungo. L'ispettore riportò a casa il cane e alle nove era già davanti a un caffè, nel suo ufficio, insieme a Bruno e Sandrino. Un raggio di sole illuminava la stanza.

«Allora, Giova', si sono dati appuntamento al cimitero: il "solito posto".»

«Be', prima o poi diventa il "solito posto" per tutti...» disse Galasso sorridendo.

«Eh, già» approvò Bruno facendo gli scongiuri. «Pensavo di andare io a tenerli d'occhio, ma forse è meglio di no, visto che l'ho già fatto l'altra volta e potrebbero avermi notato...»

«Ci vado io al ci... ci... ci... cioè al cimitero» intervenne deciso Sandro. «Pe... Pe... Pe... cioè per non rischiare.»

«Sì, mi pare una buona idea» analizzò Galasso. «Direi di agire così: Sandro va dai due cornuti, io vado al pub e tu, Bruno, ti sistemi vicino al locale con qualcuno e aspettate il mio segnale. Mi raccomando però» e guardò soprattutto il Tartaglia mentre parlava, «attenti a non farci beccare, se no va tutto a puttane!»

Bruno annuì soddisfatto, stirandosi sulla sedia. «Ho già messo in preallarme gli altri, Giova', prima che tu arrivassi in ufficio ho ordinato di preparare il furgone. Rimaniamo dentro io e due uomini della squadra. L'agente alla guida parcheggerà vicino a L'incontro e se ne andrà in modo che tutto sembri normale. Noi tre invece ce ne stiamo nascosti, così se hai bisogno usciamo.»

«Mi pare perfetto, Bru'. Ora vado a riferire.» Galasso attraversò il palazzo della Sbirreria con l'espressione di chi è diretto al patibolo e, sbuffando, bussò alla porta del dirigente.

Il dottor Fedeli sedeva impettito nel contesto istituzionale che tanto lo lusingava: la scrivania ottocentesca, un abito di sartoria di indubitabile buon gusto, qualche quadro pomposo alle pareti e le bandiere, italiana ed europea, che lo facevano sentire al centro. Al centro di cosa, esattamente, Galasso non lo sapeva.

«Vieni, Giovanni, accomodati. Allora? A che punto siamo? Lo trovate l'assassino della De Caprariis o è necessario che scenda in campo io per farvi un po' di scuola?» chiese ridendo con le mani giunte davanti al viso, perché gli piaceva pungolare nell'orgoglio il suo uomo migliore.

Galasso sorrise e riepilogò sinteticamente gli ultimi avvenimenti e poi gli presentò il piano di azione concordato con la sua squadra, trovando subito l'assenso di Fedeli. Concluse con la frase: «Spero lei sia d'accordo su tutto», che non lasciava spazio a repliche, sebbene si preoccupò di addolcirla con un laconico: «La tengo informato, capo», che restituiva a Fedeli il proprio ruolo.

L'incontro non durò più di dieci minuti: in fondo, si trattava di una purissima formalità. Quando l'ispettore si congedò, il dottore si alzò per accompagnarlo alla porta, un gesto di inusitata cortesia che riservava solo a quelle persone che riteneva davvero meritevoli.

Galasso percorse i corridoi della questura mentre tra gli agenti cominciava il consueto valzer degli auguri di fine anno, degli abbracci e delle frasi scontate che si alternava alla più classica delle domande di San Silvestro: «Cosa fai stasera?». L'ispettore, in trenta secondi di cammino, l'aveva sentita pronunciare almeno da quattro persone diverse. Ogni volta era rabbrividito.

Non che odiasse la gente, anzi: semplicemente, immerso com'era in mille pensieri, ipotesi, previsioni, mosse, contromosse, la sua testa si trovava altrove e, prima di aver risolto il caso, farla tornare sulla terra sarebbe stato impossibile.

Rientrato in ufficio, terminò di esaminare il fascicolo dell'"affare Libia": come pensava, Lombardo aveva detto la verità.

Solo e immerso nel silenzio, mentre attendeva con ansia mezzogiorno e la telefonata di Sandro, valutò tutte le variabili possibili. Forse l'incontro tra Gaetano e Bellicapelli avrebbe fornito un elemento decisivo. O forse Lombardo, prostrato dal primo giorno di carcere, avrebbe tirato fuori qualcosa di nuovo. O ancora il nipote di Anna, Luca, si sarebbe tradito dicendo una frase di troppo al telefono sotto controllo. Oppure, nessuna di quelle piste avrebbe portato alla soluzione del caso: si sarebbero aperte nuove strade, che li avrebbero tenuti impegnati per mesi o addirittura anni.

Dalla finestra, Galasso osservava l'umanità "normale", quella che organizza il cenone con allegria, quella che non aspetta l'ultima mezzanotte dell'anno tra ladri, puttane e assassini, senza sapere se riuscirà a stappare una bottiglia di spumante in compagnia della donna che ama.

Al cimitero Sandrino si ritrovò davanti agli occhi la stessa scena cui Bruno aveva assistito solo qualche giorno prima.

Nelle vicinanze del cancello, Gaetano e Bellicapelli confabularono per una decina di minuti. Poi risalirono a bordo delle rispettive auto, prendendo direzioni diverse.

Il Tartaglia si lanciò all'inseguimento della Porsche di Bellicapelli con molta sicurezza, forse troppa. Lo aveva sottovalutato.

Il pregiudicato Salvatore Marazzita sfrecciava rapidissimo lungo i viali sfruttando al massimo i cavalli del suo bolide. Il poliziotto gli stava dietro a fatica, benché disponesse di un'Alfa scattante, l'ultima arrivata nella scuderia del reparto.

Poi, a un semaforo di periferia, accadde l'impensabile: Sandrino tamponò Bellicapelli. La mente del sovrintendente fu attraversata da un flusso ininterrotto di incubi: vedeva lo spettro dell'operazione miseramente fallita, e in un modo tanto stupido, immaginava lo sguardo di riprovazione e gli sfottò dei colleghi, il silenzio di Galasso che lo avrebbe ferito più di mille rimproveri espliciti.

Nonostante questi pensieri, doveva inventarsi qualcosa. E doveva farlo subito.

«Porca miseria, che ho fatto, che ho fatto, che ho... ho... ho... cioè che ho fatto! Co... co... co... cioè cosa dico ora?»

Bellicapelli scese dall'auto e, trascinando una gamba, fece un giro di perlustrazione intorno al mezzo per accertare i danni. Si era rotto soltanto il fanalino sinistro, nient'altro. Per il resto, neanche una scalfittura: il paraurti aveva protetto la carrozzeria scintillante. Idem per l'auto di Sandrino: non aveva riportato nessun danno significativo, quindi Marazzita non riusciva a capire perché continuasse a disperarsi.

«Be', le spostiamo 'ste macchine? Stiamo bloccando il traffico per una cazzata... La mia non s'è fatta niente, solo il fanalino, e la sua nemmeno un graffio mi pare... Ci scambiamo i dati e andiamo? Ho molta fretta...»

Ma Sandrino non riusciva a calmarsi. Con le mani tra

i capelli, ripeteva senza sosta: «Io come faccio? Come faccio?», e non si dava pace.

«Ma che ha? L'assicurazione scaduta?» Bellicapelli era tranquillo. A chi lo avesse visto per la prima volta, sarebbe sembrato una personcina a modo.

«Peggio! Peggio! Lei non sa quanto!» Sandrino gli si avvicinò e, con atteggiamento implorante, gli raccontò la verità. O meglio, gli raccontò una possibile verità. Gli spiegò che era un poliziotto e che quella era un'autovettura di servizio, ma che ora si trovava lì per una faccenda personale e, di conseguenza, i suoi superiori non avrebbero mai e poi mai dovuto sapere che a quell'ora si trovava in quel luogo. In caso contrario sarebbe stato punito, e molto severamente.

La toppa del Tartaglia aderì in maniera perfetta allo squarcio che lui stesso aveva aperto: negli occhi di Bellicapelli cominciavano a comparire comprensione e solidarietà, che rapidamente si trasformarono in un sorriso bonario: «Capisco... Intanto ci prendiamo un bel caffè. Non si stia a preoccupare per il fanalino, è una sciocchezza. Voi fate un lavoro che tutti dobbiamo rispettare...».

Entrarono nel bar all'angolo della strada come due vecchi amici. Avessero visto quella scena Galasso e compagni, avrebbero ordinato un trattamento sanitario obbligatorio...

Fu un caffè veloce. Alla fin fine, a parte le allusioni all'accaduto, gli argomenti tra loro latitarono subito. Si salutarono con calore, e Sandrino si spinse ancora oltre, portando a termine il suo piccolo capolavoro: cercò di baciare le mani di Bellicapelli in segno di riconoscenza e lo benedisse per la sua magnanimità, augurandogli tutto il bene possibile per l'anno nuovo.

Quando rientrò in ufficio e, ridacchiando soddisfatto, raccontò quanto gli era capitato e come fosse riuscito a cavarsela, Galasso non reagì come sperava. Non metteva in dubbio la sua prontezza di spirito, era stato bravo a mettere una pezza a una situazione pericolosa, ma non era quello il momento dei sorrisi. Bisognava tenere alta l'attenzione e concentrarsi sull'obiettivo.

«Va bene, Sandri', complimenti per la fantasia... Però adesso non sappiamo che sta facendo Bellicapelli. E questo è un problema. Io devo andare al pub, è ora.»

Il Tartaglia non ci restò male, conosceva l'ispettore e sapeva che in certi momenti non sopportava i fronzoli, badava soltanto al concreto. Ma non poté non maledirsi: era stato un coglione a tamponare Marazzita.

Galasso arrivò al pub alle quattordici in punto. Lo squallore di fondo del locale non cambiava, ma vedere tanti ragazzi ai tavolini alle prese con hot dog, patatine, birre e Coca-Cola aggiungeva un pizzico di vita a quel posto opprimente.

Si accomodò in una nicchia che pareva fatta apposta per guardare l'entrata del locale e allo stesso tempo tenere sott'occhio il bancone, dietro al quale armeggiava Tony. L'uomo lo fissò con la faccia di chi "giassà", accompagnato da un cenno d'intesa al quale Galasso non rispose in alcun modo.

Il barista avanzò allora verso di lui. «Cosa le posso servire? Vuole il menu?»

«Sì, grazie» annuì l'altro ad alta voce, per farsi udire nonostante le urla che provenivano da un tavolo particolarmente agitato. E mentre Tony gli porgeva la carta, l'ispettore con l'altra mano gli infilava nel tascone del grembiule il cartoccio di giornale preparato a casa. «Lo dia a chi viene a ritirare il gioiello che non ha venduto» gli disse con un tono più basso, per poi concludere quasi urlando: «Un toast e una birra, per favore!».

Dopo neanche un minuto, un signore con un parrucchino – e vagamente somigliante a Bellicapelli, che però Galasso aveva visto solo in foto – aprì la porta del locale con immane lentezza e si avviò verso il bancone.

L'ispettore non gli tolse gli occhi di dosso neppure per un istante mentre lo sconosciuto, seduto su un alto sgabello, beveva una birra doppio malto con la foga di un condannato a morte.

Tony non fece alcun segno: non era il loro uomo.

L'ispettore riprese il suo appostamento con le stesse modalità di poco prima, un occhio rivolto alla porta e uno a Tony, perché non gli sfuggisse nulla.

Le ore passavano e non accadeva niente di interessante. Il calabrese si stava facendo attendere.

I timori di Galasso erano sempre i medesimi: non poteva fidarsi al cento per cento di quello che aveva raccontato il barista. E se fosse stata solo una balla? E se, mentre si fingeva così attento e disponibile, stava organizzando un piano alternativo? Che stesse facendo il doppio gioco?

Quando il buio si era già impadronito della città da una buona mezz'ora, la porta del bar si spalancò di colpo.

Poi accadde tutto molto in fretta.

Era Vincenzo Mariani l'uomo che si stava dirigendo verso il bancone per parlare con Tony. Il barista lanciò subito un'occhiata eloquente a Galasso, poi tirò fuori dal cassetto l'involucro con il collier e glielo consegnò.

«Ci siamo!» sussurrò l'ispettore a Bruno, nascondendo il telefonino con la mano. Quindi avanzò verso di loro con determinazione. «Caro Vincenzo, piacere di rivederla! Cosa c'è in questo bel pacchetto?»

Bruno intanto si infilò nel locale senza dare nell'occhio, sulla testa portava un cappello di lana blu calato fino agli occhi.

«Ma... lei non penserà mica che... Io posso spiegarle...» balbettò Vincenzo mentre apriva il fagotto dal quale faceva capolino la vecchia patacca di Sabina. Restò interdetto.

«Signor Tony, abbiamo bisogno di lei per un'oretta in questura. La ragazza che lavora con lei la può sostituire nel frattempo, giusto? Non ci vorrà molto, non si preoccupi, avrà tutto il tempo che vuole per organizzare il veglione...» disse Galasso rivolgendosi al barista con sguardo severo. Quindi si girò verso Vincenzo e aggiunse: «Con lei temo sarà un po' più lunga. Parecchio, credo».

Né l'uno né l'altro si ribellarono ai poliziotti, quindi non ci fu bisogno di allestire spettacolini imbarazzanti. I quattro uscirono dal locale come se fossero semplici amici che hanno qualcosa da fare insieme. L'immagine del bar di Tony non avrebbe risentito di quell'incursione sbirresca.

Bruno chiuse i due uomini nel furgone e poi mise in moto.

Il palazzo della Sbirreria li attendeva insieme ai grandi festeggiamenti di Capodanno. Mancavano solo cinque ore alla mezzanotte.

Tony fu affidato a un agente per le domande preliminari. Presto di lui si sarebbe occupato Bruno.

Mariani fu invece accompagnato nell'ufficio di Galasso. Era come se l'antiquario avesse perso qualche centimetro di statura. Stava rannicchiato sulla sedia in preda ai brividi. Aveva rimesso il giubbotto con gli inserti di pelo dopo la rapida perquisizione cui era stato sottoposto dai collaboratori di Galasso.

Era elegante come sempre: a completare il suo abbigliamento, cui l'austerità della stanza non rendeva giustizia, un maglione rosso corallo con il collo alto, pantaloni di fustagno blu e scarpe foderate di pelliccia.

«Allora, signor Vincenzo... O Cenzino: posso chiamarla così?»

Mariani si fece ancora più piccolo. «Certo, ispettore.»

«Dunque: perché l'ha uccisa?»

La domanda arrivò alle orecchie dell'antiquario come una fucilata. Galasso aveva acciuffato la preda.

Il nervosismo di Mariani ne esaltava le movenze femminee. Si muoveva a piccoli scatti sulla sedia, scrollando la testa e premendo le mani esili sulle ginocchia.

«Perché ha ucciso la signora Anna De Caprariis, Cenzino?» ripeté Galasso con tono solenne.

«Io non ho ucciso nessuno! Non so perché mi fa una domanda così assurda...»

«Va bene» sbuffò l'ispettore tradendo l'impazienza. «Partiamo dal collier, allora: lei ha chiesto a Tony, il barista, di venderlo e oggi era lì per riprenderselo perché lui non c'era riuscito... giusto?»

«Sì. Questo è vero. Ma, mi scusi, cosa c'entra la baronessa?»

L'accusa lo aveva in qualche modo rinfrancato. Continuava a muoversi come se avesse appena preso la scossa, con le spalle strette per il freddo, ma aveva raddrizzato la schiena sulla sedia e ora guardava Galasso direttamente negli occhi, non più dal basso in alto.

«Quello era un gioiello» riprese Mariani con calma «che mi ha dato un cliente per pagare un mobile antico e io non sapevo che farmene. Volevo venderlo e mi è stato suggerito di rivolgermi al signor Tony e così ho fatto...»

«Personalmente? Glielo ha dato di persona ?»

«Sì, anzi no, mi scusi... Ma qui fa molto freddo, sa? Non avete il riscaldamento? Si gela...»

«Glielo ha dato di persona o no?»

«No, no... lo stesso cliente si è offerto di trovare una persona in grado di venderlo...»

«Ok, allora mi dice il nome di questo cliente?» fece Galasso con aria più rilassata. «Così lo convochiamo e ci facciamo confermare parola per parola. Anzi, ora chiamiamo anche il magistrato che lo interrogherà.»

«Be', in realtà il nome non me lo ricordo... Devo vedere se l'ho scritto da qualche parte, magari sull'agenda...»

«Forse se lo ricorda Luca, il suo socio. Ora lo andiamo a prendere a casa e ce lo facciamo dire da lui, va bene?»

«No!» urlò inaspettatamente l'antiquario. Una reazione fuori luogo che spiazzò l'ispettore. «Lasci fuori Luca da questa storia! Lui non c'entra niente... Non conosce la cattiveria, non ha malizia, è un bravo ragazzo. Lui oggi mi adora, ma domani mi odierà se viene a sapere di questa storia... Per l'amor di Dio, ispettore, non metta in mezzo Luchino! La colpa è solo mia!»

Galasso, ormai sicuro che Vincenzo avrebbe confessato, scrisse su un bigliettino alcuni appunti per Bruno:

- vai a fondo con Tony sulla faccenda del collier;
- fai venire la Monti nel mio ufficio;
- raccontale quello che sta succedendo e fai la stessa cosa col capo.

Poi chiamò un agente che passava nel corridoio in quel momento e gli chiese di recapitare il messaggio al collega.

Il silenzio calò sulla stanza, ma Vincenzo lo colmò subito. «La colpa è tutta mia. L'ho uccisa io, ispettore, Luchino non c'entra niente. Erano giorni che quella donna veniva davanti al laboratorio e mi fissava. Io non sapevo chi fosse. Luca mi aveva sempre parlato di sua zia, ma io non l'avevo mai incontrata e quindi non avevo neanche pensato potesse essere lei. Qualche giorno fa ha aspettato che finissi di lavorare e mi ha spiegato chi era. Ha detto che doveva parlarmi, ma con calma... Ha accennato a Luchino, era gelosa di lui in una maniera morbosa, mi vedeva come un pericolo: secondo lei glielo stavo portando via! Però continuava a farmi complimenti, come se fosse attratta da me, si comportava in modo strano e, prima di salutarmi, mi ha dato appuntamento per le ventitré sotto casa sua...»

Galasso l'ascoltava con attenzione, senza fiatare, le dite intrecciate e i gomiti poggiati sul tavolo. Ma era diffidente, lo sbirro esperto sa che non bisogna mai cantare vittoria troppo presto.

«Non ho raccontato niente a Luca. Lui era a cena con i suoi amici musicisti e io ne ho approfittato. Quando sono arrivato lei era giù ad aspettarmi, a pochi metri dal portone, ma non mi ha invitato a salire in casa. Mi ha detto che non voleva che qualcuno ci vedesse... Aveva tirato fuori la macchina dal garage e l'aveva parcheggiata proprio lì accanto. Mi ha chiesto di guidare perché a quell'ora non si sentiva tranquilla. Io non sapevo che fare, lei mi sorrideva ammiccando come fossimo amanti ma io non capivo cosa stesse succedendo... Mi ha condotto fino a un posto che definiva sicuro, diceva che lì non ci avrebbe notato nessuno. Anche a me andava bene perché non volevo che Luchino lo sapesse, mi sembrava di tradirlo, di tradire la sua fiducia...» Si bloccò e rivolse uno sguardo disperato a Galasso. «Mi capisce, ispettore?»

«Vada avanti, la prego...» fu la risposta laconica.

«Siamo arrivati giù, sul greto del fiume, e non c'erano altre auto. Lei ridacchiava, sapeva che ero in imbarazzo. Ha accavallato le gambe, in modo che la gonna salisse ben sopra il ginocchio. Mi ha chiesto una sigaretta e io gliene ho offerta una. Fumava e parlava e intanto mi accarezzava la coscia, mi chiedeva di Luca... Mi provocava, ispettore, voleva eccitarmi, voleva allontanarmi da Luca perché lo pretendeva tutto per sé! Mi diceva cose belle di lui, che era un bravo ragazzo, pieno di buoni sentimenti, che era contenta che stesse con me, ma io sentivo che mentiva, che desiderava portarmelo via...» Sbottonò il giaccone e accavallò le gambe.

«Continui...» sussurrò Galasso grattandosi la testa.

«Diceva che Luca aveva scelto proprio bene il suo socio, mi faceva i complimenti per il tessuto dei pantaloni, ma in realtà ne approfittava per strofinarmi la mano sulla coscia, stava giocando... Io mi sentivo umiliato, e a un certo punto le ho detto di smetterla, ma lei sembrava quasi impazzita... faceva finta di essere calma ma in realtà era una furia, lo sentivo... Voleva soltanto che il nipote tornasse da lei, come fosse una sua proprietà... Io l'ho spinta per farla smettere di parlare, per farla smettere di toccarmi, e allora lei ha tirato fuori tutto il rancore che covava: ha cominciato a gridare cose terribili, era veramente fuori di sé. Diceva che le avevo rubato una cosa sua, che le dovevo restituire il nipote. Se ne rende conto? Continuava a sbraitare, urlava e mi dava dei colpi, allora io ho perso il controllo e l'ho spinta ancora, stavolta più forte e la testa ha sbattuto contro il finestrino... Poi le ho stretto le mani intorno al collo, non so neanch'io cosa mi stava accadendo... Forse l'umiliazione aveva tirato fuori il lato peggiore di me. Quello più nero.»

Galasso lo seguiva con gli occhi sbarrati. Cenzino stava raccontando la fine di una vita.

«Ho avvertito che faceva sempre meno resistenza, poi, a un certo punto, si è bloccata. L'avevo uccisa... È successo così, senza che me ne rendessi conto. E la cosa che mi turbava di più era che non mi sentivo male, non mi sentivo in colpa, ero tranquillo in quel momento... Mi sono ricordato che Luca mi aveva parlato di un taschino dove la zia nascondeva i gioielli, me lo aveva raccontato perché comprendessi quanto fosse attenta, e allora ho provato a simulare una rapina, anche se non sapevo neanch'io cosa stavo facendo... Ho preso il collier e sono scappato via. L'adrenalina era calata e non capivo più niente, avevo solo voglia di buttarmi sul letto. Quando Luca è rientrato, ho finto di dormire. E di non essere mai uscito di casa.»

«E il collier? Come ci è arrivato da Tony il barista?» lo incalzò ancora Galasso.

«Si chiama Giuseppe Scali, ma io lo chiamo Pino. È un calabrese che vive al nord, lo conosco da anni. Viene ogni tanto nel mio laboratorio. Più ci conoscevamo, più la confidenza cresceva, e un giorno gli ho detto che avevo bisogno di un po' di denaro. Allora mi ha iniziato a procurare qualche pezzo da restaurare per darmi una mano, e, quando gli ho chiesto aiuto per piazzare un gioiello di famiglia, mi ha detto che lui non trattava roba del genere, ma che avrebbe provato a venderlo attraverso un suo conoscente, Tony il barista, appunto. L'accordo era chiaro: se non ci fosse riuscito entro la fine dell'anno, saremmo passati a riprenderlo. Cioè, ci sarebbe andato lui se fosse stato ancora in città.»

«Ha il suo numero?»

«No, ma so come rintracciarlo, ispettore.»

Il viso di Vincenzo si era rilassato, come se si fosse svuotato di un peso insopportabile.

«Cenzino, lo vuole un caffè? Una sigaretta? Lei fuma Marlboro, vero?» chiese Galasso pensando a Gaetano, innocente ma sospettato anche alla luce di quell'indizio.

«No, grazie ispettore» rispose l'assassino con un cenno della mano. «Ora vorrei solo morire. Penso a quando Luca saprà...»

«La ringrazio per la collaborazione. Qui abbiamo finito» troncò netto Galasso con un'espressione troppo bonaria.

«Grazie a lei, ispettore. E buon anno, lei che lo potrà vivere...»

Il caso era risolto. Restavano i dettagli, le deposizioni di Pino 'u pacciu e di Tony, un'ulteriore perquisizione in casa Mariani, la verifica delle ultime telefonate fatte e, soprattutto, la reazione di Luca. E se anche lui ne fosse stato al corrente? E se le cose non fossero andate proprio come aveva appena raccontato Cenzino?

Erano tutte ipotesi possibili, anche se le parole di Mariani confermavano appieno le precedenti valutazioni di Galasso. Gli era sempre sembrato poco verosimile che la donna fosse stata uccisa soltanto per un gioiello.

La dottoressa Monti sarebbe arrivata in questura di lì a poco, insieme a un difensore di ufficio.

Mancava un quarto d'ora a mezzanotte e l'anno si stava ufficialmente per chiudere così come era cominciato. Sotto le luci fioche degli uffici della Squadra Mobile.

«Sabi', scusami tesoro... io non ce la faccio proprio, che Capodanno di merda! Come "lo sapevo già"? Io l'ho capito solo pochi minuti fa... Tu già lo sapevi? Ah, da quando mi hai sposato?» disse ridendo. «Mi fa piacere che stai serena. Sì, grazie, va bene, come dici tu... Brindiamo quando arrivo a casa, e poi domani stiamo tutto il giorno insieme. Ah, mi raccomando, metti i tappi nelle orecchie a Bossolo! No, non scherzare, tienilo vicino e fagli tante carezze così lo rassicuri... Io sto bene! Perché ho 'sta voce? Io sto bene, Sabi', è la mia voce! Forse solo un po' di malinconia...»

Si affacciò alla finestra e vide il cielo di Roma colorarsi di rosso, del fumo dei petardi e dei sogni della gente che sperava nell'anno nuovo come se tutto, nel giro di qualche minuto, potesse cambiare.

Ripensò a Palermo, ad Alfredo, a zu' Saro, ad Anna e a tutte le persone che, come lui, avevano creduto in un mondo migliore.

Si accese l'ennesimo sigaro e soffiò il fumo verso il cielo. Lo vide salire e mescolarsi a quello dei fuochi d'artificio, poi sentì che anche la sua malinconia stava volando via.

Spense il sigaro, sorrise e ripose nel cassetto alcuni documenti.

Stava cominciando un nuovo anno.

Forse sarebbe stato davvero quello buono.

Finito di stampare nel mese di aprile 2013
presso il Nuovo Istituto Italiano d'Arti Grafiche – Bergamo

Printed in Italy